Dresden im Jahr 2005: Die von allen Bürgern lange herbeigesehnte heilige Weihe der neu errichteten Frauenkirche liegt gerade einen Tag zurück, da erschüttert ein grausames Ereignis die Stadt: Hoch oben am Kreuz der Kirche hängt die blutüberströmte Leiche des Kirchenbaurats Johannes Kunath. Der karrierebewusste Kommissar Andreas Teichmann tritt auf den Plan und sieht sich bald zahlreichen Spuren gegenüber: Steckt etwa ein gewisser Luzian, ein Teufelsanbeter, hinter dem grausamen Ritualmord? Oder der skrupellose Bauunternehmer Rolf Speck, der Kunath wegen seiner sexuellen Neigungen erpresst, aber nie sein versprochenes Geld bekommen hat? Oder liegt der Organist Christian Eisenwinckel richtig, der den Mörder im versumpften Lügenlabyrinth der Landespolitik vermutet? Die Wahrheit ist viel schockierender ...

Dominique Ahner ist nichts anderes als ein Pseudonym, hinter dem sich drei erfahrene Journalisten verbergen. Sie leben, lieben und arbeiten in Dresden und finden Vergnügen an kniffligen und absurden Fällen.

# Dominique Ahner
# Tatort Frauenkirche
### Ein Dresden-Krimi

verlag
der
criminale

Alle Personen und Handlungen des Romans sind frei erfunden.

Besonderer Dank gilt Bernd Cosmar für die kritische und sorgfältige Durchsicht des Manuskripts.

Weitere Informationen über den Verlag und sein Programm unter:
www.verlag-der-criminale.de

Bibliographische Information der Deutschen Bibliothek

Die Deutsche Bibliothek verzeichnet diese Publikation
in der Deutschen Nationalbibliographie;
detaillierte bibliographische Daten sind im Internet
über <http://dnb.ddb.de> abrufbar.

2. Auflage
März 2007
Verlag der Criminale
Ein Verlag der Buch&media GmbH, München
© 2005 Buch&media GmbH, München
Umschlaggestaltung: Kay Fretwurst
unter Verwendung einer Fotografie von Thomas Türpe
Druck und Bindung: Books on Demand GmbH, Norderstedt
Printed in Germany · ISBN 978-3-86520-157-7

## Montag, 5. September

### Pirnaische Vorstadt, 6.20 Uhr

Janina Kadenczik fröstelt, als die Eisentür ihrer Lieblingsdisco hinter ihr ins Schloss fällt. Für ein paar Sekunden können sich ihre übernächtigten Augen nicht entscheiden, ob sie an diesem erwachenden Morgen noch schwarz-weiß sehen oder den Farbmodus aktivieren sollen. Das kann aber auch dem unvernünftig hohen Alkoholspiegel im Blut der jungen Zeitungsreporterin geschuldet sein. Entgegen allen guten Vorsätzen hat sie in der vergangenen Nacht wieder einmal hemmungslos zugeschlagen.

Es gibt hin und wieder Situationen, in denen das Denken nicht gerade Janinas Stärke ist. Dann überlässt sie sich lieber ihrem Fühlen und legt sämtliche Wahrnehmungen gegen sich selbst aus. Weil in diesen Situationen alle Unglücke dieser Welt gleichzeitig einzutreffen pflegen, steht an diesem Morgen auch kein Taxi an der dafür vorgesehenen Stelle. Janina führt sich kurz ihre Bekleidung vor Augen – das figurbetonte, schwarze Kleid, die roten Pumps, das glänzende Handtäschchen und die ebenfalls knallrote Federboa. So aufgetakelt ist es nicht besonders schlau, hier längere Zeit herumzulungern. Womöglich wird sie noch für eine Bordsteinschwalbe gehalten.

In einem Anflug von Selbstmitleid entschließt sie sich, die paar Kilometer zu ihrer Wohnung zu Fuß zu bewältigen. Vielleicht hilft die frische Morgenluft auch ein wenig, den Kater zu vertreiben. Janinas Gedanken umschweifen noch einmal die Ereignisse der vergangenen Nacht, welche sie wieder einmal um die große Liebe betrogen hat, die sie ihr doch am Abend noch versprochen hatte.

Dass der so fröhlich wirkende Medizinstudent mit den verwegenen Gesichtszügen und dem so elegant federnden Knackarsch – nachdem er ihr schon einen Caipirinha spendiert hatte – ausgerechnet mit dem rothaarigen Flittchen abziehen musste, will einfach nicht in ihren Kopf. Vorher hatte sie sich von ihm klassisch einlullen lassen. Er schwärmte von ihrem holden Antlitz, vom verführerischen Glühen ihrer dunklen Augen. Nach einem langen Zungenkuss nannte er Janina gar die »Michelle Hunziker von der Gazette«. Doch dann kam er vom Zigarettenholen nicht zurück.

Janina Kadenczik überzeugt sich, dass weder Autos noch Polizisten in der Nähe sind, und überquert am Pirnaischen Platz die Straße, obwohl die Fußgängerampel Rot zeigt.

»Er war es nicht wert«, sagt sie halblaut vor sich hin, um sich zu trösten und das leidige Thema abzuschließen. Mit dem ungebremsten Alkoholgenuss muss aber endlich Schluss sein.

Nicht dass ernsthaft Gefahr bestünde, als Alkoholikerin zu enden. Da glaubt Janina an ihren festen Willen. Doch muss sie auch an ihre berufliche Situation denken. Sie schreibt noch nicht besonders lange für die Zeitung, sie ist erst dreiundzwanzig und befindet sich noch in der Probezeit. Deshalb passt es überhaupt nicht, wenn sie heute mit einer Fahne in die Redaktion schwankt. An Schlaf darf sie aber gar nicht erst denken. Denn wenn sie sich jetzt hinlegen und schlafen würde – sie käme nie und nimmer rechtzeitig aus dem Bett. Stattdessen wird sie sich einen starken Kaffee und ein gemütliches Frühstück gönnen, nachdem die Badewanne ihre müde getanzten Glieder etwas regeneriert hat.

Vielleicht fällt ihr dabei ein, welche Geschichte sie heute anbieten könnte. Sie will endlich weg vom öden Terminjournalismus. Freilich, nicht jeder vorab geplante Termin ist ein langweiliger. Die feierliche Weihe der Frauenkirche gestern, von der sie berichten durfte, war ein unvergleichliches und erhebendes Erlebnis gewesen. Sie begleitete den Chefreporter eher zufällig, weil eine Kollegin kurzfristig erkrankt war. Janina Kadenczik ist sogar noch jetzt ein bisschen stolz, dass sie zum großen internationalen Pressetross gehören durfte. Ein Ereignis von Weltrang, zweifellos.

Ein Feiertag auch für die Dresdner. Jahrelang hatten sie gespendet und staunend zugesehen, wie ihr Heiligtum täglich ein kleines Stück wuchs und der Stadtsilhouette ihre alte Würde zurückschenkte. Gestern hatten die Menschen alle so ein Leuchten in den Augen gehabt. Sie durften feiern – ihre Stadt, ihre Kirche und sich selbst.

Ganz in Gedanken versunken stößt Janina am Neumarkt gegen einen Straßenfeger in orangefarbener Weste. Der hatte soeben in die Höhe geschaut und scheint jetzt selbst erschrocken. Denn mit weit aufgerissenem Mund starrt er sie apathisch wirkend an. Janina seufzt. Ich muss ja verheerend aussehen, denkt sie, wenn ich schon solche Reaktionen hervorrufe. Im Weitergehen versucht sie entschuldigend zu lächeln. Der Besenmann lächelt nicht zurück.

Janina bemerkt weitere Menschen. Sie gaffen in dieselbe Richtung nach oben. Ihre Kiefer sind nach unten geklappt, die Augen vor Entsetzen geweitet. Janina folgt ihren starren Blicken.

Am Kreuz der frisch geweihten Frauenkirche hängt – wie weiland Jesus Christus – ein blutüberströmter Mensch.

## Stresemannplatz, 6.50 Uhr

Missmutig tastet Andreas Teichmann nach seinem Diensthandy und bemüht sich um einen besonders mürrischen Unterton: »Teichmann, Mordkommission.«

Am anderen Ende meldet sich der Polizeidirektor: »Mensch, Herr Kommissar, was haben Sie bloß für einen gesegneten Schlaf. Ich versuche Sie bereits seit zehn Minuten zu erreichen.«

»Wer fleißig arbeitet, soll auch ruhig schlafen, Chef. Was gibt es so zeitig?«

»Lassen Sie den Quatsch, Teichmann.« Der Polizeidirektor klingt äußerst angespannt. »Machen Sie mal das Frühstücksfernsehen an!«

Der Kommissar, der gerade nach einer Zigarette fingert, glaubt sich verhört zu haben. »Sie rufen mich an meinem freien Tag an, um mit mir einen gemütlichen Fernsehmorgen zu verbringen? Bin ich im falschen Film? Ich hoffe mal, dort kommt ein besserer.«

Während Andreas Teichmann nach der Fernbedienung sucht, zündet er sich die »Cabinet« an und hört den Direktor tief Luft holen und mit Nachdruck fordern: »Jetzt machen Sie verdammt noch mal Ihre Glotze an!«

»Ja, ja, schon gut. Welches Programm?«

Teichmann nimmt sich den Aschenbecher und lässt sich in den Sessel fallen.

»ARD oder ZDF. Kommt auf beiden dasselbe Programm um diese Uhrzeit. Haben Sie es, Teichmann?«

»Ich sehe einen Reporter mit wichtigem Gesicht und im Hintergrund unsere Frauenkirche.«

»Genau, das ist es. Jetzt schauen Sie mal oben ans Kirchenkreuz. Da baumelt einer!«

Teichmann steht auf und schlurft näher an den Bildschirm.

»Hm, ist nicht wahr! Wie kommt der denn da hin?« Er reibt sich den Schlaf aus den Augen. »Na ja, aber so richtig erkennen kann ich nichts.«

»Nur Geduld, Herr Kollege. Da kamen auch schon nähere Einstellungen. Schauen Sie, jetzt macht die Kamera eine Zufahrt.«

Der Kommissar streift die Asche ab. »Ui, der sieht aber nicht mehr sehr lebendig aus. Und diese appetitliche Sendung nennt sich wirklich Frühstücksfernsehen?«

Dem Direktor steht nicht der Sinn nach Klamauk. »Vergessen Sie Ihr Frühstück und holen Sie den da runter. Wir machen uns ja weltweit zum Gespött. Auf BBC und CNN sollen auch schon Bilder gelaufen sein.«

Andreas Teichmann hat gerade ein flapsiges »Da hilft nur Hub-

schraubereinsatz!« auf den Lippen, da wird auch ihm der Ernst der Situation bewusst. »Seit wann hängt der denn da oben? Und wieso ist das Fernsehen schon vor Ort?«
»Die sind noch von der Kirchweihe gestern Nachmittag da, hatten noch nicht abgebaut. Die Leitstelle hat erst vor einer Stunde davon erfahren. Wir haben jetzt fünfzehn Leute zum Absichern hingeschickt, Ihre Mordkommission ist auch schon los und die Spurensicherung wurde informiert. Aber den Fall müssen Sie jetzt unbedingt übernehmen.«

Andreas Teichmann muss die Dienstbeflissenheit gar nicht heucheln. Er spürt, wie der Ehrgeiz von ihm Besitz ergreift. Endlich mal ein Fall, bei dem er nicht nur unter Kollegen glänzen kann. Das riecht nach Bewährungsprobe der Extraklasse, nach einer wichtigen Sprosse auf der Karriereleiter.

»Das Schwierigste wird sein, die Spurensicherung da hochzukriegen«, sagt er. »Wie viele Meter sind das denn? Achtzig? Hundert?«

»So ungefähr, keine Ahnung.«

»Gibt es bei der Abteilung Zentrale Dienste oder beim Spezialeinsatzkommando eine Truppe, die mich und meine Spurensicherung da hochbringt?«

Kommissar Teichmann hört seinen Chef tief seufzen. Daran hat der offensichtlich noch nicht gedacht.

»Normalerweise gibt es bei der Polizei für jede Situation einige Spezialisten. Ich fürchte nur, es wird wieder einmal an unseren Dienstvorschriften scheitern. Weil: Der da oben scheint mausetot, also keine Gefahr im Verzug.«

»Dann müsst ihr mir notfalls eine gewerbliche Firma organisieren, die uns hochbringt.«

»Jetzt fahren Sie erst mal los und nehmen Sie die Fäden in die Hand. Ich kümmere mich derweil um Spezialisten.«

»Ist die Kirchenverwaltung schon informiert?«

»Keine Ahnung.«

Der Kommissar spürt schon wieder den Ärger über die Inkompetenz im Polizeiapparat aufsteigen, besonders am Kopf der Hierarchie.

»Haltet mir wenigstens das Fernsehen vom Hals!«, fordert er.

»Klar, ich stelle mich hin und erzähle: Ich weiß, dass ich nichts weiß.«

»Wenigstens etwas!«

»So, jetzt aber keine Zeit mehr verlieren. Spätestens Mittag ist die Leiche da oben weg, und am Nachmittag will ich wissen, wie die da hochgekommen ist.«

Teichmann kann sich nicht mehr bremsen und fällt dem Direktor ins Wort.

»Und noch vor dem Sandmännchen ziehe ich dann den Mörder an den Ohren über die Prager Straße.«
Das Tuten signalisiert ihm, dass der Chef bereits aufgelegt hat. Wohl auch besser so, denkt er sich.

## Cotta, 7.10 Uhr

»Nehmt doch den ganzen arbeitslosen Ossis die Autos weg«, schimpft Bauunternehmer Rolf Speck halblaut vor sich hin und drückt ungeduldig auf die Hupe. Seine schwarze Dogge Rosebud – ein Rüde – blinzelt nur kurz, döst dann aber vor dem Beifahrersitz der Limousine gemütlich weiter.
Rosebud kennt die jähzornigen Ausbrüche seines fülligen Herrchens zur Genüge. Solange sich dessen Aggressionen nicht gegen ihn richten, sind sie dem Hund egal. Er ist gewohnt, dass der Mittfünfziger immer etwas geladen ist und halblaut vor sich hinbrabbelt, wenn er sich allein fühlt. Und er fühlt sich meistens allein. Eigentlich immer, trotz Rosebuds ständiger Anwesenheit.
Und falls sich Rolf Speck einmal nicht allein fühlt, dann wähnt er sich ausschließlich von Feinden umgeben. Wie an diesem Montagmorgen kurz nach sieben zwischen Flügelwegbrücke und Hamburger Straße, wo es wieder einmal nur im Schritttempo vorangeht. »Zum Sozialamt könnt ihr auch laufen, verdammt noch mal!«
Bei der nächsten Grünphase ist sein 7er BMW älteren Baujahres sicher mit dabei. Bevor er sich dann wieder hinter den ärmlichen Seats und Nissans einreihen muss, kann er wenigstens für fünfzig Meter kurz aufs Gas treten. In der Vorfreude öffnet Rolf Speck den Hosengürtel, denn seine massige Wampe mit dem Umfang eines Bierfasses benötigt während längerer Sitzperioden immer wieder Entspannung. Er schaut in den Innenraumspiegel: Sein Hut, der die dünn und grau gewordenen Haare verdecken soll, sitzt perfekt.
Die Gedanken des Bauunternehmers kreisen heute allerdings weniger um die von »meinem Steuergeld bezahlten Sozialautos«, die ihm dann auch noch die »von meinem Steuergeld bezahlten« Straßen verstopfen. Ursprünglich wollte er zum jetzigen Zeitpunkt bereits Millionär sein und die leidigen Geldsorgen für immer vergessen haben. Das Ding war so lange geplant, alles bis ins letzte Detail durchkalkuliert. So viele Wochen hat er warten und bangen müssen, und gestern Abend sollte endlich die Geldübergabe sein. Ein Koffer mit zwei Millionen Dollar. Unversteuert, versteht sich. Sollte ...

»Mit mir macht man so was nicht, Herr Kunath!«, brabbelt Rolf Speck nicht ohne gewisses Pathos vor sich hin.

Rosebud blinzelt kurz.

»Nicht mit mir, Herr Kirchenoberbaurat!«

Rosebud fühlt sich berechtigterweise nicht angesprochen und döst weiter.

Dieser Kirchenbaurat Johannes Kunath, beim Wiederaufbau der Frauenkirche sowohl für die Baubetreuung als auch für die Abwicklung der finanziellen Seite zuständig, hat den Unternehmer gestern versetzt. Der Termin war seit vier Wochen auf den Abend nach der Weihezeremonie festgelegt, doch Kunath war einfach nicht in seinem Büro gewesen. Rolf Speck muss scharf bremsen, er hat nur dreißig Meter Gas geben können.

»Macht die Straße frei, ihr dummen Sachsen. Ich muss meine zwei Millionen Dollar abholen.«

Mit der Übergabe des Geldkoffers musste bis nach der Weihe gewartet werden. Das sieht auch der Bauunternehmer ein. Schließlich handelt es sich bei den Dollars um eine anonyme Spende für den Wiederaufbau, die der Kirchenbaurat irgendwie verheimlichen konnte. Jetzt, wo der Bau abgeschlossen ist, wird wohl keiner mehr nach dem Geld fragen.

»Doch! Ich! Ich frage nach meinem Geld«, murmelt Speck.

Dass der Geldkoffer ausschließlich ihm zusteht, daran zweifelt Rolf Speck nicht. Er hat den Kirchenbaurat Johannes Kunath dafür lange genug beobachten und bearbeiten müssen. Sogar eine Detektei ließ er in der Vergangenheit des Bauherrn graben. Und siehe da: Es ließen sich recht delikate Details zu dessen sexuellen Vorlieben zu Tage fördern.

Speck überdenkt noch einmal den glücklichen Umstand, dass der Kirchenbaurat jetzt eine politische Karriere plant. Da machen sich solche intimen Geschichten überhaupt nicht gut. Ein Schweigegeld von zwei Millionen Dollar ist da schon angemessen. Aus den Händen eines Kirchenmannes.

»Mit Gottes Segen sozusagen.« Rolf Speck bekreuzigt sich scheinheilig und murmelt: »Amen!«

### Münzgasse, 7.30 Uhr

Im Spalt der Wohnungstür erscheint das neugierige Gesicht eines siebenjährigen Mädchens mit zwei brav geflochtenen blonden Zöpfen. Aus der Neugier wird augenblicklich Erstaunen und darauf Verun-

sicherung. Vor dem Mädchen stehen zwei Uniformträger der sächsischen Polizei, auf welche sich die Unsicherheit auch sofort überträgt. Einer nimmt seine Mütze ab und will sich gerade räuspern, doch da hat die Kleine ihre Fassung schon wiedergefunden.
»Papa? Kommst du mal?«
»Wer ist denn da, mein Kind?«
Ein zierlicher Mann Anfang vierzig erscheint in der Tür und sagt so gelassen »Guten Morgen«, als hätte er die Polizei erwartet.
»Polizeimeister Peschke, guten Tag«, beeilt sich der mit der Mütze in der Hand zu erwidern. »Sind Sie Christian Eisenwinckel, der Organist der Frauenkirche?«
Hinter dem Mann lugt nun noch das neugierige Gesicht eines etwa zehnjährigen Jungen hervor.
»Markus, Anne-Marie! Geht mal weiter frühstücken!«, weist er die Kinder an und wendet sich wieder den Beamten zu. »Ja, der bin ich. Worum geht's denn?«
»Wir haben den Hausmeister von der Frauenkirche nicht angetroffen und bräuchten mal die Schlüssel«, sagt der Beamte. »Möglicherweise ist dort heute Nacht ein Mord geschehen. Weil ...« Er holt noch einmal tief Luft.»... oben am Kreuz hängt eine Leiche.«
Der Polizist erwartet, dass Eisenwinckel der Unterkiefer herunterklappt und er dann alles noch einmal erzählen darf. Die Situation ist einfach zu unglaublich, als dass man sie beim ersten Mal erfassen könnte. Doch der Organist bleibt ruhig.
»Moment, ich sage nur kurz meiner Frau Bescheid und hole die Schlüssel.«

Inzwischen ist es der Polizei gelungen, ein rot-weißes Absperrband in einem zehn Meter weiten Umkreis um die Kirche zu spannen und den Volksauflauf zurückzudrängen. Per Funk beordert Polizeimeister Peschke Kommissar Teichmann und seine Spurensicherung zu einem Nebeneingang, denn nur für diesen verfügt der Organist über einen Schlüssel.
Auf dem Weg dorthin schaut Christian Eisenwinckel zum Kruzifix. Das Bild des Gekreuzigten kennt er aus vielen Kirchen und seinem Wohnzimmer. Das ist für ihn ein gewohntes Bild. Doch das hier ist keine künstlerische Darstellung eines über zweitausend Jahre zurückliegenden Aktes der Barbarei. Das hier ist Wirklichkeit. Am zweithöchsten Punkt der Stadt, mitten in Dresden im Jahr 2005.
Nach kurzer Begrüßung und Belehrung durch Kommissar Teichmann, dass er nichts berühren und den Spurensicherern stets den Vortritt lassen solle, öffnet Eisenwinckel den Nebeneingang. Der Er-

mittler, der sich auf Fußabdrücke spezialisiert hat, zuckt schon mit den Schultern: Nach der festlichen Weihe wurde der Boden noch nicht gereinigt. Fußabdrücke gibt es hier zu Tausenden.

Aus dem Altarraum hört Eisenwinckel einem der Heiligkeit des Ortes unangemessenen Fluch. Er geht in die Richtung, aus der der Kraftausdruck kam, und bleibt wie gebannt neben dem Kommissar stehen. Über den Fußboden hat jemand literweise Blut vergossen. In der meterbreiten Lache liegen drei schwarze Katzen, mit aufgeschlitzten Kehlen. Das Kreuz des Altartisches wurde aus der Verankerung gerissen und steht umgekehrt auf der geöffneten Bibel. Mit Blut hat jemand eine »666« an den Altar geschmiert. Die Zahl des Satans.

### Vor der Frauenkirche, 8.15 Uhr

Nachdem Janina bei McDonald's am Altmarkt ihr nachtfahles Gesicht mit etwas Rouge aufgefrischt hat, spürt sie den Restalkohol bereits nicht mehr. Die verräterische Fahne will sie mit Pfefferminzpastillen für den Rest des Tages kaschieren.

Ihre bisherigen Recherchen haben sich als wenig ergiebig erwiesen. Die einzig nützliche Information, die über allgemeine Mutmaßungen hinausgeht, ist der Fakt, dass im Altarraum der Kirche eine Art Blutbad stattgefunden haben soll. Das hat ihr ein Polizeischüler gesteckt, der die Absperrung am Nebeneingang der Frauenkirche bewacht. Dorthin will sie jetzt mit ihren zwei dampfenden Kaffeebechern wieder gehen, dorthin hat sie auch den Fotografen bestellt.

Der Polizeischüler scheint nicht besonders helle. Er ist noch jung und unerfahren, dafür aber recht gut gebaut. Beides kommt Janina entgegen. So wird sie das Angenehme mit dem Nützlichen verbinden können.

Mit gekonntem und oft geübtem Augenaufschlag überreicht sie dem angehenden Polizisten den mitgebrachten Kaffee. Schmuck sieht der junge Mann in seiner fast ein wenig zu engen Uniform aus. Besonders, wenn er wie jetzt lächelt. Der Kaffee lässt den letzten Widerstand des Polizeischülers schmelzen, er beginnt Vertrauen zu der Journalistin zu fassen. Beide flirten – ihre beruflichen Pflichten scheinbar vergessend – miteinander, bis ihr Fotograf eintrifft.

»So, jetzt müssen wir aber rein!«

Janina säuselt zwar noch immer im entwaffnenden Flirtton, aber ihre Stimme klingt bestimmt und keinen Widerspruch duldend. Seinem »Das darf ich nicht!« hält sie ein selbstsicher vorgetragenes

Plädoyer für Pressefreiheit und Demokratie entgegen. Weil auch der Fotograf, noch völlig perplex ob solcher Dreistheit, ein wichtiges Gesicht macht, bleibt dem Polizeischüler gar nichts übrig, als das Absperrband zu heben.

Seinem Instinkt für die beste Perspektive folgend, wählt der Fotograf sofort den Weg über das Treppenhaus, Janina folgt ihm auf die Empore. Unten sehen sie das Blutbad und Polizisten mit Maßbändern, kleinen Zahlenschildern und Plastetüten. Der Fotograf setzt seine Kamera auf die Balustrade und knipst.

Nach wenigen Sekunden wird auch Mordkommissar Andreas Teichmann auf die Blitzlichter aufmerksam. Er schaut nach oben, sieht neben einem Fotoapparat ein blondes Fräulein stehen und gerät in Rage.

»Wer hat denn diese Nutte hier reingelassen?«, fragt er eine Spur zu laut.

Die Spurensicherer unterbrechen ihre Arbeit und schauen gemeinsam mit dem Organisten zur Empore.

In diesem Moment fällt auch Janina wieder ein, dass sie noch immer im Discofummel unterwegs ist. Wenigstens die Federboa hätte sie in die Tasche stopfen können! Wahrscheinlich ist sie in der ganzen Aufregung vorhin auch mit Wimperntusche und Lippenstift nicht sonderlich sparsam umgegangen. Um auf ein Loch im Boden zu hoffen, durch welches sie der peinlichen Situation zu entschwinden vermag, ist es nun zu spät.

Trotz der spürbar aufsteigenden Schamesröte geht sie in die Offensive: »Wir sind Reporter, machen nur schnell paar Aufnahmen.«

Ihr Fotograf gibt unterdessen ein Zeichen, dass alles im Kasten sei und dem Verduften nichts mehr im Wege stünde.

Genau das fordert jetzt auch der Kommissar, der sich über seine Unbeherrschtheit ärgert. Eine Pressetante in Anwesenheit von Zeugen als »Nutte« zu bezeichnen, mag bei einem solchen Aufzug gerechtfertigt sein, ist aber juristisch nicht irrelevant. Solch eine Entgleisung, auch wenn sie in der jetzigen Situation lächerlich wirkt, könnte seinen Karriereplänen schaden. Deshalb gesteht er Frau Kadenczik zu, in etwa zwei Stunden für ein Gespräch zur Verfügung zu stehen.

»Allerdings«, grollt Teichmann weiter, »bleibt der Speicherchip der Kamera hier. Tatortfotos dürfen jetzt keinesfalls veröffentlicht werden, das könnte die Ermittlungen behindern.«

Ein Beamter begleitet das Zeitungsteam wieder nach draußen, bittet den Fotografen um die Speicherkarte der digitalen Kamera, die er zur Überraschung des Polizisten widerstandslos herausgibt.

# In der Frauenkirche, 8.50 Uhr

Die Spurensicherung im Altarraum und im Erdgeschoss ist weitgehend abgeschlossen. Alles deutet darauf hin, dass vor dem Heiligtum rohe Gewalt auf menschliche Körper eingewirkt hat. Das ganze Blut kann unmöglich von einem einzigen Menschen stammen. Weiteres muss aber die Untersuchung im Genlabor ergeben.

Gefundene Fetzen von Kleidungsstücken sind inzwischen in Plastetüten verpackt, die toten Katzen und das umgestülpte Kruzifix ebenfalls. Kommissar Teichmann ordnet an, dass nun die Blutspur aufgenommen wird, welche in den Fahrstuhl führt und sich oben im Kuppelsaal fortsetzt. Dann wendet er sich an den Organisten.

»Und wir beide gehen inzwischen über den Treppenaufgang hoch in den Kuppelsaal.«

Bevor Eisenwinckel antworten kann, klingelt das Telefon des Kommissars. Die Nummer auf der Anzeige ist ihm bekannt.

»Ich grüße Sie, Herr Polizeipräsident.« Teichmann zuckt zusammen und hält das Handy ein wenig vom Ohr weg. Offensichtlich wählt sein Gesprächspartner eine unangemessene Lautstärke. Der Kommissar holt tief Luft.

»Natürlich hängt sie noch. Erst in einer halben Stunde kommt eine Firma, die unsere Spurensicherer nach oben bringt.«

Dann verzieht der Kommissar das Gesicht, als wäre ein schwer verständlicher Ausländer am Apparat.

»Natürlich weiß ich, dass die Bilder im Fernsehen laufen. Aber ich bin dafür zuständig, dass der Mord aufgeklärt wird – und nicht dafür, dass der Innenminister diese Bilder nicht sehen möchte.« Der Kommissar lächelt den Organisten süffisant an und nickt nur noch stereotyp. »Jawohl, Herr Präsident«, »Ja, ich habe verstanden«, »Wird gemacht, Herr Schwamm«. Er legt auf und pustet, als wolle er die Kerzen einer Geburtstagstorte auslöschen.

»Dass der nicht mal bis zum Mittag nüchtern bleiben kann.«

»Die Schlüssel für den Kuppelsaal habe ich gar nicht", sagt Eisenwinckel. „Die bekommen Sie eigentlich in der Kirchenverwaltung im Coselpalais. Die macht montags aber erst gegen elf Uhr auf. Sie gehen am besten in das Büro des Kirchenbaurates. Wenn Sie wollen, zeige ich einem Ihrer Kollegen den Weg, es ist gleich um die Ecke. Ich wollte jetzt ohnehin gerade gehen.«

Kommissar Teichmann ist sichtlich beeindruckt, dass endlich mal einer mitdenkt. Das ist er aus Polizeikreisen nur in Ansätzen gewöhnt. Er winkt zwei uniformierte Kollegen heran und weist sie in die Aufgabe ein, bevor er sich noch einmal dankend an den Organisten wendet: »Und sehen Sie zu, dass Sie dem blonden Abfangjäger von der Zeitung aus dem Weg gehen. Bitte kein Wort zur Presse.«

### Coselpalais, 9.00 Uhr

Blühende Landschaften hat man ihnen versprochen, jetzt haben sie wenigstens eine teure Kirche, denkt sich Rolf Speck, als er die Menschenmenge und das Medienaufgebot vor der Frauenkirche sieht. Nachdem er vergeblich am Büro des Kirchenbaurates Kunath geklingelt hatte, genehmigte er sich erst einmal ein fürstliches Frühstück im »Hilton«. Jetzt keucht er zum zweiten Mal die Treppen des Coselpalais hinauf. Der Gedanke an den Millionenkoffer beflügelt seine Schritte mehr, als sein Kreislauf gewöhnlich auszuhalten vermag.

Erst nach dem zweiten Klingeln wird die Bürotür langsam geöffnet. Doch nicht der Kirchenbaurat schaut den Bauunternehmer unverwandt an, sondern dessen Adoptivsohn Thomas, ein achtundzwanzigjähriger hochaufgeschossener Mann, der beim Frauenkirchenbau die rechte Hand seines Vaters war. Mit ihm hatte der Unternehmer noch nie zu tun, deshalb stellt er sich erst einmal vor.

»Mein Name ist Rolf Speck«, japst er noch völlig außer Atem. »Ich möchte gern mit dem Herrn Kirchenbaurat sprechen.«

Thomas Kunath zuckt mit den Schultern.

»Er ist leider noch nicht da, ich wundere mich auch schon. Haben Sie einen Termin?«

Dem untersetzten Unternehmer fällt es schwer, die ganze Zeit nach oben zu schauen. Kunath ist eine Bohnenstange, bestimmt an die zwei Meter groß.

»Ja, gestern Abend hatte ich einen«, presst Speck hervor. »Aber Ihr Vater war nicht da.«

Das Schulterzucken scheint bei Thomas Kunath eine Angewohnheit zu sein. Jedenfalls sieht er dann für einen Moment immer noch ein Stückchen größer aus: »Das tut mir Leid, davon weiß ich nichts – soll ich ihm etwas ausrichten?«

In Rolf Speck steigt die Wut, dass er die Treppen wieder ohne die Millionen hinunter soll.

»Richten Sie ihm bitte aus, er soll mich sofort anrufen«, sagt er unfreundlich.

Das aber scheint Thomas Kunath schon gar nicht mehr wahrzunehmen. Er schaut über den Bauunternehmer hinweg und lächelt freundlich dem Organisten zu, der in Begleitung von zwei wohlbeleibten Polizisten die Treppe heraufkommt.

»Der Kirchenbaurat ist nicht da«, brummt Rolf Speck ungefragt und zwängt sich an den Beamten vorbei die Treppe hinab. Eisenwinckel schaut ihm kopfschüttelnd nach und wendet sich dann an Kunath.
»Sag mal, Thomas – hast du gar nicht mitbekommen, was da draußen los ist?«
»Gewundert habe ich mich schon, aber ich habe nicht drüber nachgedacht. Was machen die denn?«
Christian Eisenwinckel gibt in knappen Worten seinen Kenntnisstand wieder und glaubt zu sehen, dass Thomas Kunath bei der Schilderung blass wird. Auch hat er aufgehört, mit den Schultern zu zucken. Gefasst sucht der Adoptivsohn die gewünschten Schlüssel und die Grundrisse für die Kuppel heraus und fragt, ob er mitkommen und behilflich sein könne.
Einer der Beamten wehrt ab.
»Wegen der Spurensicherung ist es besser, dass sich so wenig Leute wie möglich dort aufhalten.«
Während die Polizisten schnaufend die Treppe hinabeilen, wendet sich der Organist noch einmal Kunath zu und legt seine Hand auf dessen Schulter.
»Bitte richte deinem Vater aus: Auch wenn es unglaublich und furchtbar ist, soll er sich das da oben am Kreuz nicht so zu Herzen nehmen.«
»Er wird es verkraften, er ist hart im Nehmen. Aber seltsam, dass er noch nicht hier ist. Das ist sonst nicht seine Art.«

### In der Frauenkirche, 9.35 Uhr

Auf jeder vierten Stufe klebt ein Blutstropfen. Der oder die Täter müssen ihr Opfer in gleichmäßigen Schritten über die Wendeltreppe am Innenrand der Kuppel nach oben gehievt haben. Kommissar Andreas Teichmann erreicht mit den Bauplänen in der Hand soeben die Aussichtsplattform über dem Kuppelgewölbe. Hier oben, in sechzig Meter Höhe, pfeift ein ganz anderer Wind, als er unten wahrnehmbar ist.
Am Rand der Balustrade dokumentiert ein Spurensicherer bereits eine umfangreichere Blutlache – offensichtlich wurde das Opfer dort abgelegt, als der oder die Mörder den Aufstieg zum Kruzifix vorbereitet haben.
»Es müssen mehrere gewesen sein«, meint Andreas Teichmann zu einem Kollegen. »Man braucht doch Unmengen von Kraft und Ausdauer.«

Der Kommissar wird sich jetzt erst der Ausmaße des machtvollen Kirchenbaus bewusst – von unten sieht das alles weitaus weniger massiv aus. Laut Bauplan ist die so genannte Laterne, an deren Fuß sich die Aussichtsplattform befindet, knapp zwanzig Meter hoch. Sie trägt auf vier Säulen eine fünf Meter breite und drei Meter hohe Gaube. Darauf steht dann das sieben Meter hohe und drei Meter breite goldene Kreuz, um dessen Schnittpunkt ein etwa zwei Meter großer Strahlenkranz geschmiedet ist. Bei einem solch riesigen Kreuz wundert es nicht, dass die Leiche vom Neumarkt aus so winzig klein aussieht.

Bis an die Decke der Laterne gelangt man über eine Eisenleiter. Oben findet sich eine Dachluke, welche von den Mördern – wie zwei weitere Türen auf dem Weg dorthin – aufgebrochen wurde. Draußen sind mehrere Ösen und Haken angebracht, falls mal ein schwindelfreier Elektriker die Beleuchtung für das Kreuz kontrollieren muss. Bis dorthin sind die Spurensicherer schon vorangekommen. Bis jetzt haben sie allerdings – wie bereits auf der Wendeltreppe – nur frische Abdrücke eines einzigen Paars Schuhe gefunden. Also doch ein Einzeltäter?

Inzwischen ist die Dachsicherungstruppe eingetroffen: vier Männer zwischen Mitte zwanzig und Mitte dreißig, aus deren Gesichtern Verwegenheit, Entschlossenheit und Erfahrung sprechen Sie legen Unmengen von Seilen, Strickleitern und Sicherungshaken ab.

»Wie viele Leute sollen wir denn da hochbringen?«, fragt der Chef, ein schmächtiger, dennoch recht muskulöser Mann mit verwitterter Gesichtshaut.

Teichmann meint, dass er selbst nur einmal kurz an den Fuß des Kreuzes wolle, um einen optischen Eindruck zu gewinnen. Danach müsste einer der erfahrensten Spurensicherer direkt an die Leiche, um die Einzelheiten zu dokumentieren, was etwa zwanzig Minuten dauern würde. Die Dachsicherer erklären sich bereit, die Leiche dann selbst zu bergen, nachdem sie sich in die Grundlagen der Spurensicherung einweihen ließen.

Fasziniert beobachtet Andreas Teichmann durch die Dachluke, wie flink und routiniert die Truppe bis zur Gaubenspitze aufsteigt. Alle sind aufeinander eingespielt, jeder kann sich auf den anderen verlassen. Bloß gut, dass nicht das SEK gekommen ist – dann hätte alles Stunden gedauert.

Nach fünfzehn Minuten, in denen Teichmann auf der Aussichtsplattform eine Zigarette rauchen konnte und zum zweiten Mal den angetrunkenen Polizeipräsidenten am Handy besänftigen musste, tritt der Chef der Truppe auf ihn zu: »Einer meiner Jungs ist ausgefallen, weil er den Anblick der Leiche nicht ertragen konnte. Aber jetzt

kann es losgehen.« Er bietet an, vorher noch zu schildern, wie der Täter seiner Meinung nach vorgegangen sei. »Denn das war schon eine gewisse Meisterleistung, das muss ich unumwunden zugeben.«
Andreas Teichmann denkt kurz an den nervenden Polizeipräsidenten, entscheidet sich aber doch für eine knappe Erläuterung. So kann er beim Aufstieg noch auf das eine oder andere Detail Acht geben.
»Das Schwierigste«, erläutert der Mann mit der Lederhaut, »ist das goldene Ei, über dem das Kreuz steht. Das ist aalglatt, etwa zwei Meter hoch und einen Meter dick. Entweder hatte der Täter Vakuumsaugnäpfe, wie wir sie auch gelegentlich zum Außenfensterputzen gebrauchen – oder er kann außerordentlich geschickt mit dem Lasso umgehen. Ich vermute Letzteres, denn am Strahlenkranz um das Kreuz ist eine Einschlagsdelle wie von einem Enterhaken zu sehen. Ich will aber nicht wissen, wie viele Versuche der dazu gebraucht hat. Denn man kann von der Stelle, von der man werfen muss, das Kreuz gar nicht sehen. Und Sie spüren außerdem, was hier für ein Wind weht.«
Andreas Teichmann nickt. »Und weiter?«
»Das war schon das Wichtigste. Sobald das goldene Ei überwunden ist, bleibt der Rest für geübte Kletterer ein Kinderspiel. Das Kruzifix selbst bietet genügend Möglichkeiten für einen Aufstieg. Man befestigt ganz oben eine Strickleiter, bindet unten die Leiche fest und zieht sie über einen Flaschenzug nach oben. Das Ei weist auch entsprechende Kratzer auf, die nicht von uns stammen. So was lernt man gewöhnlich bei den Alpinisten oder bei der Bergrettung vom Roten Kreuz.«
»Was den Täterkreis erheblich einschränkt!«
»Diese Technik ist allerdings keine Geheimwissenschaft. Mit etwas Zielstrebigkeit lässt sich alles im Internet nachlesen und mit der nötigen Kenntnis der Gegebenheiten kann man das auch schon lange vorher üben. Man braucht vor allem einen starken Willen und muss Draufgänger sein. Und davon gibt es heutzutage doch einige.« Der Chef der Dachsicherungsgruppe senkt seine Stimme. »Übrigens kommt mir die Leiche da oben bekannt vor. Ich glaube, den habe ich schon mal im Fernsehen oder in der Zeitung gesehen.«
Diese Aussage drängt den Kommissar zur Eile. Er lässt sich in einen Blaumann stecken, an dessen Rücken ein Sicherungsseil eingeklinkt wird. Ohne Zeit zu verlieren, hangelt er sich über eine Strickleiter am goldenen Ei vorbei. Er weiß, dass er niemals nach unten schauen darf. Viel mehr aber graut ihm vor dem Blick nach oben. Er hat in seiner relativ kurzen Karriere bereits einige grausame Morde klären müssen. Doch das brutale Gemetzel im Altarraum hat eine andere, neue Dimension und in ihm eine Art heiligen Schauder erzeugt.
Mit beiden Händen hält sich Teichmann an den Seilen fest, holt

noch einmal tief Luft und blickt nach oben. Aus etwa drei Meter Entfernung starrt ihm das blutleere Gesicht eines etwa sechzigjährigen Mannes entgegen, dessen Mund weit aufgerissen ist. Eine Windböe lässt die Strickleiter schwanken. Teichmanns Frühstück schickt sich für einen Augenblick an, den Magen zu verlassen. Er schließt die Augen, atmet tief durch und kann seine Aufmerksamkeit bald wieder weiteren Details widmen.

Das Blut hat das ganze Hemd des Gekreuzigten durchtränkt. Der schwarze Anzug ist an vielen Stellen zerrissen und ebenfalls blutig. In der Brust steckt eine Art Dolch.

»Wenigstens nach der Tatwaffe müssen wir nicht suchen«, versucht sich Andreas Teichmann aufzumuntern.

Um den Hals des Toten hängt ein Pappschild mit zwei auf den Kopf gestellten Kreuzen, dazwischen die Aufschrift: »Vergib mir meine Sünden!«

Der Bauch des Opfers, ein groß gewachsener, eher sportlicher, älterer Mann, ist mit einem Seil am Stamm des Kreuzes fixiert. Die zusammengebundenen Beine ebenfalls. Die Handgelenke halten sich am Kruzifix mit Hilfe zweier Handschellen, die durch Löcher in den Flügeln des Kreuzes befestigt sind. Teichmann schaut noch einmal in das Gesicht des Mannes und in die aufgerissenen Augen. Er kommt ihm ebenfalls bekannt vor. Daraufhin gibt er das Zeichen, dass er genug gesehen hat und wieder hinabsteigen möchte.

Während sich ein Spurensicherer mit zwei Kletterern nach oben hangelt, unterhält sich der Kommissar noch einmal mit dem Chef der Brigade.

»Ist Ihnen eingefallen, wer das sein könnte?«
»Bin mir nicht ganz sicher.«
»Vielleicht jemand von der Frauenkirche?«
»Einer meiner Jungs – der, der jetzt wahrscheinlich unten die Kloschüssel anbrüllt – behauptet, es sei der Kirchenbaurat.«
»Der Kunath?«
»Genau der.«

### Vor der Frauenkirche, 10.40 Uhr

In einer aus Seilen improvisierten Trage lassen die Dachsicherer den Toten am goldenen Ei vorbei zur Dachluke schweben. Tausende Gaffer – von den lokalen Radiosendern herbeigetrommelt – schauen gebannt und neugierig nach oben.

Nur Janina Kadenczik wartet hinter der Absperrung in der Nähe des Nebeneinganges. Sie fühlt sich noch immer mit dem Kommissar verabredet, der sie vorhin so gemein als Nutte beschimpft hat. Sie glaubt nicht, dass sie besonders empfindlich und nachtragend ist. Aber ein wenig gekränkt hat sie das schon. Zumal der Beamte kein schmieriger alter Sack ist, sondern eher einer, von dem man sich auch gerne einmal in eines der besseren Restaurants der Stadt ausführen lässt. Für einen Leiter der Mordkommission scheint er mit seinen Anfang dreißig noch recht jung zu sein. Der modische Anzug lässt darauf schließen, dass der Kommissar entweder über sachkundige weibliche Beratung oder einen guten Geschmack verfügt. Obwohl: Der fehlende Ring und das unrasierte Gesicht sprechen eher für Letzteres. Für Janinas Gefühl hat er ja eine Spur Gel zu viel in den dunklen Haaren, aber das gehört bei Karrieretypen wohl zum Standardstyling. Die randlose Brille lässt ihn nicht nur besonders schlau, fast wissenschaftlich aussehen, sie verleiht seinen tiefblauen Augen auch eine geheimnisvolle Aura, besonders wenn – wie vorhin – einmal die Zornesfunken sprühten.

»Wie war bitte noch einmal Ihr Name?«

Janina wendet sich mit dem nicht nur für die Fahrschule geübten koketten Schulterblick um und schaut geradewegs in jene blauen Augen. Sie sehen müde und ungeduldig aus.

»Kadenczik, ich bin noch recht neu bei der Zeitung.« Sie bemüht sich um ein ganz besonders bezauberndes Lächeln. »Die meisten nennen mich Janina.«

»Teichmann, Mordkommission.« Der Beamte bleibt kühl. »Es tut mir Leid wegen vorhin, es ist mir so rausgerutscht.«

Janina winkt ab. »Schon vergessen.«

»Wir haben hier eine sehr angespannte Situation, und Sie können sicher verstehen, dass ich noch nicht viel sagen kann. Wir nehmen den Toten gerade ab und dann beginnen die eigentlichen Untersuchungen.«

Janina kommt es vor, als rede ein Roboter zu ihr. Die Sätze klingen zu vorgefertigt. Sie wirft die halblangen blonden Haare von der einen zur anderen Seite, damit er etwas von ihrer nicht ganz zu verachtenden Körperlichkeit wahrnehmen möge und gegebenenfalls etwas anderes als sein kühler Verstand angesprochen werde.

»Aber das verstehe ich doch«, flötet sie und merkt, wie sich der Kommissar entspannt. »Wissen Sie denn schon etwas über die Todesursache?«

»In seiner Brust steckt ein Dolch, aber das muss ja noch nichts heißen.«

»Wissen Sie denn, wer er ist?«
»Sie kennen doch die Regeln – keine Namen.«
Der Kommissar scheint die üblichen Spielchen zwischen Polizei und Presse anzudeuten, also versucht es Janina mit Routinefragen, die sie nur vom Hörensagen kennt.
»Aber die Stadt ist doch so groß, wo könnte ich denn zu suchen anfangen?«
»Fragen Sie doch mal im Kirchenbauamt nach.«
»Der Kunath?«
»So nannte man ihn wohl. Aber entschuldigen Sie mich jetzt bitte, ich habe zu tun«, sagt der Kommissar bereits im Gehen.
»Haben Sie heute Abend schon was vor? Wir könnten ja gemeinsam ein Weinchen trinken gehen.«
Der Kommissar dreht sich langsam um und lässt seine Augen über ihre unpassende Aufmachung streifen.
»Irgendwann vielleicht, aber in dieser Woche ganz bestimmt nicht mehr.«

### Königsufer, 11.30 Uhr

»Ja, bring mir meine Millionen«, murmelt Rolf Speck und nimmt den blauen Gummiball in Empfang, um ihn dann mit aller Kraft wegzuschleudern. In kraftvollen Sätzen hechelt Rosebud davon. Der Bauunternehmer hat vorhin den jungen Dachkletterer getroffen, dem auf der Frauenkirche schlecht wurde. Speck kennt ihn aus seiner Partei, bei der er vornehmlich aus geschäftlichen Gründen Beiträge zahlt und Versammlungen besucht. Der junge Mann hatte ihm verraten, dass der Gekreuzigte aller Wahrscheinlichkeit nach der Kirchenbaurat ist.
Rolf Speck nimmt erneut den Ball entgegen und holt aus. Dieses Mal zielt er in Richtung Fluss.
»In der Hölle sollst du schmoren!«
Rosebud tänzelt für ein paar Sekunden am Ufer entlang, bevor er sich – vielleicht vom Gehorsam getrieben – in die Elbe stürzt.
»Das war doch so gar nicht geplant, Herr Kirchenoberbaurat«, knurrt Speck. »Erst hättest du mir meine Millionen geben müssen, dann hättest du gerne alle Höllen dieses Weltalls durchwandern können. Verdient hättest du es!«
Rosebud legt den sauberen Ball vor seinem Herrchen ab und schüttelt sich kräftig aus, sodass der Bauunternehmer unerwartet eine Dusche empfängt. Reflexartig tritt er dem Hund gegen die Hüfte. Der jault auf und verkrümelt sich beleidigt in die wenige Meter entfernten

Büsche. Speck zieht es vor, jetzt ein Stück zu gehen. Den Ball lässt er liegen. Ball und Hund werden schon nachkommen, wenn er sich weit genug von ihnen entfernt hat. Wer bringt einen Kirchenbaurat um? Und aus welchem Grund? Speck muss nicht lange überlegen. »Irgendwer hat von der Dollarspende erfahren«, murmelt er. Und dieser Unbekannte war ihm wohl wenige Minuten vor der Geldübergabe zuvorgekommen. Bei allem, was Speck in seinem bisherigen Leben unternommen hat, hatte Geld die tragende Rolle gespielt. Deshalb kommt er gar nicht auf die Idee, dass es für einen solch abscheulichen Mord andere Motive geben könnte.

»Ein Rolf Speck gibt sich nicht geschlagen«, brabbelt er jetzt voller Inbrunst los. Er will die Spur des gemeinen Millionendiebes verfolgen. Dabei wird sich sein Weg möglicherweise mit dem der Kripobeamten kreuzen. Aber die wissen ja wahrscheinlich nichts über den Koffer mit den zwei Millionen Dollar. Rolf Speck grinst in sich hinein. Er hat gegenüber der Polizei einen Wissens- und damit einen Zeitvorsprung. Den gilt es zu nutzen.

## Ostra-Allee, 13.30 Uhr

Janina Kadenczik wird direkt in das Büro des Chefredakteurs zitiert. Dort versucht sich gerade der Kollege Polizeireporter an Interpretationsmöglichkeiten des Polizeiberichtes.

»Bei dem Getöteten handelt es sich um eine männliche Person, einundsechzig Jahre, aus Dresden, von Beruf Bauingenieur. Über die Todesumstände können aus ermittlungstaktischen Gründen zu diesem Zeitpunkt keine weiteren Hinweise gegeben werden. Zur Todesursache werden umfangreiche Ermittlungen ... alle Richtungen ... bla, bla ...« Er lässt das Pressefax der Direktion sinken. »Dann verweisen sie noch auf eine Pressekonferenz, die für morgen angesetzt ist.«

Jetzt bemerkt er seine junge Kollegin, die sich während seines wenig ergiebigen Vortrages unauffällig neben ihn auf die Ledercouch gesetzt hat. »Und?«

»Im Altarraum der Kirche fand ein regelrechtes Blutbad statt«, erzählt Janina, als sei das die alltäglichste Sache der Welt. »Zum Glück hat unser Fotograf den Speicherchip ausgetauscht. So hat uns die Kripo eine leere Karte abgenommen und wir haben die Fotos. Der Tote ist wahrscheinlich Kirchenbaurat Johannes Kunath.«

Der Chefredakteur knallt die rechte Hand auf den Tisch und springt auf.

»Wie bitte?«, fragt er irritiert.

Janina Kadenczik hat den Chef, einen korpulenten und untersetzten Endvierziger mit dünnem Haupthaar, der eigentlich ständig geistige Abwesenheit und eine Geht-mich-alles-nüscht-an-Attitüde vortäuscht, aber hinter der Fassade hellwach und ausgeschlafen ist, noch nie so aufgeregt gesehen. Fast beiläufig fügt sie hinzu: »Mit einem Dolch in der Brust.«

Der Chefredakteur lässt sich wieder in den Ledersessel fallen. »Als ob der Tote am Kreuz nicht schon absurd genug wäre. Aber jetzt hängt da oben der Mann, der die Fäden für den Wiederaufbau der Frauenkirche in der Hand hielt? In der Nacht nach der heiligen Weihe? Spinn ich?« Er fixiert Janina. »Oder spinnen Sie?« Sein Blick trifft den Polizeireporter. »Oder ist die ganze Welt verrückt?« Dann wendet er sich wieder an Janina. »Sie waren ja vor Ort – was munkelt man denn über mögliche Motive?«

Janina ergreift das vermeintliche Recht auf einen umfangreichen Bericht. Sie beschreibt die Unmengen von Blut, die toten Katzen, das umgedrehte Kruzifix auf der Bibel und die satanistische Symbolik.

Der Chefredakteur ruft den Produktionsleiter an, weist an, dass eine Doppelseite für das Blutbad in der Frauenkirche freigeräumt werden muss – Fotos und Verteilung der einzelnen Geschichten würden in etwa einer halben Stunde folgen. Dann bittet er die Sekretärin, die Klatschreporterin und den Kollegen herbeizurufen, der über die Jahre den Bau der Frauenkirche publizistisch begleitet hat.

Weder über die geschäftlichen noch die familiären Verhältnisse des Kirchenbaurates Johannes Kunath wissen die Journalisten recht viel zusammenzutragen. Offensichtlich hat der Wiedererbauer der Frauenkirche sein Privatleben völlig aus der Öffentlichkeit heraushalten können – weder eine Homestory noch ein persönliches Porträt finden sich in den Archiven. Und wenn doch, geht es ausschließlich um den Bau.

An die meisten Details erinnert sich noch die Klatschtante. Diese weiß zumindest mit bedeutungsvoller Miene zu erzählen, dass der Kirchenbaurat bereits zu Zeiten der DDR einen Jungen adoptiert hatte, weil seine Ehe kinderlos geblieben war. Seine Frau sei später an Krebs erkrankt und gestorben. In Kirchenkreisen genießt – »oder genoss, sollte man jetzt wohl besser sagen« – Herr Kunath den Ruf eines Heiligen, der weder rauchte oder trank noch die Pflichten eines Christenmenschen vernachlässigte.

Diesen Ruf bestätigt auch der Kollege, der den Wiederaufbau der Kirche betreute. Weil nahezu nichts schief ging, galt und gilt Kunath als unumstritten. Von möglichen Feinden oder anderen Indizien, die auf Mord hinweisen könnten, wisse er absolut nichts.

»Zu erwähnen ist aber noch, dass man vor wenigen Jahren von Vetternwirtschaft munkelte, als er seinen Adoptivsohn zum persönlichen Referenten und Büroleiter bestellte. Nur zeigte der als gelernter Bauingenieur sehr schnell, dass er kompetent arbeiten kann und der richtige Mann an der richtigen Stelle ist. Die Unkenrufe lösten sich damals zügig in Wohlgefallen auf.«

Der Chefredakteur verteilt die Aufgaben für die morgige Ausgabe: Der Polizeireporter soll zusammen mit Janina die Ereignisse und die bisherigen Ermittlungen beschreiben, der Frauenkirchenspezialist ein rührseliges Stück über die Bedeutung der Kirche für die Stadt und die Beleidigung der Dresdner durch die Schändung erstellen, die Klatschmutti sich um die Reaktionen der Prominenten kümmern – der Kommentar bleibe Chefsache.

Im allgemeinen Aufbruch winkt der Chefredakteur Janina noch einmal heran. »Waren noch andere Fotografen in der Kirche?«, fragt er.

»Ich glaube nicht, da müssten sie großes Glück gehabt haben.«

»Tolles Mädchen! Gut gemacht«, nickt er ihr anerkennend zu.

»Kümmere dich in den nächsten Tagen vor allem um den Adoptivsohn. Und schau dir mal die Satanistenszene in Sachsen an – sei aber vorsichtig!«

### Schießgasse, 17.00 Uhr

Der Besprechungsraum der Polizeidirektion wurde für etwa zwanzig Leute bestuhlt. An den Wänden hängen mehrere Lageskizzen und Baupläne der Frauenkirche. Eine größere Leinwand wird später die Fotos vom Tatort wiedergeben. Zwar ist auch der Polizeipräsident angemeldet, doch auf seine brillanten Kommentare und Ratschläge wird man verzichten dürfen. Der Tag war zu aufregend für ihn, die zahlreichen geisthaltigen Getränke verschafften ihm kurz vor Beginn der Besprechung der Mordkommission einen »völlig unerwarteten Termin, der keinen Aufschub dulde«. Er lässt sich leidvoll entschuldigen.

Andreas Teichmann verkündet die Tagesordnung: Zunächst will er über die Details vom Tatort berichten. Dann wird sein Vize die bisher ausgewerteten Spuren vorstellen, worauf eine Kollegin weitergeben wird, was sie bisher über das Umfeld des Opfers ermitteln konnte. Im Anschluss wollen sich alle gemeinsam auf Theorien einigen, wie der Täter – »Inzwischen gehen wir davon aus, dass es nur einer ist« – bei dem Ritualmord – »auch davon müssen wir nach derzeitigen Erkenntnissen ausgehen« – vorgegangen sein könnte und welche Motive ihn wohl bewegten. Die Mitglieder der Mordkommission stellen sich auf ein abendfüllendes Programm ein.

Bei seinem Vortrag lässt Teichmann vornehmlich Bilder sprechen. Die Kollegin, welche später über das soziale Umfeld des Kirchenbaurates referieren soll, stürmt mit der Hand vor dem Mund aus dem Besprechungsraum, um zehn Minuten später mit fahler Gesichtsfarbe zurückzukehren. Für die Beamten bestätigt sich der erste Eindruck, dass es sich bei dem Mord um eine sportliche und organisatorische Meisterleistung gehandelt hat – falls es tatsächlich nur ein Täter war.

»Wir müssen davon ausgehen, dass die Tat bereits seit langem geplant war und äußerst intelligent vorbereitet wurde«, schließt Teichmann seinen Vortrag. »Der Täter hat versucht, möglichst wenige Spuren zu hinterlassen. Wir sind also bei den Ermittlungen auf jedes noch so kleine Detail angewiesen.« Und um den Kollegen Mut angesichts solch eines intelligenten Täters zu machen, fügt er hinzu: »Aber jeder macht Fehler, auch der Schlaueste.«

Der Vortrag über die bisherigen Erkenntnisse der Spurensicherung wird ständig durch Nachfragen unterbrochen. Teichmann nimmt erleichtert zur Kenntnis, dass er seine Abteilung dieses Mal nicht mit den bereits ausgereizten Psychotricks und -spielchen motivieren muss.

Dass im Altarraum ein Kampf stattgefunden hat, gilt als sicher. Blut des Opfers war dort reichlich zu finden, doch bei der größeren Menge Blutes handele es sich um das eines Schweines – »Hier sollte auch jemand recherchieren, woher man das am Sonntag überhaupt bekommt«.

Es sei nach dem vorläufigen Erkenntnisstand davon auszugehen, dass der Tatort im Altarraum erst so hergerichtet wurde, nachdem der Kirchenbaurat bereits am Kreuz hing – sei es, um Spuren zu verwischen oder der Tat noch die entsprechende Symbolik zu verleihen oder aus beiden Gründen.

Laut Zwischenbericht aus der Gerichtsmedizin sei das in der Brust steckende, relativ gewöhnliche Küchenmesser als Todesursache anzunehmen.

»Die rechte Herzkammer ist getroffen und zerstört. Aufgrund des massiven Blutverlustes ist es wahrscheinlich, dass der Tod bereits in der Kirche eintrat. In der Nähe des Altarraumes wurden vornehmlich die Fußspuren des Opfers und der Person aufgenommen, welche die Leiche dann bis ans Kreuz brachte.«

Brauchbare Fingerabdrücke gebe es nirgendwo. Kleidungsreste oder Haare seien bisher nur vom Opfer gefunden worden.

»Der Killer muss ausreichend Zeit aufgewandt haben, um sich entsprechend zu präparieren.«

Verwertbare Zeugenaussagen oder verdächtige Beobachtungen? Bisher Fehlanzeige. Selbst die hochgelobte Überwachungstechnik der Kirche hat definitiv keine Bilder geliefert – die Kameras sind noch nicht in Betrieb.

In Bezug auf die Kletterkünste des Täters bestätigt sich vornehmlich die Theorie, der Mörder könnte Alpinist oder Bergsicherer sein.

»Erwähnenswert ist die Leistung, dass der Täter das Seil mit dem Enterhaken höchstwahrscheinlich beim ersten Versuch in das Kreuz einklinkte, denn es findet sich nur eine einzige Einschlagstelle. Er muss diesen Vorgang, rücklings ein Seil auf eine Höhe von 9,70 Meter zu schleudern, ausgiebig geübt haben«, erklärte ein Spurensicherer.

»Die hinterlassenen Handschellen und Seile sind neuwertig, handelsüblich und auch sonst ohne jeglichen Fingerabdruck oder Hinweis. Ähnliches ist vom Pappschild um den Hals des Opfers festzuhalten, auf dem der Text mit Buchstabenschablonen aus dem Baumarkt erstellt wurde und das somit keine Hinweise für Grafologen bietet.«

Ein Seufzen geht durch die Reihen der Beamten, bis jetzt ist die Bestandsaufnahme mehr als deprimierend.

»Und doch hat der Täter einen Fehler gemacht«, bemüht sich der Vortragende endlich um etwas Optimismus. Die Kollegen blicken auf.

»Er hat eines seiner Seile vergessen. Es ist sechs Meter lang und wird vornehmlich bei der Bergrettung verwendet. Es scheint neuwertig und ist – der ersten Untersuchung zufolge – weder mit Textilfasern noch mit Fingerabdrücken oder genetischen Spuren behaftet. Und trotzdem gibt es uns einen individuellen Hinweis. Es weist nämlich einen eigenartigen Knoten auf, den keiner der Fachleute bisher zu identifizieren vermochte. Das ist zumindest ein Ansatzpunkt, den wir verfolgen müssen.«

Das Mordaufklärungskollegium sinkt wieder in sich zusammen. Wer kennt sich schon mit ollen Knoten aus?

»Kommen wir abschließend zu der Sache mit den Schlüsseln«, meint ein Beamter, der seinen Posten wegen spät aufgetauchter Stasi-Vorwürfe erst kürzlich an Teichmann abgeben und ins zweite Glied zurücktreten musste. »Bis zur Aussichtsplattform wurden alle Türen aufgeschlossen, ab dort wurden sie gewaltsam geöffnet. Offensichtlich hatte das Opfer die meisten Schlüssel dabei. Ob der Kirchenbaurat bereits in der Kirche war oder mit dem Täter freiwillig hineingegangen ist, er seinen Mörder also – wenn auch nur flüchtig – gekannt haben muss, entzieht sich unserer bisherigen Kenntnis. Die Schlüssel hatte das Opfer wieder in der Jackentasche, genau wie Ausweispapiere und die prall gefüllte Geldbörse, was ein Vermögensdelikt als eher unwahrscheinlich vermuten lässt.«

Anschließend spricht die Kollegin mit der noch immer blassen Gesichtsfarbe und hat keine Bedenken, ihren Vortrag über das soziale Umfeld des Opfers ohne einen besonders nützlichen Hinweis abzuschließen.

»Zu DDR-Zeiten wäre es nicht so schwierig gewesen, über diese Person nützliche Fakten zu finden«, jammert sie anschließend. »Damals gab es über Leute in diesen Positionen, zumal in Kirchenkreisen, sehr aussagekräftige Dossiers.«

Kopfschütteln und zustimmendes Murmeln in der Runde halten sich die Waage. In der folgenden Zigarettenpause, welche zahlreiche Beamte auf das Doppelte der üblichen Zeit auszudehnen versuchen, wird den Polizisten vor allem ihre Unwissenheit über Satanismus und dessen Rituale bewusst. Dass es sich bei dem Mord an Kunath um einen Akt von Satanisten handelt und auf deren Szene das Hauptaugenmerk der Ermittlungen liegen muss, setzt sich bei den Rauchern bald als Hypothese durch. Die Nichtraucher debattieren derweil über die Niederlage der Fußballnationalmannschaft am vergangenen Samstag.

Bei der Einteilung der Ermittlungsgruppen darf sich Teichmann anhören, wessen Frau gerade krank ist, wer schon lange keinen Urlaub mehr hatte und wer sonst noch arbeitshindernde Wehwehchen zu beklagen hat.

### Altstadt, Mitternacht

Von der Augustusbrücke her dröhnt das Nebelhorn eines tschechischen Lastkahns. Christian Eisenwinckel schlendert gemächlich über den Neumarkt. Nachdem er bereits eine halbe Stunde schlaflos die regelmäßigen Atemzüge seiner Sylvia bewachen durfte, löste er sich aus ihrer liebevollen Umklammerung.

Die Frauenkirche trägt Trauer. Gemeinsam mit dem Kirchenvorstand hat Eisenwinckel in der am Abend eilends einberufenen Krisensitzung beschlossen, das Gotteshaus in der kommenden Woche nachts nicht zu beleuchten. Erstaunlich überhaupt, wie konstruktiv die Beratung verlaufen war. Zwar gab es reichlich Spekulationen über den Mord und die übliche Wie-kann-Gott-das-zulassen-Ratlosigkeit. Trotzdem arbeiteten die Gemeindeführer konzentriert auf Ergebnisse hin. Trotz der Niedergeschlagenheit. Oder gerade deshalb. Eine solche Situation lässt keine streitsüchtigen Eitelkeiten zu.

Dass die Festwochen zu Ehren der Weihe vorerst abgesagt werden, war keinen Moment strittig. Auch dass die Karten für die Festwochen nach einer neuen Weihe ihre Gültigkeit behalten oder das Geld anstandslos zurückgezahlt wird, wurde ohne Umschweife beschlossen.

Beratungsbedarf gab es ausschließlich bei der Frage, wie der Kirchenbaurat Kunath in der Öffentlichkeit gewürdigt werden soll. Wie die Runde letztendlich darauf kam, dass ausgerechnet er, Christian Eisenwinckel, der beste Freund des Verstorbenen gewesen sein soll, bleibt dem Organisten ein Rätsel. Er war erst vor gut einem Jahr mit seiner Familie nach Dresden gezogen, nachdem er sich gegen einige begnadete Virtuosen durchsetzen konnte. Alle anderen in der Gemeinde kannten Johannes Kunath bereits viele Jahre.

Der Turm der Kreuzkirche schlägt halb eins, Eisenwinckel wählt einen Weg in Richtung Terrassenufer. Dort ist er nach den Kirchenvorstandssitzungen gelegentlich mit Johannes Kunath entlangspaziert. Manchmal saßen sie auch noch auf ein Glas Wein im Italienischen Dörfchen, zweimal war Eisenwinckel auch in Kunaths Wohnung in Bühlau gewesen.

Noch eine Merkwürdigkeit aus der Kirchenvorstandssitzung geht Eisenwinckel nicht aus dem Sinn: Als es darum ging, dem Adoptivsohn als dem einzigen Hinterbliebenen im Namen der Kirchengemeinde das Beileid zu übermitteln, Gottes Hilfe zu wünschen und ihm gegebenenfalls christliche Seelsorge anzubieten, glänzte jeder in der Runde mit einer anderen Ausrede, warum ausgerechnet er dazu nicht geeignet sei. Einzig der Organist wehrte sich schließlich nicht gegen die Aufgabe, mit Thomas Kunath die Wünsche für die Beerdigung zu beraten.

Die Gewohnheit führt Eisenwinckel an der Semperoper vorbei. Bevor er sich durch den Zwingerpark auf den Rückweg begeben will, fällt sein Blick auf den Sächsischen Landtag. Da also wollte Johannes hinein. Der Organist hatte öfter mit dem Kirchenbaurat darüber gesprochen, doch konnte er nie hinter dessen Wunsch nach einer politischen Karriere kommen. Mit der Frauenkirche sei sein Lebenswerk vollendet, hatte Kunath immer wieder gesagt, doch er fühle sich einfach noch zu jung, um zum alten Eisen zu gehören.

Dass Kunath als strahlender Held und mit wehenden Fahnen in den Landtag eingezogen wäre, daran hegt Christian Eisenwinckel keine Zweifel. Nicht nur, dass der Kirchenbaurat wegen der Frauenkirche vergöttert wurde. Er wusste auch durch sein Auftreten und seine Erscheinung zu beeindrucken. Die schlanke, hoch gewachsene Figur, die kurz geschnittenen, grau melierten Haare, das besonnene und gutmütige Gesicht – er war ein Frauentyp, fast wie ein ehrenvoller römischer Senator, voller Charisma und umweht von einer heiligen Aura.

Er hätte es zweifellos geschafft. Der Ortsverband seiner Partei hätte ihm den Wahlkreis zu Füßen gelegt. Die Wahlen dazu sollten in den nächsten Tagen abgehalten werden. Der bisherige Wahlkreisinhaber, Eckhart Heinze, hätte gegen Kunath nicht den Hauch einer Chance gehabt.

Christian Eisenwinckel bleibt unvermittelt stehen. Er erinnert sich an eine Begebenheit, welcher er bislang keine Bedeutung zugemessen hat. Doch angesichts des Mordes erscheint sie nun in einem anderen Licht. Vor wenigen Wochen befand sich der Musiker nachmittags gerade hinter den Orgelpfeifen, weil irgendein Register klemmte. Genau zu dieser Zeit schritten Johannes Kunath und der Mandatsträger Eckhart Heinze gemeinsam durch die Frauenkirche. Beide fühlten sich unbeobachtet, denn der Organist hätte es als peinlich empfunden, plötzlich aus dem Instrument zu kriechen, und verhielt sich deshalb ruhig.

»Johannes«, hörte er den sehr aufgebrachten Eckhart Heinze sagen, »du bist viel zu gut und zu weich für dieses Geschäft. In der Politik sind Kräfte im Spiel, gegen die du selbst mit deinem Glauben und deiner Gottesfurcht nichts ausrichten kannst. Hier wird mit Bandagen gekämpft, die Leute mit moralischen Ansprüchen von Anbeginn zu Verlierern verurteilen. Überleg dir das noch einmal, Johannes. Ich fürchte, dass du eines Tages oben am Kreuz baumelst ...«

War das Zufall oder ein Hinweis auf einen möglichen Mordplan? In Eisenwinckels Hirn keimt der Gedanke, dass sich ein politisches Motiv hinter der Bluttat verbergen könnte. Er wird den Gedanken in verschiedenen Tonleitern und Variationen improvisieren und künftig auf weitere Fakten achten, die ihn dann vielleicht zu einer plausiblen Mordtheorie harmonisieren können.

## Dienstag, 6. September

### Dresden-Bühlau, 7.40 Uhr

Acht Uhr morgens scheint Rolf Speck eine christliche Uhrzeit für einen Kondolenzbesuch. Ohne Hund, dafür mit einem Blumenstrauß von der Tankstelle und einer mitleidvollen Miene klingelt er an der Wohnung von Thomas Kunath, dem Adoptivsohn des Verstorbenen. Dieser bittet den vermeintlichen Freund seines Vaters sogleich herein, versorgt kurz die Orchideen und bietet dem fleischigen Menschen mit dem Regenwettergesicht und dem Hut in der Hand einen Kaffee an. Die kondolierenden Worte des Bauunternehmers scheinen Kunath etwas zu dick aufgetragen und nichts sagend. Er glaubt aber, einen guten Willen dahinter zu entdecken.

»Ich hatte ja öfter mit Ihrem Vater zu tun«, brabbelt Speck jetzt. »Immer unter besten Umständen. Ich habe mir niemals vorstellen können, dass er auch Feinde haben könnte. Können Sie sich vielleicht erklären, warum ihm jemand so etwas antun könnte? War er vielleicht in finanziellen Verpflichtungen?«

Thomas Kunath schaut den Bauunternehmer unverwandt an. Das scheinen ihm nun Fragen, die er mit einem Fremden nicht wirklich erörtern muss. Er vergewissert sich mit einem Blick, dass die Tasse seines Gastes leer ist, und sagt: »Ich danke für Ihren Besuch, aber ich möchte nun doch wieder gern allein sein.«

Rolf Speck ist kurz davor, die Fassung zu verlieren. Sein schwarzer Anzug, der seit dem letzten Gebrauch noch enger geworden ist, hindert ihn aber, mit der gewünschten Spritzigkeit aus dem Sessel zu springen. So versucht er es mit Erhabenheit. Behäbig erhebt er sich und schreitet aufgeplustert auf Thomas Kunath zu.

»Junger Mann!«, sagt er mit jovialem Unterton. »Auch wenn Sie nicht von den Machenschaften Ihres Vaters reden wollen. Eines muss ich Ihnen sagen: Er schuldet mir noch einen ganzen Batzen Geld.«

Kunath zuckt mit den Schultern und hebt eine Augenbraue. Speck schreitet, fast vor Würde und Dramatik platzend, um den schlaksigen jungen Mann herum.

»Ihr Vater war mitnichten ein Heiliger!«, schiebt er hinterher, setzt seinen Hut auf und ärgert sich etwas, weil Thomas Kunath noch immer unverwandt schweigt.

»Nun gut, ersparen wir uns Details, die Sie möglicherweise ohnehin schon kennen. Falls nicht, werden Sie sie noch früh genug erfahren. Mir geht es nur um eines.« Speck räuspert sich und schaut den Adoptivsohn fast flehend an. »Sie werden in den Sachen Ihres Vaters einen großen braunen Koffer mit fein säuberlich geschnittenen Papierchen aus Nordamerika finden. Dieser Koffer ist mein Eigentum. Ich hatte ihn aus dringenden Gründen, die hier keiner Erörterung bedürfen, aber auch zu Ihres Vaters Nutzen waren, von ihm aufbewahren lassen. Vorgestern am späten Abend nun war die Zeit gekommen, dass er mir den Koffer zurückgeben wollte.«

Speck kann ein leises Schluchzen nicht unterdrücken. »Ich sagte ja bereits, dass ich mit ihm verabredet war«, fährt er stockend fort. »Nur leider kam dann ja – nun, wie soll ich sagen – dieses grausige Missgeschick mit seiner Kreuzigung dazwischen.«

Thomas Kunath spürt, dass der feiste Bauunternehmer von tiefer Trauer geschüttelt wird. Die Frage, ob es Trauer um seinen Vater oder doch bloß um den Koffer sein könnte, stellt er sich nicht. Damit sich das Jammern des Dicken nicht in einen Heulkrampf steigert, erbarmt er sich.

»Mir liegt nichts an Ihrem Koffer«, versichert er. »Sobald ich ihn finde, können Sie ihn haben.«

Specks Leidensmiene verschwindet urplötzlich – als hätte jemand die Vorhänge aufgezogen und das Fenster geöffnet. Nichts anderes als das Gehörte hat der Bauunternehmer erreichen wollen.

## Schießgasse, 13.30 Uhr

»Das ist jetzt keine Vernehmung, Herr Speck.« Andreas Teichmann bemüht sich, den dicken Mann vor ihm besonders Vertrauen erweckend anzuschauen. »Eher ein informelles Gespräch. Sie können sich sicher denken, warum ich Sie hergebeten habe?«

»Nun«, plustert sich der Bauunternehmer auf, »im Terminkalender des Kirchenbaurates – Gott hab ihn selig – steht sicher, dass er am Tag des Mordes um dreiundzwanzig Uhr mit mir in seinem Büro verabredet war.«

Andreas Teichmann zieht an der Zigarette, hält den Rauch etwa fünf Sekunden in der Lunge und fixiert Speck, der sich hinter einem Pokerface versteckt. Der Kommissar bläst langsam in Richtung des Dicken aus.

»Was wollten Sie denn mit dem Kirchenmann unternehmen, Herr Unternehmer?«

Bereitwillig, wenn auch etwas geschwollen, erzählt Speck, dass Johannes Kunath nach dem Abschluss des Kirchenbaus in die Politik einsteigen wollte. Da nun beide im selben Ortsverband der Partei und in der Baubranche tätig waren, habe der Kirchenbaurat um ein politisches Sondierungsgespräch gebeten. Der Bauunternehmer gibt auch offen zu, dass er sich von solch einer Beziehung später geschäftliche Vorteile versprach.

»Übrigens, Herr Kommissar«, berichtet er weiter, »ich habe den Kirchenbaurat nicht angetroffen. Ich stand zum ersten Mal Viertel vor elf vor seinem Büro und wartete etwa fünfundzwanzig Minuten. Mit dem Handy rief ich all seine Nummern an, aber es meldeten sich nur die Anrufbeantworter. Ich hatte vielleicht eine Stinkwut!« Speck atmet schneller. »Ich habe dann im Saloncafé am Altmarkt ein Bier getrunken und bin gegen Viertel vor zwölf noch einmal zum Büro gegangen – wieder erfolglos. Danach fuhr ich wütend nach Hause.«

»Ist Ihnen am Tatort irgendetwas aufgefallen?«, fragt Teichmann.

»Nein«, sagt Speck und entspannt sich innerlich. Der Kommissar scheint keinerlei Verdacht zu schöpfen, das verspricht genug Zeit, um sich um den Millionenkoffer zu kümmern. Der Dicke sichert zu, für weitere Fragen gern zur Verfügung zu stehen, und lüftet zum Abschied kurz sein spärlich behaartes Haupt.

### Coselpalais, 14.45 Uhr

Thomas Kunath zieht die zunächst nur einen Spaltbreit geöffnete Tür ganz auf und bittet den Gast in die Wohnung.

»Hallo Christian, komm rein. Willst du einen Tee?«

Der Organist winkt ab. »Nur wenn es dir keine Umstände macht.«

»Du und deine Bescheidenheit«, sagt Thomas viel munterer als erwartet. »Mein Vater ist gerade nicht da.«

Christian Eisenwinckel stutzt einen Moment. Sollte es sich hier etwa um solch einen schwierigen Fall handeln, bei dem Hinterbliebene tagelang nicht verstehen wollen, dass ihr Angehöriger niemals wiederkehrt?

Kunath erkennt die Unsicherheit seines Gastes und zuckt mit den Schultern.

»Christian, ich weiß, dass er tot ist. Ich hatte eine ganze Nacht Zeit, mich auf diese neue Situation einzustellen. Das Einzige, worüber ich noch grüble, ist die Frage, ob er vielleicht nicht gleich tot war und vorher noch unmenschlich lange leiden musste. Ansonsten – das wissen wir doch beide – hat er es jetzt viel besser, oder?«

Eisenwinckel fällt ein Stein vom Herzen – er hat es mit einem nüchtern denkenden Menschen zu tun.
»Das sehe ich alles so gelassen wie du, Thomas«, sagt er. »Bloß die Umstände seines Todes sind doch mehr als außergewöhnlich. Mir gehen die Bilder nicht aus dem Kopf. Dein Vater am Kreuz, das Blutbad in der Kirche. Ich war ja einer der wenigen, die das mit eigenen Augen gesehen haben. Und glaub mir: Es sah bei weitem schlimmer aus als in der Zeitung heute.«
Kunath zuckt mit den Schultern.
»Die Polizei hat mir erzählt, dass der Altarraum wahrscheinlich erst nach dem Mord so zugerichtet wurde, möglicherweise, um Spuren zu verwischen. Das beruhigt mich ein wenig. Ich musste meinen Vater gestern noch einmal in der Gerichtsmedizin identifizieren, obwohl er seine Papiere dabeihatte. Sie haben mir nur das Gesicht gezeigt. Es schaute zwar sehr schmerzverzerrt aus, war aber unverletzt. Man hat ihm zumindest nicht den Schädel eingeschlagen.«
»Hat denn die Polizei erzählt, wie er gestorben ist?«
»Sie meinen, dass er wahrscheinlich erstochen wurde, mit einer Art langem Küchenmesser. Direkt ins Herz, da muss man nicht lange leiden. Ich frage mich nur die ganze Zeit, mit wem mein Vater wohl abends in die Kirche gegangen sein könnte. Normalerweise hat er die Schlüssel hier im Büro. Er muss sie also extra geholt haben, um in die Kirche zu gehen.«
»Willst du damit sagen, dass sein Mörder ein Bekannter ist?«
»Zumindest ein ihm Bekannter. Er hat öfter mal Leuten aus Architekten-, Politik- oder Kirchenkreisen auf Anfrage die Kirche geöffnet und ihnen alles gezeigt. Es war sein Lebenswerk, auf das er so mächtig stolz war. Jetzt ist sie zu seinem Verhängnis geworden ...«
Kunaths Stimme wird brüchig. Eisenwinckel nimmt schweigend seine Hand.
»Schon gut«, winkt der Hinterbliebene ab. »Ich bekomme das schon in den Griff.«
»Hat denn die Polizei schon einen Verdacht geäußert, wer dahinterstecken könnte?«
»Nicht die Spur«, seufzt Kunath. »Die tappen doch noch tiefer im Dunkeln als ich. Und du weißt ja, wie verschlossen mein Vater im Grunde war. Nach außen offenherzig und aufgeschlossen, aber privat ein schweigsames Grab. Er ist abends sehr oft allein spazieren gegangen, oft stundenlang. Und ich habe kein Ahnung, wo er da immer war.« Kunath atmet tief durch. »Vielleicht werden wir nie erfahren, wer hinter dieser grausamen Hinrichtung steckt. Und glaub mir: Vielleicht ist es sogar gut so. Was mich betrifft – ich muss es gar

nicht wissen. Ich will vor allem meine Ruhe und vergessen. Spätestens nach der Beerdigung.«

»Deshalb bin ich ja eigentlich hier.« Eisenwinckel erinnert sich an seinen Auftrag, die Beileidsbekundungen der Kirchengemeinde weiterzugeben und eine Beteiligung an der Beerdigung anzubieten. Sie einigen sich auf ein würdevolles Begräbnis in größerem Rahmen, welches allerdings nicht protzig erscheinen soll. Dass Johannes Kunath ein schlichtes Grab neben seiner Frau haben möchte, hat er bereits in seinem Testament verfügt.

### Pirnaische Vorstadt, nach Mitternacht

Zwischen Vernunft und Zügellosigkeit liegt oft die Winzigkeit eines einzigen Glases. Zumindest bei Janina Kadenczik. Anstatt daheim in ihrem Bett noch eine kleine Runde Karussell zu fahren und dann das Daunenkino zu genießen, überlässt sie sich wieder einmal einem anderen Film. Auch an diesem Abend hat sie – wie so oft in der letzten Zeit – den kritischen Bereich des Alkoholspiegels um das entscheidende Promille überschritten und somit die Heimfahrt verpasst. Und nun strapaziert sie ihre Geldbörse, ihre Nerven und die des Barkeepers ihrer Lieblingsdisco. Vielleicht auch ihren guten Ruf, auf den sie doch so viel Wert legt.

Gedanken wegen dieser Strapazen kommen ihr in diesen Momenten nicht. Stattdessen bemächtigt sich ihrer eine Art sportlicher Ehrgeiz, noch ein Glas und noch ein Glas zu leeren. Dann fallen ihr all die Gemeinheiten ein, die die Menschen und die Welt zu ihrem ganz persönlichen Unglück ersonnen haben. Dann steigt wieder das Selbstmitleid in ihr auf, welches Trost fordert und: noch ein Glas!

Als gerade die ersten Takte des letzten Sommerhits ertönen, gleitet Janina Kadenczik versehentlich vom Barhocker. Nahezu routiniert lässt sie dieses Missgeschick in eine fesche Bewegung in Richtung Tanzfläche übergehen. Dort stören um diese fortgeschrittene Uhrzeit lediglich zwei Pärchen, die über die raumgreifenden und extravaganten Körperdarstellungen der betrunkenen Blondine schmunzeln müssen.

Den Rhythmus der Musik mit ihren Bewegungen zu synchronisieren, gelingt Janina freilich nicht mehr. In Ermangelung eines Tanzpartners und somit eines Fixpunktes bevorzugt sie, sich um die eigene Achse zu drehen – erst ganz langsam, aber zunehmend beschleunigend. Die Schwerkraft und das fehlende Koordinationsvermögen lassen sie immer schneller kreiseln.

Nicht dass Janina Kadenczik früher im Physikunterricht geschlafen hätte. Doch wer will es ihr verdenken, dass sie sich in ihrem Zustand nicht an die Geheimnisse der Zentrifugalkraft erinnert. Und so strebt ihr Körper – wie das von einem Hammerwerfer losgelassene Sportgerät – mit wehenden Haaren dem Rand der Tanzfläche zu. Dort lauern für diese Art von körperlicher Ertüchtigung eher ungeeignete, weil ungepolsterte Hindernisse wie Scheinwerferstative, Heizkörper oder Betonsäulen.

Mit aufgerissenem Mund sieht Janina dies alles in atemberaubender Geschwindigkeit auf sich zukommen. Sie findet noch die Kraft für eine minimale Richtungsänderung und landet in den kräftigen Armen des Medizinstudenten, der sie doch vorgestern Nacht so schmachvoll hat sitzen lassen.

Noch bevor Janina eine Entschuldigung zu formulieren vermag, beginnt der Typ selber zu reden. Das ist wohl auch besser so, denn die junge Frau hätte sicher nur gelallt. Was genau Manuel – jetzt erinnert sie sich sogar an seinen Namen – da erzählt, kann Janina nicht verfolgen. Wenige Sekunden später landen sie auf einem Sofa im Nebenraum.

Hin und wieder richtet der Student einige sanfte Worte an die etwas benommen wirkende Reporterin, so wie ein Kind das neu in die Familie gekommene scheue Kätzchen beruhigen will. Dabei streicht er ihr immer wieder die blonden Strähnen aus der Stirn. Janina schweigt und strahlt ihn an – wohl das einzig Mögliche in ihrer Verfassung.

Nach einigen Minuten erkennt sie, dass sie sich tatsächlich in einer gelegentlich erträumten Situation befindet. Noch immer strahlend erwidert sie seine Zärtlichkeiten. Während ihre rechte Hand den Haaransatz in seinem Nacken krault, nähert sich ihr Mund seinem linken Ohr. Zur Stabilisierung ihres immer noch nicht vollständig kontrollierten Körpers stützt sie sich mit der Linken auf den Oberschenkel des Studenten auf, vielleicht etwas zu nah an seiner Hüfte. Sie glaubt ihn leise schluchzen zu hören, deutet es aber als Äußerung von Lust.

Erst als sie wenig später mit ihren Lippen über seine Wange gleitet, spürt sie einen feuchten Tropfen, der eigentlich nur eine Träne sein kann. Sie stutzt und öffnet die Augen. Manuel weint. Und zwar nicht vor Glück, wie es scheint.

»Hey« ist das erste klar artikulierte Wort, das sie in dieser Nacht an ihn richtet. Dabei stößt sie seine Schulter leicht zurück. Bei dem in seinen Gefühlen Ertappten brechen nun alle Dämme. Doch bevor ein neuer Schwall Tränen über sein Gesicht kullert, versteckt er es lieber zwischen Janinas Achsel und Brustansatz.

»Ich habe es noch niemandem erzählt«, schluchzt er und ergreift Janinas Hände. »Aber es geht mir einfach nicht aus dem Kopf. Als du vorhin deine Hand so fest an meinen Schoß gelegt hast, hatte ich das Bild wieder ganz deutlich vor Augen.«

Manuel erzählt, dass er im Rahmen seines Praktikums bei der Autopsie des gekreuzigten Kirchenbaurates dabei gewesen sei, und verrät ein von der Polizei nicht bekannt gegebenes Detail. Noch vor Eintritt des Todes muss der Täter seinem Opfer ganz brutal in die Genitalien getreten haben, mehrmals und ganz gezielt.

»Da war nichts mehr übrig, das waren richtige Matscheier.«

## Mittwoch, 7. September

### Schießgasse, 10.30 Uhr

Andreas Teichmann brummt schon der Schädel. Saturnritual, Sexualmagie, Gläserrücken, Kategorien des Teufels, Geistvampire, Tauschsymbolik – er hat sich nicht vorstellen können, dass es zum Satanismus so viel zu berichten gibt. Der Vortrag des Sektenexperten von der theologischen Fakultät scheint kompetent und für die weiteren Ermittlungen nützlich, doch Teichmann fühlt sich von der wissenschaftlichen Herangehensweise des Referenten etwas überfordert. Von seinen Kollegen der Mordkommission ganz zu schweigen. Einer gestattete sich vorhin sogar einen kleinen Schnarcher.

Als der Vortragende die im Altarraum vorgefundenen Symbole und deren Bedeutung erklärt und erläutert, welches Sakrament welchem Ritual zuzuordnen sei und welche Geisteshaltung dahinterstecke, sind plötzlich alle wieder hellwach. Die Beamten lernen, dass der schwarze Kater nicht nur wegen seines diabolischen Aussehens, sondern auch wegen seines vermeintlich aggressiven Sexualverhaltens seit dem Mittelalter hohes Ansehen in satansanbetenden Messen genießt.

Die Motivation für den Mord am Kirchenbaurat, der als Diener Gottes und damit als Symbol erster Güte für einen satanistischen Angriff erscheint, erschließt sich den Beamten freilich nicht wirklich. Eine Ermittlerin bringt ihre Verwirrung über das Gehörte auf den Punkt.

»Hokuspokus, dreimal schwarzer Kater«, murmelt sie.

Nützlich scheint auch die Information vom Verfassungsschutz, dass es in Sachsen keine Anhänger der organisierten satanistischen Kirchen gäbe. Und falls doch, seien deren Mitglieder für den Mord eher nicht verantwortlich zu machen.

»Denn diese«, so der Hochschullehrer in Religionsfragen, »praktizieren ihren Glauben im Verborgenen. Geheimhaltung hat oberste Priorität. Ich würde es nahezu ausschließen, dass sie mit so einem medienwirksamen Ritual die Aufmerksamkeit der Öffentlichkeit riskieren. Vielmehr gehe ich davon aus, dass es sich um einen Täter handelt, der sich satanistischen Ritualen und Zeremonien eher experimentell und nicht ursprünglich religiös genähert hat. Der Mörder bezieht seine Kenntnisse wahrscheinlich aus der Literatur. Er entstammt möglicherweise einer Gruppe, die den Satanismus als Mittel zur Selbstdarstellung und zur gezielten Provokation gegen bestehende Moralvorstellungen nutzt.«

Im Anschluss stellt der Polizeipsychologe das vorläufige Täterprofil zur Diskussion, welches er gemeinsam mit dem Sektenexperten erstellt hat.

»Zum satanistischen Hintergrund: Der Täter ist viel zu intelligent, als dass er in gewissen Grufti- oder Black-Metal-Kreisen durch jugendliche Mutproben wie Gräberschändungen oder Friedhofsschmierereien auffallen würde. Das hat er nicht nötig. Dass er seine Rituale inzwischen in einer Gruppe durchführt, ist wahrscheinlich. Denn die Zeremonien scheinen bis auf geringe Details professionell und in einer längeren Praxis erprobt.«

Der Sektenexperte nickt und fällt dem Psychologen ins Wort. »Eines dieser Details ist die Tatsache, dass dem Opfer vermutlich noch bei vollem Bewusstsein die Genitalien brutal zusammengetreten wurden. Das ist aus der einschlägigen Literatur so noch nicht bekannt. Wirklich satanistisch wäre es gewesen, das Opfer zu vergewaltigen oder es zu zwingen, vor dem Altar, dem Allerheiligsten in der Kirche, zu onanieren. Dann wären Sexualmagie und Gotteslästerung im Sinne der Satanisten perfekt miteinander verbunden. Weil es sich bei dem Opfer aber um einen Gottesdiener handelt, könnte es sich bei dem eben erwähnten Detail auch um ein bisher nicht überliefertes Element der Tauschsymbolik handeln.«

»Jedenfalls«, meldet sich der Polizeipsychologe wieder zu Wort, »ist dem Täter nicht nur eine sadistisch-gewalttätige, sondern auch eine sexualpathologische Geisteshaltung zuzuordnen. Das heißt aber nicht, dass er bereits einschlägig aufgefallen oder in psychiatrischer Behandlung gewesen sein muss. Es ist sogar möglich, dass er völlig unauffällig einem Beruf nachgeht und aufgrund seiner zweifellos hohen Intelligenz sogar gesellschaftlich anerkannt ist.«

Der Profiler erwähnt zum Abschluss, dass er seine Ausführungen im Intranet zur Verfügung stelle. Er weist noch einmal ausdrücklich darauf hin, dass außer der Schuhgröße – vierundvierzig – alle Angaben nur Mutmaßungen seien, beispielsweise das Alter – fünfundzwanzig bis vierzig – und die Größe – 1,80 Meter bis 1,95 Meter. Er bedaure, dass er nichts Konkreteres anzubieten habe, könne aber das Täterprofil erst wieder bei neuer Kenntnislage aktualisieren.

### Ostra-Allee, 13.30 Uhr

»Die Bullen sind zwar richtig sauer, aber ich habe jetzt die Bestätigung aus einer zweiten Quelle.«

Der Polizeireporter kommt in das Zimmer des Chefredakteurs, wo die Journalisten immer zur Absprache antreten dürfen, wenn die Geschichte auf die Seite eins drängt. Der Chef, gerade wieder einmal den geistig Abwesenden mimend, hätte sich bei Janina Kadenczik für sein Misstrauen gegen ihre Informationen entschuldigen können, aber er hat sich lediglich darauf beschränkt, sie für ihre Recherche zu loben. Freilich hat sie nicht erzählt, auf welche Weise sie dem Medizinstudenten begegnet ist.

Kopfzerbrechen bereitet dem Chefredakteur vor allem die Frage, wie dem Zeitungsleser die unappetitlichen Details schonend und dennoch spektakulär beizubringen sind.

»Stellt euch doch einmal Opa Horst Müller vor«, referiert er vor seinen Kollegen. »Der löffelt gerade sein Frühstücksei und liest dann von den eingetretenen Geschlechtsteilen des Kirchenbaurates. Das alles findet mir etwas zu tief unter der Gürtellinie statt. Wir sind eine Familienzeitung. Deshalb können wir auch nicht titeln: Kirchenbaurat mit zermatschten Hoden. Auch wenn sich Sex gut verkaufen mag – etwas Genitales möchte ich nicht auf der Seite eins sehen.«

Die Polizeipressestelle blieb den beiden Journalisten die Deutung des neuen Details aus dem Autopsiebericht schuldig. Nachfragen, ob weitere Misshandlungen an dem Opfer vorgenommen worden waren, wurden abgelehnt. Deshalb ergeht sich die Redakteursrunde lediglich in Spekulationen darüber, ob diese schmerzvolle Gewalt als Bestandteil des Mordmotivs zu werten oder eher ein Produkt des Zufalls sei.

Janina muss zugeben, dass sie sich noch nicht genügend über Rituale und Zeremonien der Satanisten informiert hat, um einen direkten Zusammenhang herstellen zu können. Sie habe lediglich über E-Mail Kontakt zu Lukas Graber, dem Betreiber einer einschlägigen Internetseite, aufgenommen und sich mit ihm für den nächsten Tag verabredet. Dazu muss sie nach Liebstadt am Rande der Sächsischen Schweiz fahren.

### Neustädter Ufer, 15.10 Uhr

»Sie dürfen wohl noch immer nicht in die Kirche zu Ihrer Orgel?«

Christian Eisenwinckel sitzt auf einer Parkbank und weiß im ersten Moment nicht, was er als störender empfinden soll: die lästige Ansprache eines Unbekannten – oder das Verschwinden der Sonnenstrah-

len hinter einem Hut. Nur mühsam gewöhnen sich seine Augen an die Gegenlichtsituation und geben die Konturen des Dicken frei, der nach der Mordnacht vor dem Büro des Kirchenbaurates wutschnaubend abgezogen war. Eisenwinckel bemüht sich um ein Lächeln.
»Die Polizei hält noch die gesamte Frauenkirche unter Verschluss. Angeblich darf ich aber morgen wieder an die Orgel.«
Rolf Speck wählt den äußersten Rand der Sitzfläche. Eisenwinckel fürchtet im ersten Moment, die Parkbank würde den Hebelgesetzen gehorchend das Gleichgewicht verlieren. Doch das städtische Sitzmöbel erlangt recht schnell die gewohnte Stabilität wieder. Der Vorsicht halber rückt der Organist ein Stück vom Bauunternehmer weg, auch um ihn etwas besser sehen zu können.
»Ich kannte den Kirchenbaurat gut, sowohl geschäftlich als auch von den Parteiversammlungen«, beginnt Speck das Gespräch. »Wissen Sie, ich grüble seither Tag und Nacht, wer wohl hinter solch einer grausigen Tat stecken könnte. Und was mich noch viel mehr beschäftigt …« Er holt tief Luft, als müsse er mühsam einen Seufzer unterdrücken. »Was könnte den Mörder zu dieser schrecklichen Tat bewegt haben?« Speck nimmt jetzt, um seine Aufrichtigkeit zu spielen, sogar den Hut ab. »Der Johannes wurde doch von allen geliebt und wie ein Heiliger verehrt. Warum ausgerechnet er? Wie konnte Gott das zulassen?«
»Das fragen wir uns alle«, stimmt Eisenwinckel zu, offen lassend, auf welche der gestellten Fragen er antwortet. »Es kursieren inzwischen wildeste Theorien und Spekulationen. Einige glauben sogar unbeirrt, dass es der Teufel höchstpersönlich gewesen sein muss. Zumindest behauptet eine Zeitung, deren Mitarbeiter garantiert nicht am Tatort waren, dass es dort nach Schwefel gerochen habe.« Der Organist schlägt sein Notenbuch zu. »Das Einzige, was man nach dem Schock empfindet, ist Ratlosigkeit.«
Der Dicke räuspert sich: »Wissen Sie, Herr, ähm …«
»Eisenwinckel.«
»Speck. Rolf Speck. Wissen Sie, Herr Eisenwinckel, ich hatte vorhin beim Spazieren so eine Eingebung, die ich noch nicht richtig durchdacht habe.« Der Unternehmer dreht seinen Hut und bläst seinen massigen Körper noch mehr auf. »Der Johannes hatte ja auch die Fäden in der Hand, was die Finanzierung des Kirchenbaus betraf. Und da ging es um richtig viel Geld – wenn ich mich nicht irre, um einen dreistelligen Millionenbetrag.« Speck fixiert jetzt den Organisten, damit ihm keine seiner Reaktionen entgeht. »Wäre es vielleicht möglich, dass er von irgendwelchen dubiosen Kreisen erpresst wurde? Egal ob er etwas gezahlt hat oder nicht – würde eine Millionensumme für gewisse kriminelle Elemente …?«

»… einen Mord rechtfertigen?«, vollendet Eisenwinckel den Satz und zieht die Augenbrauen hoch. Der Gedanke ist ihm neu und er überlegt einen Moment. »Diese Theorie haben wir im Kirchenvorstand noch nicht verfolgt. Sie ist in gewisser Hinsicht sogar nachvollziehbar. Aber wenn man die grausigen Umstände der Tat in Betracht zieht, scheint sie doch absurd. Um Kunath zum Schweigen zu bringen oder sich für entgangenes Vermögen zu rächen, muss man ihn ja nicht massakrieren und an der unzugänglichsten Stelle der Stadt kreuzigen!«

»Hmm, das stimmt auch wieder«, pflichtet der Bauunternehmer enttäuscht bei. Aus Kirchenkreisen scheint er keine weiteren Hinweise zu den verschwundenen Millionen erwarten zu können.

»Ich kann mich erinnern, dass Johannes bei den Kirchenvorstandsversammlungen nahezu pingelig war, was Geldangelegenheiten betraf«, fährt Eisenwinckel fort. »Jede Kleinigkeit oder noch so geringe Unzulänglichkeiten brachte er zur Sprache. Glauben Sie mir: Wenn ihn jemand zu erpressen versucht hätte, er hätte sich dem Kirchenvorstand offenbart. Was den Kirchenbau betraf, hatte Johannes ganz bestimmt kein Geheimnis.«

Das weiß Rolf Speck besser, aber er beißt sich auf die Zunge.

### Dresden-Bühlau, 19 Uhr

Geistesgegenwärtig realisiert Janina Kadenczik, dass Thomas Kunath völlig entspannt mit ihr redet und sie das übliche Es-tut-mir-alles-so-Leid-Gesicht ablegen kann. Zwei Abende zuvor hatte er ihr noch eine satte Abfuhr erteilt, und nun bittet er die Reporterin ohne größere Umstände in seine Wohnung. Einzig das vertrauliche »Du« verunsichert sie. Entweder nimmt er sie nicht ernst, weil sie ihm für eine seriöse Journalistin vielleicht zu jung erscheint, oder er spielt etwas vor.

Zunächst betet sie – den Adoptivsohn des Mordopfers noch siezend – die vorab zurechtgelegten Worte herunter: Dass sie zum einen etwas über den »Menschen« Johannes Kunath erfahren möchte, der in der Öffentlichkeit nur als Funktionsträger in Erscheinung getreten war. Des Weiteren müsse sie als Journalistin selbstverständlich über die Hintergründe des Mordes recherchieren, damit die Polizei bei der Aufklärung auf Trab gehalten werde und die Bemühungen nicht schleifen lasse.

»Da hast du dir aber was vorgenommen«, sagt Thomas Kunath mit einem ehrfurchtsvollen Unterton, der Janina ironisch erscheint. »Ich kümmere mich erst einmal um den Tee – warte mal zwei Minuten und setz dich.«

Während Kunath in der Küche hantiert, schaut sich Janina im Wohnzimmer um. Das Mobiliar scheint über hundert Jahre auf dem Buckel zu haben und ist geschmackvoll aufeinander abgestimmt. Am Esstisch stehen drei Stühle, aber nur zwei Sitzflächen wirken abgenutzt. Offensichtlich darf die bereits seit langem verschiedene Frau Kunath noch immer anwesend sein. Das bestätigt auch ein großes Foto aus längst vergangenen Tagen im überfüllten Bücherregal. Trotz der stilvollen Einzelstücke wirkt der Raum unheimelig und kühl, es fehlt ganz einfach die Handschrift und die liebevolle Ordnung einer Frau, auch wenn die Reinlichkeit auf das Vorhandensein einer Haushaltshilfe schließen lässt.

Janina beobachtet Thomas Kunath beim Teeaufgießen, er scheint dabei eine bestimmte Zeremonie zu verfolgen. Der Endzwanziger ist für ihren Geschmack etwas zu mager, aber dennoch muskulös. Trotz seiner Überlänge wirken seine Bewegungen nicht ungelenk, sondern elegant und koordiniert. Vielleicht reißt er sich wegen der Anwesenheit einer Frau aber auch zusammen. Sein gepflegtes Gesicht ist zu hart, um wirklich als schön empfunden zu werden. Doch seine dunklen Augen verwirren. Sie strahlen so viel Ruhe und Gelassenheit, vielleicht auch Traurigkeit aus und hinterlassen das Gefühl, dass sie etwas verbergen.

»Mein Vater hatte kein Privatleben. Seit dem Tod meiner Mutter vor etwa fünfzehn Jahren hat die Familie für ihn nicht mehr stattgefunden. Da hat er sich mit dem Wiederaufbau der Frauenkirche eine Ersatzwelt erschaffen und ging darin völlig auf.« Kunath schluckt. »Den Umgang mit mir managte er ebenso professionell und kühl durchdacht wie den Bau der Kirche. Wenn wir uns in den letzten fünf Jahren unterhalten haben, ging es zu neunzig Prozent um die Frauenkirche – der Rest waren hin und wieder Glaubensfragen.«

»Aber er muss doch noch irgendwelche Interessen oder Hobbys verfolgt haben?«, fragt Janine.

»Außer dem Hören von Kirchenmusik, vornehmlich Bach-Kantaten und Chorälen, und umfangreichen Spaziergängen – allein, versteht sich – ist da nichts gewesen«, sagt Kunath und lacht bitter. »Du kannst ja schreiben: Sein Leben gehörte ganz der Frauenkirche oder ähnlich pathetisch – das könnt ihr ja. Meinetwegen kannst du schreiben, was du willst, lass ihn halt nicht so schlecht dabei wegkommen.«

»Natürlich wird er bestens dabei wegkommen«, verspricht Janina und beschließt, das Duzen zu erwidern. »Dein Vater ist für die Stadt und unsere Leser ein Heiliger, und so soll es auch bleiben.«

Thomas Kunath hat das Duzen ohne Reaktion akzeptiert, sodass sich die Journalistin ermuntert fühlt, ihn um Privatfotos vom Kirchenbaurat zu bitten.

## Donnerstag, 8. September

### Schießgasse, 13 Uhr

Mit verschollenen Katzen scheint ihr euch in der Sächsischen Schweiz ja bestens auszukennen«, stichelt Andreas Teichmann, als der Chef der benachbarten Polizeidirektion Pirna das Besprechungszimmer betritt. »Ich habe mal die Statistiken des letzten Jahres durchgeblättert – ihr habt ja fast mehr verschwundene Stubentiger als besoffene Autofahrer.«

»Ja, stimmt«, schmunzelt der Direktionsleiter. »Das liegt aber daran, dass ein besonders schlauer Provinzjournalist mal geschrieben hat, die Leute sollen wegen ihrer weggefangenen Katze Anzeige gegen unbekannt erstatten. Jetzt rufen die sogar mitten in der Nacht die 110 an und wimmern: ›Mein Peterle oder meine Muschi ist weg.‹ Manchmal lassen sie sich erst beruhigen, wenn sie eine Tagebuchnummer haben.« Dann winkt er ab. »Aber bei uns verschwinden garantiert nicht mehr Katzen als anderswo im Grenzgebiet. Im Erzgebirge und im Vogtland gibt es das gleiche Problem, nur taucht das dort nicht in der Statistik auf.«

»Und die landen dann alle auf schwarzen Messen, die ganzen kleinen Satansbraten?«

»Ach Quatsch!«, prustet der Kollege aus der Sächsischen Schweiz los. »Wobei: Mit Braten liegst du gar nicht so verkehrt. Also, gefasst haben wir ja noch keinen. Wir gehen aber davon aus, dass die Viecher weggefangen und dann in Böhmen als falscher Hase an vietnamesische Schnellimbisse verhökert werden. Aber seien wir ehrlich – bei dieser Personalsituation haben wir doch andere Probleme ...«

Doch das will Andreas Teichmann gar nicht mehr hören.

»Ihr habt doch bei euch einige Satanisten unter Beobachtung?«, fragt er schnell.

»Dein Bemühen um rasche Aufklärung des Frauenkirchenmordes in allen Ehren«, knurrt der Polizeichef, »aber mir ist dein Zeitdruck etwas zu heftig. Wir sind bei unseren Teufelsjüngern noch in der Beobachtungsphase. Es ist viel zu früh für einen Zugriff, weil wir einfach noch etwas Beweismaterial benötigen.«

»Ich teile ja deine Bedenken«, lenkt Teichmann ein. »Aber die Indizien für einen satanistischen Hintergrund sind eindeutig und zugegebenermaßen die bisher einzige Erfolg versprechende Spur. Ihr seid derzeit die einzige Polizeidirektion im Raum Dresden, die ein paar Leute aus dieser Szene beobachtet. Auch wenn es nicht die Täter sind – möglicherweise kennen sie den einen oder anderen, der für den Mord in Frage kommt. Und wir sind auf jeden Hinweis angewiesen.« Teichmann merkt, dass die letzten Vorbehalte seines Kollegen schwinden. »Ihr habt ja sicher schon einiges Material gesammelt, womit man die Satansbrüder ganz subtil unter Druck setzen könnte ...«

»Nun ja, viel wissen wir noch nicht. Diese Satanisten sind eine Gruppe von vier jungen Männern aus Liebstadt. Einer von ihnen besitzt unterhalb der alten Raubritterburg ein recht altes, verfallenes Haus, in dessen Kellergewölben die Satansbrüder eine Art Tempel eingerichtet haben. Zumindest treffen die sich dort, halten ihre Zeremonien ab und lassen hin und wieder eine private Sauf- oder Kifferparty steigen. Die Polizei wurde dazu noch nie eingeladen, deshalb beschränkt sich unser Wissen vornehmlich auf Mutmaßungen.«

Teichmann blickt enttäuscht zu Boden.

»Das ist natürlich nicht alles«, fährt sein Kollege aus der Sächsischen Schweiz fort. »Den vier genannten Liebstädtern – alle zwischen zwanzig und dreißig Jahre – können wir eine ganze Reihe von einschlägigen Straftaten nachweisen. Da sind mehrere Störungen der Totenruhe, Sachbeschädigungen, Einbrüche in Kirchen, Diebstähle von Kunstgegenständen sowie diverse Vergehen gegen das Tierschutzgesetz. Wir sind wie gesagt noch in der Beobachtungsphase und haben sie noch nicht zur Rede gestellt. Und zwar weil wir gegen den Hauptverdächtigen – den Besitzer des Hauses – noch in schwereren Delikten ermitteln und deshalb unseren Wissensvorsprung nicht vergeuden wollen.«

»Na, jetzt wird's doch schon spannender.« Teichmann atmet auf.

»Es geht um Verbrechen gegen die sexuelle Selbstbestimmung, Erpressung, Körperverletzung und möglicherweise um Drogen«, erklärt sein Kollege weiter. »Vor etwa drei Wochen kam eine Zwanzigjährige aus dem Nachbardorf, die eher der Gruftiszene zuzuordnen ist, zu uns und berichtete eine Horrorgeschichte: Sie habe mehrfach an den unter den Jugendlichen sehr beliebten Partys des Hauptverdächtigen teilgenommen. Die feiern im Wald oder an Flüssen irgendwelche Hexensabbate oder was es da für okkulte Feste auch immer gibt.«

Teichmann zündet eine Zigarette an und hört weiter zu.

»In einer Nacht Anfang Juli gab es wieder eine Feier in der Nähe von Liebstadt, bei welcher auch ein Hahn geopfert wurde – aber darum geht es nicht. Jedenfalls war die Nacht schon fast vorbei, als besagte Zwanzigjährige mit dem Verdächtigen und vier oder fünf anderen Kerlen in den besagten Teufelstempel ging. In einer Nebenkammer im Keller zündeten die Männer vielleicht drei Dutzend Kerzen an und begannen mit irgendwelchen Ritualen, an die sich die junge Frau nicht mehr im Detail erinnert. Man erklärte ihr, dass sie noch vor dem Morgengrauen zur heiligen Luzifer geweiht werde und sie das als große Ehre begreifen solle. Aus einem silbernen Kelch habe sie eine rotweinfarbene Flüssigkeit trinken müssen, die ihrer Meinung nach eine Droge enthielt, welche sie willenlos machte und dennoch euphorisierte.« Der Polizeidirektor nimmt einen Schluck Kaffee und fährt fort.»Nachdem die Kerle bestimmte, angeblich heilige Gegenstände hin und her getragen und einige Gebete gemurmelt haben – zwischendurch soll auch ein Joint gekreist sein –, begannen sie, das Mädchen auszuziehen. Dabei soll sich keiner gescheut haben, genüsslich die körperlichen Vorzüge ihrer Weiblichkeit zu massieren. Sie sei – wie gesagt – euphorisiert und völlig willenlos gewesen. Deshalb habe sie sich auch nicht – wenn es überhaupt möglich war – gewehrt, als sie auf eine Art Krankenhausbett gelegt wurde, an dessen Ecken man ihre Hand- und Fußgelenke fesselte …«

»Sag mal, Kollege …«, will sich Teichmann empören.

»Lass mich ausreden, es geht ja noch weiter. Wie sie dort also so nackt lag, wurde sie mit einem Duftöl eingerieben. Anfangs gab es noch beschwörende Formeln, zunehmend hegte die junge Frau aber Zweifel an der Heiligkeit dieser Handlung. Jedenfalls begannen zwei oder drei der Männer, sich dabei einen runterzuholen – du weißt, was ich meine.«

Andreas Teichmann nickt ungeduldig.

»Wie lange die zweifelhafte Weihe dauerte, ist der jungen Frau nicht mehr erinnerlich. Sie weiß nur noch, dass sie irgendwann von einem der Männer, der sich eine Teufelsmaske übergezogen hatte, auf diesem Bett – gefesselt, wie sie war – begattet wurde. Sie ist sich relativ sicher, dass es der Besitzer dieses Hauses war.«

»Verdammt, Jürgen!« Teichmann kann sich nicht mehr beherrschen.

»Ich weiß doch, Andreas!«, wehrt der Polizeichef ab. »Allein diese Aussage reicht, um das Schwein erst einmal in Untersuchungshaft zu bringen. Aber nur weil wir auf dem Dorf arbeiten, sind wir lange noch nicht doof. Also lass mich ausreden.«

Teichmann drückt seine Kippe aus und hört weiter zu.

»Einige Tage später stellte die Vergewaltigte den Satanisten zur Rede. Er habe sich befremdet darüber gezeigt, dass sie die Zeremonie nicht als angenehm empfunden hat, zumal sie jetzt eine geweihte Satansbraut und mit übersinnlichen Fähigkeiten ausgestattet sei. Des Weiteren drohte er ihr körperliche Gewalt – namentlich Todesqualen – an, falls sie irgendwem davon verrate. Er könne ihr diese Schmerzen auch zufügen, wenn er gar nicht anwesend sei.«

45

»Deshalb also der Vorwurf der Erpressung«, murmelt Teichmann.
»Aber warum habt ihr den Kerl immer noch nicht eingebuchtet?«
»Das ist nicht so einfach. Das Mädel weigert sich, das Vernehmungsprotokoll zu unterzeichnen oder gar Anzeige zu erstatten. Die hat wahnsinnige Angst vor dem Typen. Außerdem glaubt sie, dass sie selbst schuld ist, weil sie aus freien Stücken mitgegangen ist. Sie habe die Vergewaltigung auch erst später als erniedrigend empfunden. In der betreffenden Nacht habe sie es wegen der Drogen sogar genießen können. Jedenfalls will sie sich mit dem Vorfall so abfinden und keinesfalls als Zeugin zur Verfügung stehen.«
»Und wieso rennt sie dann damit zur Polizei?«
»Ach, ich hab noch was vergessen. Sie hat sich einer Freundin anvertraut, und der ist es angeblich ebenso ergangen. Diese Freundin wusste sogar von einem dritten Mädchen. Alle weigern sich aus Angst vor diesem Typen, Anzeige zu erstatten – wir haben noch nicht einmal die Namen der beiden anderen Betroffenen. Die Zwanzigjährige hat uns die Geschichte nur erzählt, weil sie dahinter ein System vermutet. Wir sollen die Sache erst einmal beobachten – und da sind wir jetzt dran.«
»Wir schlagen noch heute Abend zu«, legt Andreas Teichmann fest. »Ich kläre das mit dem Staatsanwalt.«

### Coselpalais, 15.20 Uhr

»Ich habe nicht wirklich Zeit für Sie«, sagt Thomas Kunath und weist dem Bauunternehmer Speck den Platz auf einem Bürostuhl zu, ohne ihm einen Kaffee oder Tee anzubieten. »Ich bin dabei, das Büro noch in diesem Monat aufzulösen, die Polizei nimmt mich in Daueranspruch, und für das Wochenende ist eine Beerdigung vorzubereiten.«

Mit bewusster Unhöflichkeit blättert er in einigen Papieren. Rolf Speck beobachtet, wie Kunath eine Notiz auf einen gelben Klebezettel kritzelt und an eine Akte heftet. Er hat ihm noch immer den Rücken zugewandt und scheint nicht die Absicht zu haben, sich auf ein Gespräch einzulassen. Speck beschließt den unbequemen Bürostuhl zu verlassen und sich an die Stirnseite des schweren Schreibtisches zu stellen, dem jungen Mann gegenüber.

»Ich möchte ja nur wissen, ob Sie mal nach dem braunen Koffer geschaut haben«, sagt er mit fast schmeichelndem Unterton.

Noch immer würdigt Thomas Kunath seinen Gast keines Blickes. Fast nebenbei, nicht ohne genervt zu wirken, meint er: »Ich habe zurzeit andere Sorgen, als mich um Ihren alten Koffer zu kümmern.

Falls er mir zufällig einmal begegnen sollte, werde ich es Ihnen schon mitzuteilen wissen. Und bis dahin lassen Sie mich« – er schaut dem Bauunternehmer erstmals und von oben herab in die Augen – »mit Ihren kleinbürgerlichen Profitinteressen in Ruhe. Mein Vater wurde unter bestialischen Umständen ermordet, da interessieren mich Ihre lächerlichen paar Kröten nicht.«

»Zwei Millionen Dollar!«, platzt es aus Rolf Speck heraus. »Milli-o-nen«, skandiert er noch einmal, um Verständigungsproblemen vorzubeugen. Kunath bleibt unbeeindruckt. Er zuckt mit den Schultern und grinst. Rolf Speck entnimmt dieser Mimik nichts anderes als ein »Na und, du kleines, dickes Würstchen?«, was ihn nun doch aus der Fassung bringt. Er muss erst einmal, ein pfeifendes Geräusch erzeugend, tief Luft einsaugen.

»Du schätzt deine Situation komfortabler ein, als sie ist«, faucht er dann. »Die Polizei vernimmt auch mich hin und wieder, weil ich in der Mordnacht mit deinem Vater verabredet war. Ich habe den Herren Kommissaren noch nichts von den sexuellen Neigungen und Aktivitäten deines ach so lieben Vaters erzählen müssen. Und ich hatte bisher auch nicht die Absicht.«

Speck spürt, dass er nun doch die Aufmerksamkeit des Adoptivsohnes besitzt, sodass er seinen Trumpf mit ruhiger Genüsslichkeit ausspielen kann. »Wie du in den letzten Tagen sicher mitbekommen hast, kann die Polizei nicht gut dichthalten. Es steht immer alles sofort in der Zeitung – zumindest in der einen. Und es dürfte dir nicht gefallen, wenn jetzt auch noch schmutzige Geschichten über deinen heiligen Vater in Umlauf kommen.«

Kunath setzt sich. »Wollen Sie mich erpressen?«, fragt er, wobei seine Stimme ein wenig zittert.

Speck winkt ab und sagt lammfromm: »Ach was, junger Mann. Nur ein ganz klein wenig Kooperation verlange ich, nicht mehr und nicht weniger.« Der Tonfall in seiner Stimmer wird barscher: »Es geht wie gesagt um zwei Millionen Dollar. Das ist für mich eine Summe, für die ich notfalls auch unkonventionelle Methoden anwenden könnte.«

### Liebstadt, 19.50 Uhr

»So, Schrödinger, jetzt kommst du erst einmal wieder in deine Hölle.«

Der Mann, der sich als Luzian vorgestellt hat, fasst den schwarzen Kater und bringt ihn zu einer geräumigen Kiste – einem mit violetter Seide ausgeschlagenen fürstlichen Katzenstall mit Beleuchtung und allerhand dekorativem Schnickschnack wie Tierknochen und Ikonen.

47

Janina Kadenczik hat sich auf der Fahrt in die Kleinstadt am Rande der Sächsischen Schweiz vorgenommen, sich hier auch von den noch so seltsamen Vorgängen erst einmal nicht beeindrucken zu lassen. Deshalb stellt sie bezüglich des weggesperrten Katers, zumal der sich nicht wehrt, keine Fragen.

»Ich bin mit einem Herrn Lukas Graber verabredet«, wendet sie sich an den Mann mit den langen, dunkelblonden Haaren, der den vermeintlichen Katzengeruch seiner Hände gerade an der schwarzen Mönchskutte abstreift.

»Der bin ich«, sagt er in einem rauen Bass, der sowohl nach Whisky als auch nach Erotik klingt. »Lukas ist mein christlicher Taufname, und so heiße ich auch für die ganzen Behördenfuzzis. Mein Weihename für die Herrscher der Finsternis aber ist Luzian. Und falls du mich in deiner Zeitung erwähnen solltest« – seine Mimik wirkt nicht unfreundlich, aber dennoch bedrohlich – »dann ausschließlich als Luzian, ohne Familiennamen bitte.«

»Natürlich«, sichert Janina gedankenlos zu. Sie grübelt noch, wie sie diese stattliche Erscheinung von Mensch einordnen soll. Schon als er den Kater gegriffen hat, waren Janina die prankenartigen Hände aufgefallen. Auch wenn sie gepflegt scheinen: Falls die einmal zupacken, gibt es kein Entrinnen.

Kräftig und muskelbepackt muss dieser Luzian auch sein, obwohl die Mönchskutte kaum Rückschlüsse auf den Körperbau gestattet. Aber Janina ahnt, dass der Kapuzenmantel ein ziemlich breites Kreuz und ungewöhnlich lange Arme verbirgt. Das umgekehrte Messingkruzifix, das am Ende einer Kette auf seiner Brust baumelt, muss recht gewichtig sein – er scheint es nicht zu spüren.

Überhaupt sieht dieser Luzian unverwundbar aus. Schmerzen oder körperliche Erschöpfung scheint er nicht zu kennen. Er wirkt wie ein Bär, bewegt sich aber trotz der schweren Verkleidung elegant wie ein Jaguar. Sein Gesicht ist kantig und vernarbt, strahlt eine gewisse Brutalität aus. Am Hals ist eine Tätowierung erkennbar, sie ist gewiss nicht die einzige. Dieser Luzian wirkt seltsam und fremd – und trotzdem nicht abstoßend. In gewisser Weise sogar anziehend. Und gerade das verwirrt Janina.

»Du willst also etwas über Satanisten schreiben?«

Sie ist verunsichert, umreißt kurz ihr Thema vom Mord am Kirchenbaurat und die rituelle Symbolik am Tatort.

Luzian grinst breit und entblößt dabei gelblich-graue Zähne. »Dann lass uns mal runter in den Tempel gehen, der Mefis dreht grad eine leckere Tüte …«

An der sparsam beleuchteten Treppe in den Keller ergreift Luzian

Janinas Hand, die in seiner Pranke vollständig verschwindet. Seine Hilfestellung erweist sich als äußerst notwendig, trägt Janina doch ein für die altersbedingten Unebenheiten der Steinstufen völlig unpassendes Schuhwerk.

Unten riecht es nach Adventszeit, nach Räucherkerzen oder Weihrauch.

Luzian öffnet eine geschnitzte Holztür, die so mancher Dorfkirche zur Ehre gereichte. Aus dem Raum dringt Feuerschein. Er stammt von zwei Fackeln, die das unverputzte Mauerwerk aus Naturstein dürftig beleuchten. Janinas Blick fällt auf einen auf dem Boden stehenden menschlichen Totenkopf, der von vielleicht zehn Kerzen angeflackert wird. Langsam gewöhnen sich ihre Augen an die Dunkelheit. Sie erkennt drei Männer, die auf Matratzen um den Schädel gruppiert sind und einen Joint kreisen lassen.

Nachdem Luzian ihr einen Platz auf einer mit purpurfarbenem Samt bezogenen Matratze angeboten hat, stellt er Janina und ihr Anliegen vor. Die drei Jungs, alle nicht älter als fünfundzwanzig, nennt er jeweils beim Namen, von denen sich Janina nur den des besagten Mefis merkt. Dieser hat die Kapuze seiner braunen Kutte tief in die Stirn gezogen, die beiden anderen sind recht gewöhnlich mit Bluejeans und schwarzen Baumwollpullovern gekleidet.

»Erzähl doch mal, was in dem Altarraum der Frauenkirche so alles rumlag«, kichert Mefis mit einer sich überschlagenden Stimme, die an eine quietschende Schuppentür erinnert. Er sieht sie erwartungsvoll an und reicht ihr den Joint. »Und wie das mit dem Schweineblut vor dem Altar war!«

Die Satanisten grölen. Janina Kadenczik, die noch nie im Leben gekifft hat, will sich nichts anmerken lassen. Sie zieht so stark und lange an dem Joint, dass sich die dunklen Kerle anerkennend anblicken. Dann beginnt sie zu berichten. Sie ist so aufgeregt und hält die vier Satanisten mit ihren Schilderungen so in ihrem Bann, dass niemand bemerkt, dass sie den Joint ganz allein zu Ende raucht, als wäre es eine Zigarette.

Die vier Männer beginnen mit leisen Stimmen zu diskutieren, wie das soeben Gehörte einzuordnen sei. Sie sprechen von bestimmten Ritualen und Symbolen, deren Bedeutung Janina Kadenczik nicht zu erfassen vermag. Sie fühlt sich an den Physikunterricht in der Schule erinnert, als die Jungs der Klasse mit irgendwelchen Zahlen, Variablen und Formeln jonglierten und sie, bewundernd und resigniert zugleich, nur noch auf das Pausenklingeln hoffte.

Ein krächzendes Husten vor dem Fenster, welches in dem alten Weinkeller eher an der Decke zu finden ist, unterbricht ihre Gedanken. Luzian gibt einem der zwei Männer, deren Namen Janina nicht mehr weiß, ein Zeichen, dass er nachsehen solle. Widerspruchslos steht dieser auf und geht nach oben. Janina erinnert sich wieder an den Grund, warum sie hier ist.

»Habt ihr vielleicht eine Erklärung für den Mord in der Frauenkirche? Oder sogar eine Idee, wer es gewesen sein könnte?«, fragt sie.

Statt einer Antwort geben die drei Männer im Chor ein geheimnisvoll vibrierendes »Ooh!« von sich, welches noch einen Augenblick im Gewölbe nachhallt.

Nach einer wohldosierten Kunstpause wendet sich Luzian, der nur einen Meter von ihr entfernt sitzt, Janina zu und schaut sie aus seinen tiefen Augenhöhlen lange an. Durch das Kerzenlicht wirkt sein Gesicht noch finsterer.

»Du musst jetzt ganz tapfer sein, kleines Mädchen.« Er blickt kurz auf den Totenschädel auf dem Boden: »Dieser Mord geht nicht auf das Konto eines Menschen. Das war der Teufel höchstpersönlich.«

Inzwischen ist der vierte Mann zurückgekehrt.

»Da draußen ist keine Menschenseele«, sagt er. »Allerdings herrscht unter den Geistern, die sich um die Burg austoben, ungewöhnliche Unruhe. Ich schaue später, wenn die zehnte Stunde angeschlagen wird, noch einmal nach.«

Tobende Geister in der Gegend, ein von Kerzenlicht angeflackerter Totenschädel, der massakrierende Teufel höchstpersönlich – Janina Kadenczik weiß nicht, welchem Spuk sie zuerst ihre Gedanken widmen soll. Außerdem beschleicht sie das Gefühl, dass sich seit einigen Minuten ihre Schädeldecke ganz sanft anhebt und ihr Hirn gierig nach Luft saugt. Das muss am Joint liegen, dem sie vorhin viel zu kritiklos zugesprochen hat.

»Erzähl mir doch etwas mehr über den Teufel und seine Möglichkeiten«, bittet sie die Satanisten und bemerkt, dass sich ihre Zunge beim Reden kaum vom Gaumen zu lösen vermag.

»Ooh«, vibriert die düstere Runde im Chor, wobei sich Mefis' Stimme überschlagen muss und ein heiteres Glucksen von sich gibt.

»Das ist leider nur in Ansätzen und ganz allgemein möglich«, sagt Luzian, als der Ton verklungen ist. »Zumal dir als nicht Eingeweihte garantiert der spirituelle Zugang zu den Geheimnissen der finsteren Welt fehlt. Das alles würde dich nur verwundern und irritieren.«

Die einzige Möglichkeit, noch heute etwas über die Wirkungen dieser Mächte erfahren zu können, sei eine so genannte Blitzweihe. Die sei unverbindlich und ungefährlich. Allerdings gebe es keine Garantie, dass sie sich morgen noch an die Erfahrungen dieser Stunden erinnern könne.

»Dein Bewusstsein stößt nämlich in Sphären vor, welche für ungeübte Menschen nicht nachvollziehbar sind. Spätestens nach einer Nacht bemächtigt sich das Unterbewusstsein dieser Erlebnisse und lässt sie nur in Glücksfällen wieder an die Oberfläche.«

Der Vortrag wird von Mefis' ständigem Kichern begleitet, was die Runde um den Totenschädel in eine heitere Stimmung versetzt. Durch den Joint euphorisiert und etwas unkritisch geworden, fragt Janina, was denn zu dieser Blitzweihe dazugehöre.

Ohne auf ihre Frage einzugehen weist Luzian an: »Gevatter Mefistopholes, bereite er den Trunk zur Weihe.«

Damit ist auch für Janina klargestellt, dass von nun an keinerlei Widerspruch geduldet wird. Kichernd und mit den Bewegungsabläufen eines Pinguins eilt Mefis in einen Nebenraum.

»Wenn du schon einmal ein christliches Abendmahl erlebt hast, wird dir vieles bei der folgenden Zeremonie bekannt vorkommen«, erklärt Luzian. »Die Liturgie ist sehr ähnlich. Wir werden dort im Kamin ein kleines Feuer entfachen und darüber einen Trunk weihen. Ich werde dabei Erzengel Luzifer anrufen und du wirst mit der Gemeinde« – er zeigt auf die beiden verbliebenen Satanisten – »einfach alles nachsprechen.«

»Du tust einfach dasselbe wie wir«, meint einer der Männer, der gerade silbernes Messgeschirr aus einer beschlagenen Holztruhe holt und poliert.

»Das Einzige, was dich etwas Überwindung kosten wird ...« Luzian bemüht sich um ein beruhigendes Lächeln, welches zur Grimasse wird. »Wir benötigen einen kleinen Tropfen Blut aus deiner Fingerkuppe. Aber keine Angst, das tut nicht weh und wir haben darin unsere Erfahrung.«

»Und wozu braucht ihr das?«, will Janina wissen.

Luzian wird ernst. »Vor deiner Weihe werden mir die Mächte anhand deines Bluttropfens zu erkennen geben, ob du für diese andere Welt geeignet bist. Das ist eine Art Bewerbungsunterlage für höhere Posten.«

Zeit zum Wundern und Überlegen bleibt Janina nicht. Der vierte Satanist rückt inzwischen an der fensterlosen Seite des Tempels einen Altar, bestehend aus einer mittelalterlichen Darstellung des Teufels und diversen Tierknochen, ins Kerzenlicht. In einem engen Käfig erkennt Janina den schwarzen Kater wieder, der sich darin nicht einmal um die eigene Achse drehen kann. Er wird neben dem Messgeschirr und einem ausgestopften, großen Rabenvogel mit ausgebreiteten Schwingen platziert. Im Kessel über dem Kamin brodelt bereits ein Sud, der nach Glühwein mit Gewürzen riecht.

In einem Taufbecken, das gewiss auf der Fahndungsliste für geraubte Kirchenschätze steht, wäscht Luzian seine riesigen Hände. Die Abnahme des Bluttropfens, die Mefis kichernd vornimmt, ist tatsächlich nicht schmerzhaft. Stolz watschelnd bringt er den mit irgendeinem Pflanzenstiel aufgesogenen Tropfen zu Luzian, welcher der Gemeinde seit geraumer Zeit seinen breiten Rücken zugewandt hat.

Die Zeremonie verläuft wider Erwarten ruhig und unspektakulär. Aus dem Kamin zucken keine grellen Blitze, kein Geisterschatten jagt mit Feuerschweif und Schwefelgestank hinterlassend durch den Tempel. Luzian spricht mit dem Gesicht zum Altar einige Gebete – die »Gemeinde« und Janina murmeln nach. Luzians Stimme hat ihren Bass verloren, schwebt in beschwörerischen und geheimnisvollen Höhen. Während er die Messbecher mit dampfendem Gebräu füllt, verfällt er in eine Art Singsang, dessen Melodie eher an das Morgengebet eines Muezzins erinnert. Bei dem goldenen unter den silbernen Kelchen hält er sich länger auf, doch Genaueres kann Janina nicht erkennen, weil der Rücken des Zeremonienmeisters die Einzelheiten seiner Tätigkeit verdeckt.

Anscheinend erachten die höheren Mächte Janinas Bluttropfen für würdig, denn der Teufelspriester verteilt die silbernen Kelche an die drei Männer, während er ihr den goldenen reicht.

»So leeren wir nun den Trunk der Erkenntnis und der ewigen Verdammnis in einem Zuge«, singt Luzian abschließend in einer monotonen Melodie.

»Und nun ex«, zischt Mefis Janina zu.

Das Getränk ist nicht so heiß wie vermutet – allerdings etwas zu scharf und mit einem widerlich bitteren Nachgeschmack. Einer aus der Gruppe reicht ihr eine Zitronenscheibe, in die sie reflexartig beißt.

Kaum hat sie heruntergeschluckt, fühlt sie sich geblendet. Wenige Zentimeter vor ihrer Nase erkennt sie das auf den Kopf gestellte Messingkreuz, welches vorhin noch auf Luzians Brust baumelte. Dessen Stimme findet ihren Bass wieder. Ganz ruhig und entspannt redet er auf Janina ein, die den Inhalt des Gesagten kaum wahrnimmt.

»Deine Seele erhebt sich und verlässt deinen Körper. Deine Seele erhebt sich über die Menschen zu Luzifer. Deine Seele erhebt sich, um zu dienen ...«

Janina hat das Gefühl für Raum und Zeit verloren. In ihrem Kopf ist ein großes Nichts, sie meint vom Boden abzuheben.

Ich schwebe, denkt sie, um gleich darauf ihr Gleichgewicht schwinden zu spüren und nach hinten zu fallen.

Allerdings nicht weit. Als habe er darauf gewartet, steht Luzian hinter ihr, drückt seinen mächtigen rechten Unterarm auf ihren Bauch und legt seine linke Hand auf ihre Schulter. Sie kann weder vor noch zurück und spürt seinen schweren Schoß an ihrem Hintern. Ihr wird schwindelig und sie legt ihren Hinterkopf auf seine rechte Schulter. Ihre Muskeln beginnen ungeordnet zu zucken, gehorchen ihrem Willen nicht mehr. Etwas geschieht mit ihr und sie hat keine Möglichkeit, darauf Einfluss zu nehmen. Luzians Umklammerung bleibt fest, und sie fühlt so etwas wie Geborgenheit, entlässt einen leisen, ohnmächtigen Seufzer – Mefis kichert glucksend.

Längst hat Luzians linke Hand ihre Schulter verlassen und umspielt nun sanft ihre Brust. Auch sein rechter Unterarm, der soeben noch leichten Druck auf ihren Bauch ausübte, löst die Umklammerung und gestattet seinen Fingern, unter ihren Pullover zu kriechen. An den Innenseiten ihrer Oberschenkel fühlt Janina weitere Hände, die entweder streicheln oder massieren. Sie kann nichts dagegen tun. Sie befindet sich in einem Zustand zwischen Träumen und Wachen.

In einer kurzen Wachphase hört sie Luzian sagen: »Seht mal nach, da oben ist jemand.« Noch immer schmiegt er sich von hinten an sie und streichelt ihre Brüste. Janina spürt ihre wachsende Erregung und fällt zurück in den Traumzustand.

### Liebstadt, 23.30 Uhr

»Ruhe jetzt und volle Konzentration! Da kommen welche hoch!«
Andreas Teichmann schaltet den Sprechfunk aus und beobachtet, wie sich vier der acht bewaffneten Polizisten um die Kellertür postieren.
Die beiden ersten Satanisten, die aus der Kellertür treten, erfassen die Situation sofort. Widerstandslos heben sie die Hände und lassen sich von zwei blitzschnell heranstürmenden Beamten an die Wand drängen. Nur der Dritte, einer mit Mönchskutte, taumelt erschrocken zurück und will wieder nach unten flüchten. »Stehen bleiben oder ich schieße!«, brüllt ein Polizist. Das wirkt. Langsam, mit erhobenen Händen kommt auch Mefis nach oben und lässt sich wortlos festnehmen. Teichmann gibt kurze Anweisung, die drei zu fixieren und in die bereitstehende grüne Minna zu bringen. »Den Letzten schaffen wir doch auch zu viert, oder?«
Die Beamten nicken und schauen sich durch ihre Sicherheitshelme entschlossen an. Ein Kollege mit Waffe im Anschlag geht voran, dicht hinter ihm hält sich der Träger des Scheinwerfers, welcher vorerst nicht eingeschaltet wird – die Beleuchtung der Kellertreppe ist zwar duster,

aber ausreichend. Es folgen der Kommissar und ein Kollege, der den Rückhalt sichern soll. Hochkonzentriert steigt das Quartett hinab.

Am Ende der Treppe erkennt der vorangehende Polizist einen schmalen Spalt, aus dem Kerzenlicht flackert. Nachdem er sich vergewissert hat, dass vom Kellergang keine Gefahr zu erwarten ist, stellt er sich mit der Waffe im Anschlag an die geschnitzte Tür. Der zweite Waffenträger postiert sich an den anderen Türpfosten und nickt seinem Kollegen zu – wortlose Routine.

Der Erste schlägt die Tür auf, um eine Sekunde später einen durch Mark und Knochen fahrenden Schrei herauszubrüllen. Das ist in den Dienstvorschriften für Aktionen dieser Art nicht vorgesehen. Der Schrei des Polizisten klang nicht autoritär und überzeugend, er klang, als würde der Teufel höchstpersönlich nach ihm greifen. Der Kollege neben Teichmann lässt den Scheinwerfer fallen und zieht aufgeregt seine Waffe, der Polizist an der Tür lugt zögernd um die Ecke und duckt sich – alle wirken wie erstarrt.

Durch die Tür erkennt Teichmann einen von Kerzen angeflackerten Totenkopf. Ihm wird die Situation zu blöd. Er vergisst alle Gebote der Eigensicherung und stürmt den Raum. Und tatsächlich: Vor ihm steht der ausgewachsene Teufel – mindestens zwei Meter groß. Strammen Schrittes geht Teichmann auf ihn zu.

»Der Spuk ist aus!«, brüllt er und reißt Lukas Graber die Maske vom Kopf.

Der steht da wie vom Blitz getroffen, begreift nicht, was vor sich geht. Die drei anderen Polizisten werten das als Signal, dass die Gefahr vorüber ist, und werfen sich wie losgelassene Bluthunde auf den Hünen, reißen ihn brutal zu Boden und beginnen ihn mit Schlägen zu traktieren.

»He, wir sind hier nicht bei Dynamo!«, ruft Teichmann.

Er muss hart dazwischengehen, damit sein eventueller Kronzeuge oder Tippgeber möglichst unversehrt bleibt. »Bindet ihm die Handgelenke und dann flott aufs Präsidium.«

Etwas murrend fügen sich die Polizisten und führen den Befehl aus, ohne freilich den Satanisten mit Samthandschuhen anzufassen. Unterdessen schaltet Teichmann sein Funkgerät an.

»Wir haben jetzt den Vierten, alles in Ordnung.« Er schaut sich um. »Nur diese blonde Frau sehe ich noch nicht.«

Lukas Graber alias Luzian, mit blutender Nase und den Händen auf dem Rücken, weist mit einer Kopfbewegung zu einer Tür. Teichmann öffnet sie, blickt in den Raum. Es dauert, bis sich seine Augen an die Dunkelheit gewöhnt haben. Auf einer Art Krankenbett schläft eine halb nackte Frau, die ihm irgendwoher bekannt vorkommt.

## Freitag, 9. September

### Münzgasse, 8.20 Uhr

Nur zögernd nimmt Thomas Kunath Platz. Er wirkt angespannt, als überlege er, wie er beginnen soll.

»Als du am Morgen nach dem Mord mit den zwei Polizisten zu mir gekommen bist – erinnerst du dich noch an diesen fetten Mann mit Hut, der dann ungehalten die Treppe runtergepoltert ist?«

Christian Eisenwinckel nickt.

»Na klar, ich habe diesen Herrn Speck inzwischen auch etwas näher kennen gelernt – zumindest hatten wir ein Gespräch. Er scheint etwas aufgeblasen und schmierig, aber im großen Ganzen ist er ganz nett.«

»Bist du dir sicher?« Kunath klingt zweifelnd. »Dieser angeblich so nette Herr Speck setzt mich seit Vaters Tod massiv unter Druck. Er behauptet, einer seiner Geschäftsfreunde zu sein, was ich ihm nicht ganz glaube. Speck hatte zwar ein kleineres Los beim Kirchenbau gewonnen, aber das war zu unbedeutend, als dass sich Vater länger mit ihm beschäftigen musste.«

»Verstehe.« Eisenwinckel nickt. »Mir gegenüber hat er sich auch als guter Bekannter deines Vaters vorgestellt, obwohl ich sie nie miteinander gesehen habe. Aber sie scheinen sich vom gleichen Ortsverband ihrer Partei gekannt zu haben.«

Kunath knotet seine langen Beine zusammen, knetet verkrampft seine Hände.

»Christian, du bist ja noch nicht so lange in Dresden, deshalb kannst du das auch nicht beobachtet haben. Vor einigen Jahren hatte Vater ein – nun sagen wir mal – ein Hobby oder eine Art Sucht, die auszuleben sowohl mit christlichen Geboten als auch mit dem Strafgesetzbuch in Konflikt geraten musste. Mein Vater hatte zwei Gesichter, von denen die allerwenigsten das zweite kannten. Dummerweise scheint Rolf Speck – woher auch immer – die dunkle Seite meines Vaters zu kennen und beabsichtigt, dieses Wissen nun einzusetzen.«

»Der Johannes ist noch nicht einmal unter der Erde, da will der jetzt schon schmutzige Wäsche waschen?«, empört sich Eisenwinckel. »Das ist zugegeben kein netter Zug.« Er zögert einen Moment. »Es geht mich ja eigentlich nichts an – aber sagst du mir, welcher Art von Hobby dein Vater nachgegangen ist?«

Kunath windet sich noch mehr. »Später vielleicht«, sagt er gedehnt. »Ich selbst ahne ja auch nur etwas. Sagen wir mal, er war einer Neigung erlegen. Einer sexuellen. Und das macht sich in der Öffentlichkeit niemals gut.«

»Hast Recht, du solltest mir die Einzelheiten ersparen«, meint Eisenwinckel verunsichert. »Zumindest so lange, wie die Trauer noch anhält und das Andenken an den Verstorbenen ernsthaft gefährdet ist.« Dann erinnert er sich an seine selbst auferlegten seelsorgerischen Pflichten. »Es sei denn, es brennt dir unter den Nägeln und du brauchst jemanden, mit dem du darüber reden musst.«

»Ich fürchte, ich brauche zu diesem Thema tatsächlich jemanden als Mülleimer. Aber da muss Vater erst einmal einige Wochen im Himmel sein.« Kunath strafft sich, atmet tief durch. »Mir geht es ja auch nur darum, wie ich mich diesem Speck gegenüber verhalten soll. Er scheint einiges über Vater zu wissen, was nicht an die Öffentlichkeit sollte. Des Weiteren erzählt dieser Fettwanst, dass er bei Vater angeblich einen Koffer mit viel Geld deponiert habe, den er jetzt dringend zurückhaben möchte. Ich habe keine Ahnung, ob die beiden Sachen in Zusammenhang stehen, ob er Vater erpressen wollte oder was immer die beiden miteinander zu tun ...«

»Moment mal!«, unterbricht Eisenwinckel. Er ist verärgert, vor allem über sich selbst. »Und ich bin auch noch darauf reingefallen. So viel Dreistheit! Der hat mich doch glatt gefragt – offensichtlich mit durchdachter und manipulierender Dramatik garniert –, ob der Herr Kirchenbaurat vielleicht erpresst wurde, wo er doch mit so viel Geld zu tun gehabt habe. Ob er vielleicht deshalb umgebracht wurde. Und nun stellt sich heraus, der Kerl ist selbst ein Erpresser!«

»Ich bin nicht einmal sicher, ob er Vater tatsächlich erpresst hat oder ob vielleicht doch ein gemeinsames geschäftliches Interesse bestand. Ich kann es nicht ausschließen. Jedenfalls waren beide in derselben Partei und in der gleichen Branche. Und Vater wollte ja demnächst in die Politik einsteigen.«

»Glaubst du denn, dass dieser Rolf Speck mit dem Mord irgendetwas zu tun hat?«

»Eher nicht. Er selbst ist körperlich nicht in der Lage dazu. Und wenn er Eingeweihter oder gar Auftraggeber wäre, würde er sich jetzt nicht so auffällig verhalten. Der Dicke mag dumm sein, aber er hat dennoch eine gewisse Bauernschläue. Außerdem – wenn ich ihn wirklich verdächtigen würde, wäre ich schon längst bei der Polizei gewesen. Ich schätze aber, dass es hier um eine Geschichte geht, die mit dem Mord nicht in Zusammenhang steht.«

Eisenwinckel nickt. »Du hast Recht. Wäre er an dem Mord betei-

ligt, müsste man sein jetziges Verhalten wirklich als dumm bezeichnen. Hast du mal nachgeschaut, ob es den Koffer tatsächlich gibt?«
»Nur grob, ich habe aber nichts gefunden. Kann mir schon vorstellen, dass der Koffer irgendwo versteckt ist – wenn auch nicht in der Wohnung.«
»Vielleicht solltest du ihn dennoch bei der Polizei anzeigen?«, überlegt Eisenwinckel. »Immerhin versucht er, dich zu erpressen.«
»Er versucht es nicht nur, er tut es. Nur: Bedenke doch auch einmal, was wir aufs Spiel setzen. Wenn dieser Fettwanst bei der Polizei über die Schattenseite meines Vaters plaudert, steht das spätestens eine Woche darauf in der Zeitung. Und das will ich Vater wirklich nicht antun. Speck will nur seinen Koffer, den ich im Moment nicht finden kann. Dann, glaube ich, gibt er auch Ruhe.«
Eisenwinckel spürt die Zwickmühle, in der sich sein Gegenüber befindet.
»Kannst du auf Zeit spielen?«, fragt er. »Um wie viel Geld geht es denn?«
»Das ist angeblich so viel, wie du und ich in unserem Leben niemals zu Gesicht bekommen werden.«
»Legales Geld ist das meiner Meinung nach nicht«, sagt Eisenwinckel. »Aber jetzt kapiere ich, warum du meinen Rat brauchst. Vor einer Woche hätte ich dir wahrscheinlich noch empfohlen, sofort die Polizei anzurufen – da hätte in mir der Glaube an Gerechtigkeit und damit der gesetzestreue und brave Bürger gesiegt. Nach dem Mord an deinem Vater habe ich zur Genüge über göttliche und irdische Gerechtigkeit nachgegrübelt. Diese irdische Gerechtigkeit ist nur eine Illusion, dieser bist du nicht wirklich verpflichtet. Wenn es also Gottes Wille ist, dass die – wie du sagst – dunkle Seite deines Vaters offenbar wird, dann wirst auch du dich nicht dagegen stellen können. Ansonsten musst du es aber auch nicht befördern.«
»Ich weiß ja nicht, ob das Verheimlichen einer Erpressung oder illegalen Geldes ein Straftatbestand ist. Ich lege keinen gesteigerten Wert darauf, mit den Gesetzen in Konflikt zu geraten.«
»Gerade diese Gesetze stelle ich ja in Frage.«
»Jetzt mal im Ernst: Meinst du, wir sollten der Polizei unser Wissen über Speck vorenthalten – auch auf das Risiko hin, dass die Ermittler eine entscheidende Spur nicht verfolgen?«
»So wie du mir die Situation geschildert hast, gehe ich davon aus, dass der Bauunternehmer nichts mit dem Mord zu tun hat. Es scheinen sich unterschiedliche Sachverhalte zu überlagern, für die du zwei getrennte Lösungen finden solltest. Falls du aber tatsächlich den Eindruck gewinnst, dass der Mord und dieser mysteriöse Geldkoffer in

Zusammenhang stehen, solltest du nicht zögern, den Erpresser anzuzeigen.«

Thomas Kunath ist erleichtert. »So werde ich's wohl machen. Aber ich muss dir gestehen, dass ich nicht wirklich ein großes Interesse daran habe, die Ermittlungen zu unterstützen. Diese Befragungen durch die Polizei werden mir zunehmend zu viel. Ich will Ruhe. Nichts als meine Ruhe.«

»Aber ich werde nicht so schnell ruhen«, sagt Eisenwinckel entschieden. »Vielleicht werde ich sogar in die Partei eintreten, um dort den Mörder deines Vaters zu suchen. Ich hatte dir doch schon von der Begebenheit erzählt, als sich dein Vater und der Landtagsabgeordnete Heinze unterhalten haben?«

»Ja, ich kann mich erinnern.«

»Auch der Geldkoffer des Bauunternehmers könnte mit der Partei zu tun haben – seit der Parteispendenaffäre um Exkanzler Helmut Kohl würde mich nichts mehr überraschen.«

»Verstricke dich mal nicht zu tief in diesem Politfilz«, lacht Kunath. »Und lass mich da lieber raus.« Er ergreift die Hand des Organisten. »Danke, Christian! Du hast mir sehr geholfen.«

### Alaunstraße, 13.00 Uhr

Janinas Nachbarin, die mit dem Kopfkissen auf der Fensterbank, hat gehässig gegrinst, als die junge Frau vor einer Stunde von zwei Polizisten nach Hause gebracht wurde. Manchmal scheint es, als sei die Frau mit der blauen Strickjacke an ihrem Fensterrahmen festgewachsen. Ihr Leben ist schon seit einigen Jahren so gut wie vorbei, jetzt schaut sie nur noch dem bunten Treiben auf der Straße zu. So weit wird es mit mir nicht kommen, weiß Janina, als sie sich wenig später eine Wanne einlässt.

Allein die letzten Stunden haben ihr so viele neue Eindrücke beschert, ja fast einige Premieren zu viel: die völlig fremde Welt der Satanisten, die Wirkung des Joints und dieser ihr unbekannten Droge aus dem Weihetrunk. Dann das Gefühl des willen- und hilflosen Ausgeliefertseins. Die Angst vor einer unmittelbar bevorstehenden Vergewaltigung – im Nachhinein betrachtet wäre es dazu gekommen, auch wenn es ihr in dem Moment nicht bewusst war.

Janina Kadenczik liegt in ihrer Wanne und hat erstmals im Leben das Gefühl, dass ihr Körper nicht mehr sauber wird – so sehr ekelt sie sich vor den Berührungen dieses verdammten Teufelsanbeters. Und noch etwas anderes macht ihr schwer zu schaffen: Sie hatte – und das war selbst bei übermäßigem Alkoholkonsum noch nie vorgekommen – nach der seltsamen, von Luzian verabreichten Droge zunächst einen absoluten Filmriss, erst allmählich und durch die Hinweise von Kommissar Teichmann war die Erinnerung an die Einzelheiten des Abends zurückgekehrt. Erstmals erwachte sie auf der Intensivstation eines Krankenhauses, erstmals wurde sie als Verdächtige in einem Polizeiauto durch die Stadt gefahren und im Präsidium vernommen.

So hatte sie viel früher als erwartet ihr Vieraugengespräch mit Kommissar Teichmann, um das sie ihn am Tatort in der Frauenkirche gebeten hatte. Zu dumm nur, dass die Rollen auf eine so unangenehme Art verteilt waren. Er warf ihr sogar Komplizenschaft, mindestens aber Wissensbeteiligung am Frauenkirchenmord vor. Schließlich sei sie noch vor der Polizei am Tatort gewesen, wisse von all den Journalisten die meisten Einzelheiten zu berichten und sei nun in der Höhle oder Hölle eines der wenigen Verdächtigen aufgegriffen worden.

Dieser Kommissar Teichmann war bei all seinen Beschuldigungen und Unterstellungen unangenehm laut, fast garstig. Janina hatte durchaus Verständnis für sein angekratztes Nervenkostüm, doch sein Brüllen ging dann doch etwas zu weit. Es bedurfte einiger Beteuerungen, einer herausgepressten Träne und mehrerer weiblicher Tricks, um ihn von ihrer Unschuld zu überzeugen. Wer einmal einer Verschwörungstheorie erlegen ist, schließt gewöhnlich den Zufall aus oder deutet ihn gar als Beweis für sein Hirngespinst.

Erstaunlich war allerdings, wie hurtig der Mordkommissar plötzlich aus der Rolle des wutschnaubenden Anklägers in die des Kumpels geschlüpft war. Plötzlich wollte nämlich *er* etwas von Janina, bot als Gegenleistung sogar hin und wieder eine Exklusivinformation über die Ermittlungen zum Frauenkirchenmord an. Schließlich sicherte Janina ihm zu, Lukas Graber alias Luzian anzuzeigen – wegen eines Deliktes gegen die sexuelle Selbstbestimmung. Nach unsicherem Nachfragen versicherte Teichmann ihr zwar, dass sie noch halbwegs bekleidet gewesen war. Aber schon das Betatschen ohne ihre Einwilligung rechtfertige diese Anzeige. Und nach Unterzeichnung derselben hatte es Teichmann plötzlich eilig, Janina loszuwerden, und ließ sie nach Hause chauffieren.

### Radebeul, 13.30 Uhr

»Bloß gut, dass Sie endlich kommen, Chef. Wo haben Sie bloß gesteckt?«

Frau Bochmann, Rolf Specks Sekretärin, rauft sich die rot gefärbten Haare. »Hier war inzwischen der Teufel los. Ich habe bestimmt tausendmal versucht, Sie zu erreichen. Wieso hatten Sie denn Ihr Handy nicht an?«

»Das habe ich heute versehentlich liegen lassen«, murmelt Speck, während Rosebud am bereitstehenden Wassernapf schlabbert. Der Bauunternehmer legt Hut und Mantel ab und stellt sich darauf ein, Frau Bochmann erst einmal keifen zu lassen. Gewöhnlicherweise sagt sie dann – wenn auch in der ihr eigenen hysterischen Art – alles Wichtige auf einmal. Er muss nur etwas Desinteresse vorspielen, dann sprudeln die Fakten von ganz allein.

»Vor zwei Stunden war ein Überfallkommando der Polizei hier. Die haben mit einem Durchsuchungsbefehl vor meiner Nase gewedelt und hier das Unterste zuoberst gekehrt. Ich wollte sie ja erst gar nicht reinlassen, die sagten aber, dann käme ich ins Gefängnis«, empört sich die Mittvierzigerin. »Da hört aber die Treue zu Ihnen auf! Können Sie mir sagen, was die hier wollten? Sie haben mir doch nach der letzten Pleite versprochen, dass Sie keine krummen Dinger mehr drehen!«

Sie muss kurz innehalten, um Luft zu holen, und Speck nützt die Gelegenheit.

»Sie wissen doch, dass ich mit dem Kirchenbaurat befreundet war«, knurrt er. »Weil die Bullen keine heiße Spur haben, ist nahezu jeder Dresdner verdächtig. Also kommen Sie mal wieder runter.«

»Von wegen!« Frau Bochmann denkt nicht daran, sich zu beruhigen. »Die haben den Großteil der Geschäftsunterlagen mitgenommen. Und aus Ihren Privaträumen wurden kistenweise Sachen rausgeschleppt. Das kommt mir alles so bekannt vor. Warum tun Sie mir das bloß an?«

Rolf Speck kann sich ein Grinsen jetzt nicht mehr verkneifen, was Frau Bochmann noch mehr reizt.

»Außerdem hat ein Kommissar Teichmann angerufen, der Sie auch nicht auf Ihrem Handy erreicht hat. Er erwartet Sie morgen nach der Beerdigung auf dem Präsidium. Seine Telefonnummer liegt auf dem Schreibtisch.«

Speck holt tief Luft – ein Zeichen, dass er auch gerne noch einmal etwas sagen möchte. Doch Frau Bochmann ist noch nicht fertig.

»Und dort wartet auch noch eine Menge Arbeit auf Sie. Seit Montag haben Sie keine einzige Rechnung unterschrieben. Außerdem haben die Männer nur noch für sechs Wochen zu tun, es wird Zeit, dass wieder ein paar Aufträge hereinkommen. Für die Rückrufliste habe ich schon einen zweiten Zettel anfangen müssen – was machen Sie denn eigentlich die ganze Zeit?«

»Jetzt ist aber genug!«, fällt Speck seiner Sekretärin ins Wort. Doch Frau Bochmann rüstet bereits zum Rückzug, indem sie ihre Handtasche einpackt und weiterredet.

»Ich habe jetzt keine Zeit für Diskussionen. Es ist Freitag halb zwei, ich habe schon seit einer Stunde Feierabend. Ich muss mit meiner Tochter heute endlich mal paar Babysachen kaufen.«

»Ach, Sie werden Oma? Wann ist es denn so weit?«, heuchelt Speck Interesse.

»Das hatte ich Ihnen doch schon längst erzählt, Ende des Jahres.«

»Tja, wer zu Ostern mit den Eiern spielt, hat zu Weihnachten die Bescherung«, grinst der Bauunternehmer und freut sich, dass er das bei weitem unverfänglichere Thema bemühen darf. Mit sichtbarem Erfolg sogar, denn Frau Bochmann lächelt.

»Ach, Sie mit Ihren dummen Sprüchen«, sagt sie schon viel freundlicher. »Arbeiten Sie am Wochenende schön und lassen Sie sich nicht verhaften.«

Sie verabschiedet sich mit einem Klaps auf Rosebuds Schulter, der ihr schwanzwedelnd und hechelnd hinterherschaut.

Speck holt sich eine fast volle Flasche Whisky aus der Bar des Beratungsraumes und lässt sich auf das braune Ledersofa fallen.

»Dann braucht ihr alle keine Aufträge mehr«, murmelt er, während er eingießt, und schließt beim Gedanken an den Millionenkoffer genießerisch die Augen.

### Schießgasse, 15 Uhr

»Wie hat Ihnen denn die erste Nacht im Hotel Freistaat gefallen?«

Andreas Teichmann fingert eine Zigarette aus der Schachtel und ignoriert den bösen Blick, mit dem ihn Lukas Graber fixiert. »Ich hoffe mal, Sie gewöhnen sich zügig an unseren bescheidenen Standard, zumal Sie wohl etwas länger unser Gast sein werden.«

Der Kommissar gibt dem Satanisten durch seine Ruhe zu verstehen, dass er ihm viel Zeit widmen wird. Seine Entspanntheit gehört zur taktischen Routine. Manchmal werden Verdächtige dann nervös und spucken sofort Geständnisse aus. Nicht so Luzian. Der bevorzugt, alle Energie in seinen bösen Blick zu stecken. Teichmann bleibt unbeeindruckt, raucht gemütlich weiter.

Nach zwei Minuten räuspert sich Lukas Graber und bemüht sich um eine bedrohliche Klangfarbe seiner Stimme.

»Zwei Kollegen Ihrer Prügelgarde sind von bösen Geistern besessen. Beide sind heilbar. Bei Ihnen diagnostiziere ich dagegen einen besonders schweren Fall.« Luzian zieht so fest die Augenbrauen zusammen, dass die Pupillen zu verschwinden drohen. »Sie wissen doch, dass es Mächte gibt, denen sich ein gewöhnlicher Mensch nicht entziehen kann?«

»Nur für den, der dran glaubt«, antwortet Teichmann gelassen. »Aber ich gehöre nicht dazu und entziehe mich damit ihrer Einflusssphäre.« Der Kommissar will klarstellen, dass er nicht auf die Psychospielchen des Verdächtigen reagieren wird. Wer hier den psychischen Druck aufbauen muss, ist er selbst. Deshalb beginnt er auch mit dem üblichen Griff in die Trickkiste.

»Ihre drei Glaubensbrüder haben Geständnisse abgelegt. Besonders der kleine Spastiker hat wunderschöne Arien gesungen.«

»Für Mefis leg ich meine Hand ins Feuer ...«

»... und würde sie aufschreiend zurückziehen. Aua!«

Diese Vernehmungsdialoge hat Teichmann auf der Polizeischule gelernt und seitdem in der Praxis mehrfach anwenden und verfeinern können. Auch in Vernehmungen, in denen er Verdächtige vor sich sitzen hat, die ihm in Bezug auf Intelligenz und rhetorische Kniffe durchaus Paroli bieten könnten, würde der Kommissar die Oberhand behalten.

Graber scheint ihm zwar willensstark, aber dennoch nicht über Gebühr schlau zu sein. Und sein Vorsatz, eisig zu schweigen, ist schon einmal gebrochen. Das ist ein Ansatz.

»Beginnen wir mit einem weniger gewichtigen Vorfall.« Kommissar Teichmann blättert in einem Aktenordner, den ihm die Kollegen der Nachbardirektion zur Verfügung gestellt haben. »Wo waren Sie am 15. Juni dieses Jahres zwischen 22 Uhr und 23.30 Uhr?«

Lukas Graber scheint sein Gedächtnis nicht zu bemühen. Stattdessen übt er sich an der Verschärfung seines bösen Blickes, als beabsichtige er, den Polizisten zu hypnotisieren.

»Ich helfe Ihrem Erinnerungsvermögen gern auf die Sprünge.« Andreas Teichmann erwidert die erstarrte Boshaftigkeit des Satanisten mit einem süffisanten Lächeln. »In der betreffenden Zeit sind Sie mit zwei anderen Kumpanen in die Sakristei der evangelischen Kirchengemeinde Struppen eingestiegen. Dort haben Sie mehrere Kunstgegenstände, Messgeschirr und vier Flaschen Wein mitgenommen, die für das Abendmahl bestimmt waren. Ihre Fingerabdrücke sind inzwischen identifiziert. Des Weiteren haben Sie vor Ort eine Bibel aus dem 19. Jahrhundert zerfleddert. Außerdem haben Sie Ihre Notdurft am Altar verrichtet – oder einer Ihrer verehrten Kumpanen hatte die Freundlichkeit. Näheres werden wir erfahren, wenn Sie morgen früh eine Pinkelprobe abgegeben haben.«

Lukas Grabers Wangenmuskeln beginnen unwillkürlich zu zucken. Lange wird er den bösen Blick nicht mehr aufrechterhalten können, wenn er nicht einem Gesichtskrampf erliegen möchte. Er lockert die Spannung ein wenig, sodass man an seinen abfallenden Mundwinkeln einen Anflug von Frust ablesen kann.

Der Kommissar blättert weiter, liest wie zufällig entdeckte weitere Delikte vor: mehrere Raubzüge oder Verwüstungen in Kirchen, Störungen der Totenruhe auf Friedhöfen, Vandalismus im Allgemeinen sowie der Diebstahl und das Massakrieren diverser Haustiere – Schafe, Katzen, Federvieh.

Lukas Graber wirkt abwesend, starrt unentwegt auf den Aschenbecher des Kommissars. Doch plötzlich hebt er die Augen, starrt dem Beamten direkt in die Augen und zischt hasserfüllt: »Sie werden den Mörder des Kirchenbaurates niemals fassen.«

Für einen Moment verliert Teichmann die Beherrschung über seinen Unterkiefer, der langsam dem Gesetz der Gravitation folgt. Dann räuspert er sich und wählt einen oberlehrerhaften Ton.

»Junger Mann! Haben Sie mir etwa die ganze Zeit nicht folgen können? Darum ging es doch gar nicht!«

Dem Satanisten gelingt ein gehässiges Grinsen.

»Erzählen Sie mir doch nichts. Sie sind der Bulle, der die Kreuzigung von der Frauenkirche aufklären muss. Ich kenne Ihr smartes Bubigesicht aus der Zeitung. Und das Märchenbuch da«, er deutet mit einer Kopfbewegung auf den Aktenordner, »können Sie wieder zumachen. Falls Sie mir davon tatsächlich etwas nachweisen können, reicht das nur für eine Bewährungsstrafe.«

Die Begriffe »Bulle« und »Bubigesicht« registriert Teichmann unkommentiert. Er wertet sie als Signal, dass auch persönliche Angriffe erlaubt sind – er wird es zu nutzen wissen. Die Gegenoffensive scheint Grabers Selbstbewusstsein gut getan zu haben, denn er giftet weiter.

»Sie werden den Richter des Kirchenbaurates niemals fassen, das war der Teufel höchstpersönlich!«

»Sie werden aber verstehen, dass wir diesem Teufel für die Öffentlichkeit ein Gesicht geben müssen«, antwortet der Teichmann fast bedauernd. »Und ich finde, Ihre Visage eignet sich dazu hervorragend.«

Während der Satanist noch überlegt, ob der Beamte seine Äußerung ernst meinen könnte, versucht dieser ihn weiter in die Enge zu treiben. »Wir haben inzwischen so viel Material über Sie gesammelt, dass nur Sie als Täter in Frage kommen. Jedenfalls reichen die eindeutigen Spuren locker für einen Indizienprozess aus. Jeder deutsche Richter würde Sie für den Rest Ihres armseligen Lebens in den Kerker sperren.«

»Das können Sie mir aber nicht anhängen.« Zum ersten Mal klingt Graber leicht unsicher. »Damit habe ich nichts zu tun.«

»Das wollen wir doch mal sehen«, entgegnet Teichmann entschlossen. Er nimmt einen zweiten Aktenordner und blättert. »Beginnen wir mit ein paar Nebensächlichkeiten – zum Beispiel dem Schweineblut im Altarraum. Wo haben Sie das denn her? Und sagen Sie jetzt nichts Falsches – ich kann auch böse werden.«

»Ich habe ... ich war noch nie in der Frauenkirche. Ich bin nicht ... ich habe nichts damit zu tun«, stammelt Lukas Graber. Als die Handfläche des Kommissars vor ihm auf die Tischplatte knallt, zuckt er zusammen.

»Verarsch mich nicht, Freundchen!«, zischt der Beamte und funkelt sein Gegenüber an. »Jetzt erzähle mir, wo ihr das Schweineblut für eure Rituale herhabt. Zum Beispiel für damals in der Kirche von Dohna!«

Die Sache in Dohna hätte Graber im Normalfall so lange geleugnet, bis ihm eine erdrückende Beweislast das Geständnis herausgepresst hätte. Doch jetzt – als brutaler Mörder verdächtigt – zeigt er Nerven und wird kleinlaut. »Na, der Mefis hat ja dann bestimmt erzählt, dass sein Vater Metzgermeister ist. Und manchmal hilft er halt mit aus. Aber« – und jetzt schaut der Satanist den Kommissar wie ein Kind an, das gerade beim heimlichen Naschen erwischt wurde und verspricht, dies nie wieder zu tun – »aber mit dem Mord in der Frauenkirche haben wir wirklich nichts zu tun.«

»Diese Behauptung wird nicht wahrer, indem Sie sie ständig wiederholen.« Teichmann hat seinen Verdächtigen in der nervlichen Verfassung, wo er ihn wieder siezen darf. Das unterbewusst oft als Wahrheitsaufforderung wirkende »Du« spart er sich lieber für seine Angriffe auf.

»Und womit konnten Sie die Blutgerinnung stoppen?«

»Der Christoph hat seinen Zivildienst im Krankenhaus gemacht«, antwortet Graber fast schon bereitwillig. »Da hat er aus dem Labor mal eine Kiste mit Chemikalien mitgebracht. Damit kenne ich mich aber nicht aus.«

Teichmann hat sich aus dem Belastungsmaterial der benachbarten Polizeidirektion eine ganze Reihe von Indizien herausgesucht, die mehr oder weniger mit der Durchführung des Frauenkirchenmordes in Verbindung gebracht werden können. Ungerührt setzt er den Satanisten damit unter Druck. Nach etwa einer Stunde hat es Lukas Graber aufgegeben, die Kirchenraubzüge, Grabschändungen und Tierquälereien zu leugnen. Wenn er diese Taten eingesteht, dann immer in der Hoffnung, dass ihm der Kommissar dann die Nichtbeteiligung am Mord des Kirchenbaurates glaubt. Doch Andreas Teichmann ist unerbittlich. Geschickt spielt er auch das nächste Indiz aus, welches ihm erst heute seine Kollegen geliefert haben.

»Sie waren in Ihrer Gymnasialzeit ehrenamtlich sehr engagiert und zuverlässig. So steht es zumindest in Ihrer Beurteilung. Sogar – und das wundert mich jetzt fast ein bisschen – von einer humanistischen Lebenseinstellung und einem ausgeprägten Gerechtigkeitssinn ist die Rede. Haben sich die Lehrer so sehr in Ihnen getäuscht?«

Lukas Graber würde normalerweise niemals positive Charaktereigenschaften an sich zugeben. Im Gegenteil, das Streben, das Furcht erregende Böse zu verkörpern, hat er längst verinnerlicht. Bloß: In dieser Vernehmung glaubt er sich zu Unrecht angegriffen. Dankbar nimmt er deshalb die Möglichkeit an, von seinen vermeintlichen Vorzügen zu berichten.

»Ich war in meiner Schulzeit in der Nachwuchsgruppe vom Roten Kreuz eine Art Vorzeigeschüler. Da habe ich auch an den deutschen Jugendmeisterschaften teilgenommen und hätte beinahe mal gewonnen. Das meinten die Lehrer sicher in der Beurteilung.«

Teichmann gibt sich angenehm überrascht und interessiert.

»Worauf kommt es denn bei solchen Wettkämpfen an? Worin waren Sie denn besonders gut?«

Lukas Graber erzählt über den besonders in der Sächsischen Schweiz stark geförderten Bergrettungsdienst und dass es bei den Übungen vor allem darauf ankam, Verletzte aus unwegsamen Schluchten zu bergen. Dazu musste man sich auch abseilen oder gut klettern können. Er sei einer der Schnellsten und Sichersten gewesen.

Teichmann blickt den Satanisten fest an.

»Das sind exakt die Eigenschaften, die man benötigt, eine Leiche auf die Kuppel der Frauenkirche zu hieven. Herr Graber, die Schlinge um Ihren Hals ist fest zugezogen. Jetzt geben Sie es doch endlich zu!«

Graber schluckt und fasst sich an den Kehlkopf. »Ich glaube, ich sollte erst einmal nichts mehr ohne einen Anwalt sagen.«

»Der steht Mördern erst nach dem Geständnis zu«, behauptet der Kommissar. Und weil der Langhaarige mit dem narbigen Gesicht keinen Widerspruch einlegt, will er ihm eine kurze Besinnungspause gönnen. »Hier, nehmen Sie sich eine Zigarette und denken Sie fünf Minuten über Ihre Situation nach.«

Mit zitternden Händen greift Lukas Graber zu und lässt sich Feuer geben.

Während er fast gierig an der Zigarette zieht, nimmt Teichmann den Telefonhörer und wählt eine vierstellige Nummer. »Teichmann hier. Frau Kosak, ich habe da ein kleines Anliegen ...« Lukas Graber weiß nicht, dass dieses Gespräch fingiert ist. Wann immer die Sekretärin Müller als »Frau Kosak« angerufen wird, weiß sie, dass sie sich mit dem vernehmenden Kollegen zwar unterhalten muss, aber eventuelle Aufträge nicht ausführen soll. Das Telefonat dient nur dem taktischen Spiel und soll echt klingen.

Teichmann räuspert sich. »Frau Kosak, melden Sie mich doch bitte mit einem Herrn Lukas Graber beim Haftrichter an ... Ja, 18 Uhr ist gut ... Nein, er hat noch nicht gestanden, aber die Indizien sind erdrückend, und seine Kollegen haben ihn ja massiv belastet ... Ja, der Vergleich der Fingerabdrücke liegt bereits vor, Sie können ja noch die Protokolle anfordern ... Davon gehe ich aus. Er wird die nächsten Jahre nur noch gesiebte Luft zum Atmen bekommen. Rufen Sie doch auch mal bei der JVA an. Das ist mit der Staatsanwaltschaft so abgesprochen. Ich danke Ihnen, Frau Kosak.«

Graber wirkt blass und keineswegs mehr böse – eher wie ein angeschossenes Reh.

»Ich war's nicht«, wimmert er kleinlaut.

»Hm?«, fragt der Kommissar, als hätte er nicht verstanden.

»Ich war es nicht«, wiederholt Luzian gequält.

»Ich weiß«, entgegnet Teichmann seelenruhig. »Es war der Teufel höchstpersönlich. Der Teufel in dir.« Er richtet seinen Zeigefinger auf den Verdächtigen und schaut ihn wieder fest an. »Aber nach der Beweislage ist es jedem deutschen Richter egal, ob der Herr Graber oder der Herr Teufel den Kirchenbaurat umgebracht hat – sie werden *dich* verurteilen.«

Teichmann öffnet einen dritten Aktenordner. »Ich habe da noch zu einem weiteren Thema recht spannende Fragen an Sie.«

Diesmal geht es um verschiedene Delikte gegen die sexuelle Selbstbestimmung. Der Kommissar behauptet, dass gegen den Satanisten mehrere Anzeigen vorliegen würden. Lukas Graber redet sich um Kopf und Kragen, erinnert sich an sieben Fälle, in denen er sich an jungen Frauen vergangen hat. Er gesteht nahezu alles – nur nicht den Mord in der Frauenkirche. Aber gerade die Sexualdelikte sind wenige Stunden später der Grund, warum ihn der Haftrichter in die Einzelzelle einweisen wird.

### Dresden-Bühlau, 20.30 Uhr

»Dein Glück, dass du vorher noch einmal angerufen hast.« Mit einer Kopfbewegung winkt Thomas Kunath die Reporterin in die Wohnung. »Ich öffne nämlich zurzeit nicht jedem die Tür, weil ich mich ein wenig belästigt fühle.«
Janina Kadenczik hängt ihren schwarzen Strickmantel an die Garderobe im Flur.
»Von wem denn?«, fragt sie. »Von der Polizei oder anderen Journalisten?«
»Die lassen mich zwar alle auch nicht in Ruhe«, antwortet Kunath mit hochgezogenen Augenbrauen, »aber zusammen sind sie noch lange nicht so schlimm wie eine andere Person. Aber dazu später – willst du Tee oder Weißwein?«
»Wasser. Ich hatte heute Nacht den absoluten Filmriss, mir ist erst mal gar nicht nach irgendwelchen Giften zu Mute. Aber davon kann ich dir auch gleich erzählen. Ich habe die Originale der Fotos wieder mitgebracht, deshalb bin ich ja vorbeigekommen.«
»Dann setz dich schon mal rein, ich mach mir trotzdem schnell einen Tee.«
Nach kurzer Zeit erscheint er mit einer dampfenden Tasse im Wohnzimmer.
»Kennst du eigentlich einen gewissen Rolf Speck?«, fragt er.
Janina schüttelt den Kopf.
»Das ist so ein wahnsinnig fetter Bauunternehmer mit Hut und einem riesigen Hund, ich glaube, eine Deutsche Dogge.«
Janina überlegt, doch kein Groschen fällt.
»Du wirst ihn sicher morgen bei der Beerdigung sehen. Jedenfalls bedrängt mich dieser aufgeblasene Wichtigtuer bereits seit Dienstag – angeblich hat mein Vater bei ihm Schulden gehabt, die er jetzt dringend zurückgezahlt haben möchte. Seine Methode ist zwar stilvoll, aber nicht gerade sanft.«
»Könnte er Recht haben? Mit den Schulden, meine ich?«, fragt Janina.
»Die Finanzen meines Vaters sind ganz gut geordnet, eine Leihgabe wäre wohl nicht nötig gewesen. Allerdings weiß ich nicht, was mein Vater privat noch so alles verfolgt hat. Er war da sehr verschlossen.«
Kunath starrt an Janina vorbei zur Fotografie seiner verstorbenen Adoptivmutter, deren warmherziger Blick den Raum durchströmt.
Die Reporterin nutzt den Augenblick seiner scheinbaren Abwesenheit, um sein Gesicht zu mustern. Es wirkt recht unauffällig – lediglich seine Größe zieht Blicke auf sich. Aber diese Augen – sie ha-

ben einerseits etwas Offenes und Anziehendes und scheinen doch irgendein Geheimnis zu verbergen. Vielleicht sind es nur Unsicherheit oder Selbstzweifel, die jeden Menschen quälen und die jeder zu verstecken sucht.

»Du willst doch darüber nichts schreiben?«, unterbricht Kunath ihre Gedanken.

»Nein, nein, ich betrachte das eher als ein Hintergrundgespräch«, beeilt Janina sich mit einer Antwort. »Bevor ich etwas schreibe, was ich nur von dir weiß, werde ich dir Bescheid sagen. Aber diesen Herrn Speck werde ich einmal der üblichen Rechercheroutine unterziehen: polizeiliches Führungszeugnis, Vorstrafenregister, Bonität, Firmenbeteiligungen. Im Zweifelsfall gibt es da immer wieder aussagekräftige Rückschlüsse.«

## Sonnabend, 10. September

### Schießgasse, 7.50 Uhr

Sie können mir den Mord gar nicht nachweisen«, sagt Lukas Graber und gähnt – man lässt ihn schlecht schlafen in der JVA, deshalb ist er zeitweise unkonzentriert.
»Ich muss Ihnen gar nichts nachweisen«, sagt Teichmann ungerührt. Er will Graber weiter zappeln lassen – auch wenn sich dessen Alibi für die Mordnacht inzwischen als wasserdicht erweist. »Die Indizien reichen wie gesagt völlig aus, dass jeder deutsche Richter Sie wegen Mordes verknacken würde. Nur ...« Er schaut seinem Gegenüber höhnisch in die müden Augen. »Nur für das Strafmaß wäre es von Vorteil, wenn Sie sich etwas kooperativer zeigen.«
»Ich hatte bisher wenig Anlass, mich näher mit diesem Mord zu beschäftigen. Sie nehmen mir sicher nicht übel, wenn ich mich klammheimlich über die Umstände gefreut habe – auch darüber, dass Sie dem Mörder nicht auf die Spur kommen. Nur jetzt ...« Graber räuspert sich. »... wo es mich selbst betrifft, habe ich mir schon Gedanken darüber gemacht. Heute Nacht zum Beispiel.« Er schaut den Kommissar selbstbewusst an. »Wenn Sie mir endlich glauben, dass ich mit dem Mord nichts zu tun habe, würde ich Ihnen bei der Aufklärung etwas behilflich sein. Es gibt da einige Details, die mich vermuten lassen, dass die Hinweise für einen Ritualmord nur konstruiert worden sind, um die Polizei auf die falsche Fährte zu locken.« Seine Stimme wird noch fester. »Falls Sie mich aber weiterhin wie einen Mordverdächtigen behandeln, sage ich nicht einen Mucks mehr. Dann werden Sie halt weiterhin im Trüben fischen.« Fast gierig zieht er eine Zigarette aus der ihm angebotenen Schachtel.
In aller Seelenruhe zündet sich Teichmann selbst eine Zigarette an, während Lukas Graber die seine ungeduldig zwischen den Lippen rollt.
»Ach so.« Der Kommissar hält ihm das Feuerzeug entgegen, als hätte er erst jetzt gemerkt, dass Graber darauf wartet. Diese Spielchen gehören einfach dazu, um die Rollenverteilung zu klären.
»Nun gut, Ihr Haftbefehl beschränkt sich bisher auf die Sexualdelikte. Ich habe derzeit auch nicht vor, ihn um einen Mordverdacht zu erweitern. Sehen Sie mir aber nach, dass ich aus beruflichen Verpflichtungen

misstrauisch bleiben muss. Ein Anwalt steht Ihnen ohnehin zu. Wenn Sie keinen eigenen anfordern, bekommen Sie einen Pflichtverteidiger. Das ist samstags aber immer ungünstig – warten wir in diesem Fall bis Montag.« Teichmann nimmt einen letzten Zug und drückt die Zigarette aus. Graber hat seine – unehrliche – Empfehlung geschluckt. »Es liegt an Ihnen: Wenn ich den Eindruck gewinne, dass Sie sich bei der Aufklärung des Frauenkirchenmordes tatsächlich bemühen und nützliche Hinweise liefern, hätte ich ein Angebot. Dann werde ich meinen Bericht für den Staatsanwalt, der die Anklageschrift wegen der Sexualdelikte anfertigen würde, etwas sanfter formulieren. Ihr Stillschweigen über dieses Abkommen setze ich in Ihrem eigenen Interesse voraus.«

Teichmann ist sich bewusst, dass der angebotene Deal nicht ganz korrekt ist. Er verspricht als Ermittler eine Milde, die nur einem Richter obliegt. Aber er steht unter Druck. Seit dem Mord ist kein Tag vergangen, an dem sich nicht der Polizeipräsident oder gar der Innenminister – und zwar niemals gut gelaunt – über den Stand der Ermittlungen erkundigt hat. Die Beschleunigung seiner Karriere hängt erheblich von der Lösung dieses verzwickten Falles ab. Wen juckt es da, wenn dieser Satansbraten Graber wegen der Vergewaltigungen den einen oder anderen Monat weniger einsitzt? Manchmal heiligt der Zweck die Mittel.

»Ich habe verstanden«, murmelt Graber. Dann beginnt er, seine Kenntnisse über die am Tatort vorgefundene Situation zusammenzufassen.

»Woher wissen Sie über die Details so gut Bescheid?«, fragt Teichmann scharf.

»Die kleine Blonde von der Zeitung war sehr mitteilungsfreudig«, grinst Graber.

Er unterbreitet dem Kommissar einen gruseligen Vorschlag: Er lädt ihn auf eine hypothetische Reise in die Frauenkirche in der Mordnacht ein. Er, Luzian, sei der satanistische Ritualmörder mit all den Utensilien, die auch der echte Mörder zur Verfügung hatte. Der Kommissar solle einfach alles mit seinem bisherigen Ermittlungsstand vergleichen und feststellen, ob die satanistischen Spuren echt oder nur zur Verschleierung gedacht waren.

Er beginnt einen satanistischen Ritualmord zu beschreiben. Teichmann wird vor lauter Ekel und Abscheu zum Kettenraucher. Zwischenzeitlich wird ihm gar übel. Besonders, als Graber voller Gelassenheit gewissenlose Brutalitäten formuliert.

»Also, ich hätte ihn nicht einfach abgestochen wie eine arme Sau beim Schlachter. Satanistische Rituale haben immer mit Sexualmagie zu tun. Satanisten hätten ihm sein bestes Stück abgeschnitten und ihn verbluten lassen. Ganz Krasse von uns hätten ihm beim Sterben noch misshandelt oder sich zumindest dabei selbst befriedigt. Haben Sie irgendwo Spermaflecken vom Altar gekratzt?« Er grinst genüsslich. »Nun gut, jetzt zum Pappschild um den Hals des Ermordeten, auf dem ›Vergib mir meine Sünden‹ stand. Das kann sicher als recht provokant und symbolisch bewertet werden, zumal es in den Ritualen vor allem um Symbolik geht. Aber das ist einfach zu platt für die Magie im Satanismus. Vielleicht sollten Sie hier, bei dem Hinweis auf die Sünden des Kirchenbaurates, mit Ihren weiteren Ermittlungen ansetzen.

Und noch etwas: Ein Ritual ist ein heiliger Akt im transhumanen Bereich, bei dem der ausführende Priester durch magische Techniken zur Transzendenz vorstößt. Das ist aber körperlich dermaßen kraftraubend, dass kein Einzelner in der Lage wäre, danach noch so eine olympische Kletterleistung mit einer Leiche im Huckepack auszuführen. Für mich sieht das Ganze nicht nach einem Ritualmord aus.«

Teichmann bietet Graber erneut eine Zigarette an.

»Vielleicht sollten Sie zum Märchenonkel umschulen«, murmelt er und überfliegt noch einmal seinen Stichpunktzettel, den er während der Ausführungen Grabers angefertigt hat. Viele Details, die dieser angezweifelt hat, scheinen tatsächlich verdächtig – sie müssen auf jeden Fall noch einmal vom Sektenexperten der theologischen Fakultät überprüft werden.

Auf Teichmanns Zettel steht unter anderem: »Die schwarzen Kater waren schon vor der Zeremonie tot, einer hätte auch genügt; die 666 mag aus christlicher Sicht die Zahl des Bösen sein, hat für Rituale aber keine Bedeutung – ein Pentagramm wäre einschlägiger gewesen; das Blut wäre über den Altar gegossen worden, im Altarraum hätte man eher uriniert oder seinen Darm entleert, das Kreuz umgekehrt in die Bibel zu bohren war in Ordnung, aber es wäre an einer bestimmten Bibelstelle geschehen – die Heilige Schrift zu verbrennen oder zu zerfleddern wäre konsequenter gewesen; die Planetenkonstellation war am betreffenden Abend denkbar ungeeignet.«

»Für mich klingt das alles wie geistesgestörter Hokuspokus«, brummt Teichmann und schüttelt den Kopf.

»Für andere ist es eine Religion«, entgegnet Graber grinsend. Er findet offenbar Vergnügen am Ekel des Kommissars.

### St. Stephanus, 10.30 Uhr

Die übervolle Kirche erinnert Christian Eisenwinckel ein wenig an die Gottesdienste zu Weihnachten, wenn Heuchelei, Scheinheiligkeit und Spießigkeit ihre größten Blasen blubbern lassen. Das ganze Jahr über haben die Menschen nichts mit der Kirche oder dem Christentum zu tun – und am Heiligen Abend und zur Christmette trampeln sie sich dann gegenseitig auf die Füße. Der Organist ärgert sich schon lang nicht mehr darüber. Die stereotypen, unreflektierten Handlungsmuster der Menschen sind ihm vertraut.

Auch zum Trauergottesdienst für Johannes Kunath scheinen die meisten Menschen nicht aufgrund ehrlicher Trauer und christlicher Anteilnahme gekommen zu sein. Unglaublich, wie viele »Freunde« sich plötzlich des Kirchenbaurates erinnern. Andächtig, mit betroffenheitstrunkenen Mienen, lauschen sie der Rede des Landesbischofs.

Da sitzen all die Nasen – in gediegenem Schwarz versteht sich –, die gewöhnlich von Wahlplakaten grinsen oder sich im Fernsehen mit bedeutungsschwangerem Gesichtsausdruck zeigen. Vorhin, als der Thomas Kunath die Kirchentreppe hinaufgegangen war, waren sie plötzlich auch alle da. Wahrscheinlich nur, weil in diesem Moment die Kamera surrte.

Und der Innenminister – ein herzloser Technokrat, der sich bevorzugt in der Arroganz der Macht sonnt – entblödete sich nicht, vor dem Kirchenportal noch ein Interview zu geben.

»Wir werden alles daransetzen, den Fall so bald als möglich aufzuklären. Der Täter ist bereits in die Enge getrieben, wir können nur aus ermittlungstaktischen Gründen noch keine Einzelheiten nennen«, sagte er und zog die Augenbrauen fest zusammen, um die Wichtigkeit seiner Äußerungen zu unterstreichen.

Der Innenminister, welcher in seiner Kindheit bei der Zusammenstellung der Fußballmannschaften wohl immer als Letzter gewählt und dann ins Tor abkommandiert wurde, scheint noch immer allen beweisen zu müssen, dass er damals verkannt wurde.

Christian Eisenwinckel schaut zu Thomas Kunath, der einfach nur abwesend wirkt. Es ist richtig schade um diesen Jungen – er scheint tatsächlich keine Freunde und Verwandten zu haben. Aus der Familie seines Adoptivvaters gab es bis vor zwei Jahren noch den kinderlosen Bruder, der sein Leben bei einem Autounfall ließ. Die Verwandten der kurz nach der Wende verstorbenen Adoptivmutter haben sich angeblich mit Johannes Kunath überworfen – und das Adoptivkind wurde niemals recht in die Familie aufgenommen.

Eisenwinckel beobachtet wieder die Politiker. Sein besonderes Augenmerk gilt Eckhart Heinze, dessen Landtagssitz durch Johannes Kunath in Gefahr geraten war. Eigentlich müsste das heute ein Feiertag für ihn sein. Doch da sitzt er mit krampfhaft heruntergezogenen Mundwinkeln, als müsse er gerade bei der Hartz-Behörde um einen Ein-Euro-Job betteln. »Pass auf, dass du nicht eines Tages da oben am Kreuz baumelst«, hatte er damals dem Kirchenbaurat gesagt. Ob er ahnte, dass da jemand versehentlich mitgehört hat? Wie würde er wohl reagieren, wenn ihn der Organist damit konfrontierte? Eisenwinckel verspürt große Lust dazu.

Rolf Speck kommt als Erster aus der Kirche. Ihm war die Luft einfach zu stickig. Unmittelbar nach dem Gebet setzte er seinen Hut auf und verließ ungeachtet des abschließenden Chorals den Gottesdienst. Jetzt kann er sich neben die Treppe stellen und beobachten, wer alles dem Kirchenbaurat das letzte Geleit zu geben beabsichtigt. Vielleicht fällt ihm ein Verdächtiger auf.

Ein junger Mann mit modisch gewichstem Haupthaar und glänzender Lederjacke hat die Gelegenheit genutzt, mit dem Bauunternehmer – ebenfalls ohne Segenswünsche des Landesbischofs – das Gotteshaus zu verlassen. Er saß zwei Reihen hinter Speck, auch am Mittelgang. Jetzt steht er etwas abseits und zündet sich eine Zigarette an. Ist der vielleicht der Mörder? Speck lugt unter seiner Hutkrempe hervor und taxiert das Gesicht des jungen Mannes. Augenscheinlich hat dessen Mutter während der Schwangerschaft geraucht. Oder gesoffen. Oder beides.

»Aber da können ja die Kinder nichts dafür«, murmelt der Bauunternehmer leise vor sich hin.

Kurz darauf öffnet sich die oben abgerundete Kirchentür, ein Küster gibt auch die zweite Hälfte frei. Im Nu füllen sich die Treppe und der Vorplatz mit der Trauergemeinde, Rolf Speck verzieht sich nach weiter hinten. In solchen Menschenmassen fühlt er sich schnell unwohl. Zwar läuft er aufgrund seiner Körperfülle nicht Gefahr, einfach überrannt zu werden, doch wegen seiner geringen Größe schränkt sich sein Blickfeld viel zu schnell ein. Und hier, vor der Kirche, möchte er doch gerne den Überblick behalten.

Inzwischen sind die sechs Sargträger schon ganz nah. Speck muss sich beeilen, damit der Trauerzug durch ihn nicht aufgehalten wird. Um etwas besser zu sehen, wenn gleich alle an ihm vorbeidefilieren, stellt er sich auf den Bordstein des Friedhofsweges. Er nimmt den Hut ab und presst ihn an die Brust. Schließlich weiß er, was sich gehört. Hinter dem Sarg gehen der Bischof und der Innenminister, kurz darauf trifft ihn ein fast zorniger Blick des Adoptivsohnes. Speck muss sich um eine trauernde und demütige Mimik bemühen.

Nach und nach werden die Gesichter im Trauerzug entspannter, in den hinteren Reihen des Kranzabwurfgeschwaders herrscht eher feierliche Neugierde denn trauernde Betroffenheit. Die Formation der Nachzügler lässt einige Lücken, sodass die Parade jetzt auch den fülligen Bauunternehmer aufzunehmen vermag. Der junge Mann in der Lederjacke reiht sich einige Glieder später ebenfalls ein. Misstrauisch schaut sich Speck um und sieht, wie der gelackte Jüngling soeben Kommissar Teichmann etwas ins Ohr haucht – beide schauen darauf den Bauunternehmer an.

»Das also ist des Pudels Kern«, grummelt Rolf Speck und geht weiter.

Asche zu Asche, Staub zu Staub – seltsame Sprüche bei so einer Beerdigung. Es ist Janina Kadencziks erstes Begräbnis. Die Gedanken der Journalistin kreisen jedoch um andere Begebenheiten der letzten Stunde. Besonders die Kollegen der anderen Zeitungen dürften ahnungsvoll getuschelt haben, als Thomas Kunath auf sie zukam und ihr fast vertraut ins Ohr geflüstert hat. Ob sie denn heute Abend bitte noch einmal vorbeikommen könne, hat er gefragt. Klar, hat sie genickt.

Dort vorn steht er nun am Grab, die meisten Trauernden um einen Kopf überragend. Er scheint zu weinen, denn er führt ein in der Faust zerknülltes Taschentuch an die Wange. Dieser Thomas Kunath ist nicht der Typ, in den man sich verliebt. Und dennoch fühlt sich Janina zu ihm hingezogen. Auf den ersten Blick wirkt er schroff und abweisend, doch unter der Maske strömt immer wieder eine anheimelnde Wärme hervor. Sie wird ihn heute Abend sicher nicht nur aus Höflichkeit und Mitleid besuchen.

»Huch!«

Ein spitzes Krächzen unterbricht Janinas Gedanken. Blitzschnell greift sie neben sich und bekommt gerade noch den Arm eines alten Mütterchens zu fassen, dessen Beine wohl wegen der langen Warterei einknicken wollen. Die Frau scheint an die achtzig Jahre alt zu sein, trägt vornehme schlichte Kleidung. Sie schaut Janina lächelnd an.

»Gute Reaktion, Fräuleinchen. Danke sehr!«

Janina fragt, ob sie allein hier sei, und bietet an, sie bis zum Friedhofstor zu begleiten. Das Mütterchen willigt sofort ein. Nachdem sie sich durch das dichteste Gedränge geschoben haben, beginnt die Frau die deutschen Tugenden zu preisen, welche Janina für sie offensichtlich verkörpert. Solche Hilfsbereitschaft fände man in Florida nur selten. Da wären Damen in Janinas Alter eher kreischend zur Seite gesprungen und hätten gegafft, wenn eine ältere Frau neben ihnen zusammengesunken wäre. Janina beteuert, dass dies eine Selbstverständlichkeit sei, und erfährt, dass die Frau vor dem Krieg Dresden verlassen hat und nun zur Kirchweihe erstmals wieder ihre Heimatstadt gekommen ist.

»Und nun diese unglaubliche Tragödie!«, sagt sie aufgebracht.

Auf Nachfrage erzählt Janina, dass sie bei der Zeitung arbeitet. Als vor dem Friedhofstor der Chauffeur der alten Dame vorfährt, bittet die Frau noch um die Visitenkarte der Reporterin – vielleicht werde sie sich einmal melden.

### Schießgasse, 14.30 Uhr

Andreas Teichmann wirft sein Jackett über die Stuhllehne.
»Sie haben sich bestimmt gewundert, warum wir uns in Ihrem Büro umgeschaut haben.«
Rolf Speck atmet tief durch.
»Umgeschaut ist nett formuliert! Sie haben alles umgegraben und Geschäftsakten gleich kistenweise mitgenommen. Ich hoffe mal, Sie haben eine prall gefüllte Entschädigungskasse für unschuldige Justizopfer ...«
»Jetzt mal ganz ruhig!«, fällt ihm der Kommissar ins Wort. »Es ist ja nicht so, dass wir nicht fündig geworden wären. Ich bin mir ganz sicher, dass Sie Informationen über Johannes Kunath besitzen, über die kein anderer verfügt. Und jetzt überlegen Sie sich genau, was Sie sagen!«
Speck rutscht etwas unruhig auf dem Stuhl.
»Ich habe keine Ahnung, worauf Sie hinauswollen.«
»Auf die Wahrheit«, flüstert Teichmann. »Die Wahrheit und nichts als die Wahrheit.«
»Ich weiß nicht mehr als jeder andere auch.«
»Verdammt! Lügen Sie mich nicht an!«, brüllt der Kommissar und springt auf. Er geht zum vergitterten Fenster und dreht sich dann langsam um. »Sie werden die nächsten Tage weiterhin so schön gesiebte Luft atmen, wenn Sie mir nicht sagen, was Ihnen die Detektei Secretius in dem ›Dossier Kunath‹ für fünftausend Euro zuzüglich Mehrwertsteuer mitgeteilt hat.«
»Das Dossier Kunath«, murmelt der Bauunternehmer vor sich hin. Er hat die Informationen des Detektivbüros und alle Kopien recht gut versteckt – und zwar so, dass die Polizei sie garantiert nicht entdecken konnte. Es war wohl ein Fehler, dass er den Bericht von der Steuer absetzen wollte und die Rechnung der Detektei Secretius offensichtlich bei den beschlagnahmten Geschäftsunterlagen dabei war.
»Nun gut«, lenkt er ein. »Ich muss Ihnen eine etwas längere Geschichte erzählen.«
»Warum denn nicht gleich so.«
»Ich weiß nicht so richtig, wie ich anfangen soll, Herr Kommissar. Es gibt Menschen, die Neigungen haben, die nicht ganz gewöhnlich

sind. Ich meine, es gibt eben noch mehr als die Beziehungen zwischen Mann und Frau ...«
»Sie müssen mich nicht über sexuelle Randsportarten aufklären, Herr Speck. Sagen Sie mir einfach, worum es in dem Dossier geht!«
»Nun, Kunath war in den Knabenschänderring verstrickt, der Mitte der Neunziger in Dresden ausgehoben worden ist«, presst Rolf Speck kleinlaut hervor.
»Ach was!«
Teichmann ist erst einmal sprachlos. Den so genannten »Knabenring« gab es weit vor seiner Zeit in Dresden, er kennt ihn nur vom Hörensagen. Falls der Kirchenbaurat wirklich beteiligt war, ergäben sich eine ganze Reihe neuer Mordmotive und Verdächtiger.
»Wo haben Sie das Dossier?«
»In meinem Gartenhaus.«
»Sie werden sofort mit einem Kollegen der Mordkommission hinfahren und ihm das Dossier übergeben. Warum haben Sie mir das nicht schon am Dienstag gesagt?«
»Ich wollte nicht, dass über Kunath übel geredet wird, jetzt, wo er doch tot ist.«
»Wozu haben Sie das Dossier eigentlich anlegen lassen?«
Speck legt eine Unschuldsmiene auf.
»Sie wissen doch, dass Johannes für unsere Partei in den Landtag wollte. Ich hatte so ein Gerücht gehört und wollte ganz sichergehen, dass es keinen Skandal gibt – und deshalb habe ich die Detektive beauftragt. Und am Sonntag nach der Weihe hatte ich den Termin mit Johannes. Da wollte ich ihm ans Herz legen, nicht für den Landtag zu kandidieren.«
»Und dafür geben Sie fünf Riesen aus?«, fragt Teichmann verblüfft.
»Sie müssen Ihre Partei aber wirklich lieben.«
»Und die Gerechtigkeit, Herr Kommissar«, sagt Speck beflissen.
»Die Gerechtigkeit.«

### Dresden-Bühlau, 18.30 Uhr

Thomas Kunath ist zwar bedrückt, aber trotzdem dankbar, dass Janina vorbeigekommen ist.
»Ich brauche einfach jemanden zum Reden, habe aber keine Lust auf diese Scheinheiligen, deren einzige Wunderlösung in einem Gebet besteht. In der Kirchengemeinde haben sie mich stets als Fremdkörper behandelt. Ich will denen keine Gelegenheit bieten, barmherzige Samariter zu heucheln.«

Einzig mit dem Organisten Eisenwinckel könne er sich noch unverkrampft unterhalten, doch wolle er dessen Hilfsbereitschaft nicht über Gebühr strapazieren. Und bei Janina Kadenczik glaube er, dass sie nicht nur zuhöre, sondern dabei auch mitfühle und gelegentlich die eine oder andere richtige Frage stelle.

»Ich habe mir mein Leben lang einen Bruder oder eine Schwester gewünscht – einfach zum Reden. Nachdem meine Mutter gestorben war, wurde es totenstill in diesem Haus. Mein Vater hat mich zwar anständig behandelt, doch er ließ mich immer spüren, dass die Adoption der Wunsch seiner Frau war und ich ihm ewig für seinen Großmut zu danken habe.« Thomas Kunath lässt längere Pausen zwischen den Sätzen. Er hat dieses Thema sicher schon Hunderte Male durchdacht, doch niemals darüber gesprochen. »Ich war damals – zwölf oder vierzehn Jahre alt – bereits zu sehr Sonderling, als dass sich jemals jemand mit mir angefreundet hätte. Das kann ich den Klassenkameraden im Nachhinein auch nicht übel nehmen. So wie ich mich gab, musste ich einfach überheblich und verachtend wirken.« Er nimmt einen Schluck vom Tee. »Dabei war das nichts als die überspielte Unsicherheit – ich war von Selbstzweifeln zerfressen. Kein Wunder, wenn man nicht weiß, wo man herkommt, wer man ist. Und alle wussten damals, dass ich ein Adoptivkind bin. Ein Bruder oder eine Schwester – die können nicht flüchten. Die müssen einfach mal da sein, wenn man sie braucht.«

»Weißt du denn heute, wer deine richtigen Eltern sind?«, fragt Janina eigentlich nur, damit er sich in seinem Monolog nicht so einsam fühlt. »Oder willst du es überhaupt noch wissen nach all der Zeit?«

»Inzwischen glaube ich, dass es gar nicht von Bedeutung ist, seine Wurzeln zu kennen. Und falls man seine Wurzeln entdeckt, ist es vielleicht ratsam, sich konsequent von ihnen zu lösen. Nur so ist man in der Lage, die Geheimnisse seiner eigenen Persönlichkeit vorurteilsfrei und ohne Selbstgerechtigkeit zu erschließen.«

Janina Kadenczik hält das für etwas zu dick aufgetragen, doch aus Höflichkeit schweigt sie dazu.

»Jetzt, wo dein Vater nicht mehr lebt, wirkt doch seine Erziehung trotzdem in dir fort …?«, fragt sie stattdessen.

»Leider«, sagt Kunath bedrückt. »Aber glücklicherweise nur zum Teil. Ich habe mich in den letzten Jahren fast vollständig von ihm lösen können, nachdem ich die ganzen Demütigungen und Verletzungen nicht mehr ertragen wollte. Nur das Gewissen hat mich abgehalten, mich aus der familiären Bindung zu ihm zurückzuziehen.«

Er gießt seine Erinnerungen an den Vater in einen ausführlichen Monolog. Es geht um Einsamkeit, emotionale Kälte, den ständig im Raum

77

schwebenden Vorwurf, für das durch die Adoption erfahrene Glück nicht dankbar genug zu sein. Janina beschränkt sich aufs Zuhören und Beobachten. Thomas' Gesichtszüge wechseln ständig zwischen denen eines scharfen Analytikers und denen eines schalkhaften Kindes. Und beide – Denker und Scherzbold – fühlen sich traurig und unverstanden. Nach einer Weile greift Janina nach Thomas' Hand, einfach um dem verletzten und gedemütigten Menschen Trost zuzusprechen. Hätte sie geahnt, was sie damit auslöst, hätte sie es gewiss unterlassen.

Denn in den Augen des Adoptivsohns sammelt sich plötzlich Wasser. Um ihr den Anblick zu ersparen, rückt er näher zu Janina hin und lehnt seine Stirn auf ihre Schulter, was sie – vielleicht aus mütterlichen Instinkten – mit einer tröstenden Umarmung erwidert.

»Ich habe mir immer einen Bruder oder eine Schwester gewünscht«, sagt er erneut, diesmal schluchzend.

### Schießgasse, 19.15 Uhr

Andreas Teichmann wirkt blass und zerstreut.

»Ihr wisst ja, dass ich zu solchen Treffen nur lade, wenn etwas Außergewöhnliches vorgefallen ist. Deshalb halte ich mich auch nicht bei Formalitäten auf, sondern komme gleich zur Sache. Es gibt eine neue Entwicklung.«

Bei den meisten Kollegen hat sich der Eindruck festgesetzt, dass die Razzia bei den Satansjüngern und die Beobachtungen bei der Beerdigung eher als Schuss in den Ofen zu verbuchen waren. Deshalb können sie sich gar nicht vorstellen, dass plötzlich ein wirklich weiterbringender Kenntnisstand vorliegen soll. Vor allem aber wundert sie, dass ein schon längst pensionierter Oberstaatsanwalt, den der Kommissar gerade vorstellt, an der Beratung teilnimmt.

»Nachdem wir vergangene Woche einen kleinen Fortbildungskurs in Sachen Satanismus absolviert haben«, fährt Teichmann fort und versucht locker zu bleiben, »begeben wir uns in der kommenden Woche in die Abgründe von Schmutz und Niedertracht. So absurd es klingen mag: Johannes Kunath war möglicherweise einer der unbehelligt gebliebenen Täter im Knabenschänderring, der vor zehn Jahren in Dresden aufgeflogen ist. Das heißt für uns: Es gibt eventuell neue Tatmotive und einen bisher außer Acht gelassenen Verdächtigenkreis.« Er wedelt mit einigen Papieren. »Das ist die Kopie eines ›Dossiers Kunath‹. Es wurde von einem Parteifreund des Ermordeten heimlich bei der Detektei Secretius in Auftrag gegeben. Angeblich sollte damit verhindert werden, dass der Kirchenbaurat für den Landtag kandidiert.«

»Was steht denn drin?«, will ein ungeduldiger Ermittler wissen.
»Die Detektive haben ein damaliges Opfer und zwei inzwischen aus der Haft entlassene Mittäter befragt und diese Erkenntnisse mit den Protokollen der zahlreichen Gerichtsverhandlungen abgeglichen. Aus diesem Material leiten sie mindestens fünf detailliert aufgeführte Missbrauchshandlungen an Minderjährigen her. Des Weiteren listen sie mehrere Hinweise auf, wonach Kunath mindestens über vier Jahre hinweg regelmäßig die Leistungen des Pädophilenringes in Anspruch genommen und auch bezahlt hat.« Teichmann legt die Akte auf den Tisch. »Nach ersten Überprüfungen und Vergleichen haben der Oberstaatsanwalt a. D. und ich den Eindruck gewonnen, dass die Detektei äußerst zuverlässiges Material zusammengestellt hat. Ich kenne mich zwar nicht mit den Verjährungsfristen aus – aber wenn der Kirchenbaurat noch am Leben wäre, hätte ich ihn aufgrund dieser Dokumente sofort in Untersuchungshaft genommen, egal ob Heiliger oder nicht.«

Der pensionierte Oberstaatsanwalt übernimmt das Wort.

»Die Geschichte muss bereits zu Zeiten der DDR begonnen haben«, erzählt er mit leiser, ruhiger Stimme. »Ein Straßenbahnfahrer, ein Klempner und ein Förster hatten über ihre gemeinsame Perversion Bekanntschaft geschlossen und suchten sich Kinder aus sozial schwachen Familien oder auch aus Heimen, die sie mit Geld, Süßigkeiten und Zigaretten für ihre Zwecke gefügig machten. Das Ganze funktionierte eher wie ein geschmackloser Freundeskreis – jeder organisierte mal einen Jungen und stellte ihn seinen Triebgenossen zur Verfügung. Schon bald stießen weitere Perverse hinzu, jeder mit neuen Kontakten, und so kam immer wieder so genanntes Frischfleisch, wie man neue Missbrauchsopfer in diesen Kreisen nennt.« Der Jurist nimmt einen Schluck Wasser, streicht durch seinen weißen Bart. »Kurz nach der Wende, in den quasi gesetzlosen Monaten in Neufünfland, bildeten sich dann zunehmend professionelle Zuhälterstrukturen unter den Knabenschändern.«

Der Oberstaatsanwalt berichtet von gemieteten Wochenendhäusern in der Lausitz, in denen die Perversen ihre Orgien zu Pauschalpreisen feierten, von gemieteten Bussen in das tschechische Rumburk, wo die Stricherjungs noch viel preiswerter aufzutreiben waren. Nach und nach war aus dem Freundeskreis und Geheimtipp ein gut florierendes Undercover-Unternehmen entstanden. Die Täter kamen vornehmlich aus besser betuchten Sozialschichten.

»Wir ermittelten unter anderem gegen einen Chefarzt, einen Strafverteidiger, einen Opernsänger – aber auch einen Polizisten und einen Dorfbürgermeister. Es ist also nicht auszuschließen, dass auch ein Mann aus Kirchenkreisen involviert war. Als dann aber ein promovierter Mitarbeiter einer Landtagsfraktion auf der Anklagebank

saß und auch verurteilt wurde« – der Jurist lässt einen Seufzer fahren – »schaltete sich die große Politik ein. Wir durften nur noch die bereits Inhaftierten hinter Schloss und Riegel bringen. Die ermittelnde Staatsanwältin wurde befördert und in einen anderen Amtsbezirk abgeschoben, der Kriminalkommissar wurde in Ehren frühpensioniert. Wir wissen bis heute nicht, wer aus der großen Politik damals wen schützen wollte – und werden es wohl nie erfahren.«
Der ehemalige Ermittlungsleiter seufzt tief, bevor er sich an einer Zusammenfassung versucht: Es konnten für die Prozesse nur fünf Missbrauchsopfer als Zeugen gewonnen werden – damals ging man aber von mindestens vierzig missbrauchten Kindern zwischen acht und fünfzehn Jahren aus. Obwohl letztlich nur siebzehn Männer verurteilt wurden, schätzten die Ermittler den Täterkreis auf mindestens hundert Leute.

»Und darunter möglicherweise unser Kirchenbaurat«, lenkt Andreas Teichmann die Aufmerksamkeit auf den aktuellen Mordfall. »Die Detektei sprach in ihrem Dossier von drei Knaben, mit denen Johannes Kunath Kontakt gepflegt haben soll. Davon sind zwei namentlich genannt, wobei einer bereits vor vier Jahren an einer Überdosis Heroin verstorben ist. Der Zweite ist auch unserem Referenten – vielen Dank noch einmal, Herr Oberstaatsanwalt – erinnerlich. Der Junge war damals einer der wenigen Zeugen gegen den Ring und arbeitet heute als Wachmann in Dresden-Blasewitz. Den dritten Jungen – er dürfte jetzt Anfang bis Mitte zwanzig sein – suchen wir noch.«

### Dresden-Bühlau, 21.30 Uhr

Das Hauslicht ist bereits an, als Janina Kadenczik die Wohnung von Thomas Kunath verlässt. Sie ist verwirrt, weiß noch nicht, ob sie eben als Reporterin oder als Freundin fungiert hat. Er hat sich immer eine Schwester gewünscht – diese Rolle hat sie wohl eben spielen müssen. Sie wird in den künftigen Recherchen weiterhin auf Thomas angewiesen sein. Wenn sie sich freundschaftlich zu ihm hingezogen fühlt – und diese Tatsache wird ihr gerade bewusst –, lauert ein nicht unerhebliches emotionales Konfliktpotential.
Nein, verliebt hat sie sich nicht. Da ist er trotz seiner jungen Jahre bereits zu kauzig und verschroben wie ein alternder Junggeselle. Freilich verbirgt sich auch im Seltenheitswert dieses komischen Vogels eine erotische Komponente. Doch viel mehr wirkt auf Janina die Vertrautheit, die er durch den gefühlsbetonten Bericht aus seinem Leben geschaffen hat. Sie wird sich künftig überlegen müssen, ob sie den

journalistischen Ehrgeiz oder die gebotene Verschwiegenheit einer Freundschaft bevorzugt.

Der Zeittakt des Treppenlichtes ist beendet, bevor sie den Ausgang erreicht hat. Janina beschleunigt ihre Schritte, um möglichst schnell die Tür zu erreichen, und stößt voller Wucht gegen einen massiven, wenn auch weichen Körper. Eine Stimme heult sofort laut auf. Offensichtlich ist sie dem Entgegenkommenden heftig auf den Fuß getreten. Nach einer reflexartig geäußerten Entschuldigungsfloskel muss sie sich klagende Verfluchungen gefallen lassen. Janina sucht nach dem Schalter. Im Lichtkegel erkennt sie einen dicken kleinen Mann, der gerade seinen Hut vom Boden aufhebt und abstaubt – nach den Beschreibungen von Thomas Kunath kann es sich nur um den Bauunternehmer Rolf Speck handeln. Und der kann sich noch immer nicht entscheiden, ob er glaubhaft klagen oder wutentbrannt schimpfen soll.

Und er scheint tatsächlich nicht davor zurückzuschrecken, Kunath selbst am Abend nach der Beerdigung zu belästigen. Janina hat Thomas ohnehin versprochen, den Dicken näher unter die Lupe zu nehmen, also lädt sie ihn auf einen »Entschuldigungsdrink« in der nächsten Eckkneipe an. Das erscheint ihr unverdächtig.

Zunächst muss sie sich aber die üblichen schwärmerischen Komplimente über ihr Äußeres gefallen lassen. Der Fettwanst scheint sogar um sie zu werben. Weil Janina nach einer Weile genervt wirkt, beginnt der Bauunternehmer über seine Nachforschungen in der Vergangenheit des Kirchenbaurates zu berichten. Und Janina Kadenczik interessiert sich brennend für die Arbeit der Detektive.

Rolf Speck setzt ein fast väterliches Gesicht auf.

»Natürlich kann ich Ihnen auch eine Kopie von dem Dossier geben. Jetzt, wo es die Polizei hat, ist es ja nicht mehr geheim. Nur eines müssen Sie mir versprechen: Verraten Sie um Gottes willen keinem, von wem Sie diese Informationen haben.«

»Was haben Sie eigentlich mit dem Fall zu tun?«

Rolf Speck druckst etwas herum. »Mir geht es um die Aufklärung des Mordes, damit wieder Frieden in der Stadt herrscht. Und den gibt es nur mit Hilfe von Wahrheit und Gerechtigkeit.«

Er würde ja auch gern selbst bei den betreffenden Personen nachforschen, doch verfüge er nicht über die Möglichkeiten wie die Presse oder die Polizei. Er wäre der jungen Journalistin aber äußerst dankbar, wenn sie ihn über eventuelle Fortschritte bei ihren Recherchen auf dem Laufenden halten könnte.

## Sonntag, 11. September

### Münzgasse, 7.20 Uhr

Die übliche Höflichkeitsfrage nach Tee oder Kaffee überhört der Kommissar – vielmehr kommt er im Musikzimmer zügig zur Sache.

»Ich vermute in Ihnen einen der wenigen Vertrauten des Kirchenbaurates – zumindest was über geschäftliche und bautechnische Interessen hinausging und sich im Privaten abspielte. Ich glaube, neben der Haushälterin waren Sie die einzige nicht zur Familie gehörende Person, die in den letzten Jahren überhaupt die Kunath'sche Wohnung betreten hat.«

»Ich muss Sie bremsen«, sagt der Organist Eisenwinckel. »Wir sind erst vor etwa einem Jahr nach Dresden gezogen. Das ist ein viel zu kurzer Zeitraum, einem Menschen wirklich nahe zu kommen und sein Vertrauen zu gewinnen. Nur, damit Ihre Erwartungen an meine Auskünfte nicht enttäuscht werden.«

»Bisher gibt es im privaten Umfeld des Kirchenbaurates keinen anderen Informanten«, fährt Teichmann fort. »Und den Adoptivsohn möchte ich heute aus Pietätsgründen noch nicht damit belästigen. Ich frage Sie ganz direkt: Welche Beobachtungen oder Vermutungen haben Sie über das Sexualverhalten des Mordopfers angestellt?«

Eisenwinckel runzelt die Stirn. »Ich gehe mal davon aus, dass der Kirchenbaurat bereits das gesegnete Lebensalter erreicht hatte, welches ohne sexuelle Aktivitäten auszukommen vermag. Ich kenne wohl die Geschichte um seine vor vielen Jahren verstorbene Frau. Aber ich habe niemals einen Anlass gesehen, mich zu Beobachtungen oder gar Vermutungen dieser Art hinreißen zu lassen. Und ich wüsste auch nicht, wie ein Forschen in seiner Privatsphäre zur Aufklärung des Mordes beitragen könnte.«

»Das dürfen Sie mal unsere Sache sein lassen«, knurrt Teichmann. »Versuchen Sie, sich an eventuelle Auffälligkeiten zu erinnern. Gewisse Blicke oder Bemerkungen. Hat er möglicherweise moppeligen Frauen oder gut gebauten Herren hinterhergeschaut – oder hat er vielleicht gern auf Spielplätzen den Kindern zugesehen? Vielleicht war er auch von den Knaben des Kreuzchores begeistert oder hat

sich für bestimmte Einrichtungen besonders eingesetzt – etwa für die Aidshilfe oder SOS-Kinderdörfer?«
»Alles, was mir einfällt, erreicht nicht einmal die Qualität einer Mutmaßung. Natürlich mochte er die Kruzianer, aber vor allem wegen der Musik. Und über das Spenden haben wir uns einmal unterhalten, als ein Krieg mal wieder tausende unschuldige Kinder zu Waisen machte. Er verglich die Spendensammlungen mit dem mittelalterlichen Ablasshandel, nur seien sie professioneller und subtiler. Man werfe seine Almosen in ein großes anonymes Loch, nur um sich Ruhe zu erkaufen. Sinnvolle Hilfe, meinte er, sei ausschließlich im unmittelbaren sozialen Umfeld möglich.«
»Sie können mir also keine Hinweise geben, ob sich der Kirchenbaurat vielleicht auffällig zu Knaben hingezogen fühlte?«
Eisenwinckel lehnt sich erschrocken zurück. »Ach, daher weht der Wind! Also, Herr Kommissar, ich habe da wirklich keine Ahnung. Wie Sie wissen, habe ich ja einen Jungen und ein Mädchen. Wenn der Johannes gelegentlich hier war, widmete er beiden die gleiche großväterliche Güte und Aufmerksamkeit, ohne eines der Kinder zu bevorzugen. Er streichelte beiden über den Kopf, ohne dass mir im Entferntesten der Verdacht kam, dies könnte der Ausdruck einer lüsternen Handlung sein.« Er schaut den Kommissar unverwandt an. »Ich kenne zwar nicht Ihren Ermittlungsstand, aber ich vermute Sie auf einer falschen Fährte.«
»Wie gesagt, das dürfen Sie getrost meine Sorge sein lassen. Es wäre mir wirklich wichtig, dass Sie Ihr Erinnerungsvermögen noch einmal in die angesprochene Richtung bemühen.«
Dem Organisten fällt nichts ein. Stattdessen nutzt er die Gelegenheit, dem Kommissar seine Theorie von dem Mörder aus dem politischen Umfeld des Kirchenbaurates zu unterbreiten. Dabei gibt er auch die unabsichtlich beobachtete Begebenheit zwischen dem Landtagsabgeordneten und seinem Parteikonkurrenten ausführlich wieder. Doch Andreas Teichmann wirkt nur genervt.

### Ostra-Allee, 10.45 Uhr

Der Chefredakteur lungert im Sessel und wirkt wie so oft etwas abwesend. Erst nachdem der Vortrag beendet ist, stellt er fest, dass jetzt auch sein Kommentar gefragt ist. Er zieht kurz an der Zigarre und steht auf.
»Und du bist sicher, dass du mich jetzt nicht veralberst?«
Janina Kadenczik legt die Kopie des »Dossiers Kunath« auf den

Schreibtisch. »Auf mich macht das den Eindruck, als sei es echt«, sagt sie bestimmt. »Es stehen einfach so viele Einzelheiten drin. Die Detektei hat Anfang des Jahres Pleite gemacht, von denen werden wir vorerst niemanden finden.«

Der Chefredakteur blättert abwesend durch die Akte und nuschelt: »Bei der Verurteilung des Knabenschänderringes gab es tatsächlich einige Ungereimtheiten, vieles wurde nicht aufgeklärt. Eine Theorie, wonach ein ehemals missbrauchter Junge zum Mörder werden kann, klingt zumindest nicht abwegig. Was sagt denn der junge Kunath zu diesem Vorwurf? Der müsste ja sicher etwas wissen.«

»Ich habe ihn heute Morgen kurz vor dem Gottesdienst noch einmal abgefangen, das war offensichtlich der falsche Moment. Er hat mich nur wutschnaubend gefragt, woher ich dieses Lügenmärchen hätte. Entweder er weiß tatsächlich nichts, oder er wird es vehement abstreiten.«

»Wenn die Polizei ebenfalls über das Dossier verfügt, werden sie ihn schon damit nerven. Lass einfach zwei Tage verstreichen und frage dann noch einmal vorsichtig nach.«

### Dresden-Bühlau, 17.20 Uhr

Rosebud genehmigt sich vor seinem Herrchen einen Sicherheitsabstand von etwa zehn Metern. In dessen gereizter Stimmung sind wohl kaum Streicheleinheiten oder ein Leckerli zu erwarten, eher Schläge.

»Du wirst mich noch kennen lernen, du Bastard!«, hat er vorhin gebrabbelt. Rosebud kann weder verstehen noch ahnen, dass der Adoptivsohn gemeint ist, den Rolf Speck gerade besucht hat. Allein der Tonfall erfordert Vorsicht.

Der Bauunternehmer ist dabei, die neue Situation zu bewerten. Sowohl Polizei und Presse als auch die Kirchenkreise verfolgen jetzt die Spur des Knabenschänderringes. Diese Fährte zu legen war als Ablenkungsmanöver gewiss ein geschickter Schachzug. Keiner wird in den nächsten Tagen die finanziellen Umstände des Kirchenbaurates zu durchleuchten versuchen, und er, Speck, hat Zeit gewonnen, die Spur nach dem Millionenkoffer zu verfolgen. Alles verläuft nach Plan.

Bloß der Adoptivsohn spielt nicht so mit, wie es wünschenswert wäre. Im Gegenteil: Er hat den Bauunternehmer soeben wie einen unliebsamen Hausierer von der Wohnungstür abtreten lassen. Jetzt, wo Speck Presse und Polizei mit der Vergangenheit des Kirchenbaurates geimpft habe, verspüre er keinen Ehrgeiz mehr, nach dem verschollenen Geldkoffer zu suchen. Er fühle sich von Speck belogen und habe derzeit Wichtigeres zu tun.

»Du wirst mich noch kennen lernen, du Bastard!«, brabbelt der Dicke vor sich hin.

Rosebud bleibt kurz stehen, dreht sich um und trottet dann weiter. Bisher ist Rolf Speck noch mit jedem Widersacher fertig geworden – notfalls auch mit unkonventionellen Methoden. Da gab es einmal den Baukalkulator einer Partnerfirma, der beim hessischen Wirtschaftsministerium die Ausschreibung eines Großauftrages gekauft hatte. Specks bescheidene Aufgabe bestand damals darin, dem Land ein völlig überteuertes Angebot zu unterbreiten, welches dann getrost aussortiert werden konnte. Die dafür versprochenen fünfzehntausend Mark hat Speck leider niemals gesehen. Einige Wochen nach der Zahlungsfrist verschwand dann der Strippenzieher der Partnerfirma spurlos und tauchte bis heute auch nicht wieder auf. Bisher hat auch niemand unter der Startbahn West nachgebuddelt, die Specks Firma damals mit betonieren durfte.

Auch mit Thomas Kunath sollte er künftig eine härtere Gangart beschreiten. Ihm sollte durchaus bewusst werden, dass er sein jämmerliches Leben aufs Spiel setzt, wenn er sich weiterhin so widerspenstig verhält. Bei Johannes Kunath hätte es niemals Zweifel an dessen weiterer Verschwiegenheit gegeben – beim Adoptivsohn ist das so eine Sache. Vielleicht sollte ihn Rolf tatsächlich umlegen, um den einzig verbliebenen Zeugen des Millionendeals loszuwerden. Aber natürlich erst, wenn er seinen Koffer hat.

## Montag, 12. September

### Landtagscafé, 14.20 Uhr

Christian Eisenwinckel kommt sich umworben vor, als hätte er einem Teppichhändler einen Zehntausend-Euro-Schein gezeigt. Vielleicht hätte er dem Landtagsabgeordneten nicht bereits bei der Gesprächseröffnung erzählen sollen, dass er in dieser Woche in die Partei eintreten wird. Eckhart Heinze läuft zur Höchstform auf, lobt Eisenwinckel in den höchsten Tönen. Und der Organist lernt ungefragt die Art und Weise kennen, wie sich ein Politiker zur Hure macht, wenn er seine so genannte Hausmacht aufbaut.

Heinze ist keiner von denen, die im Parlament das große Sagen haben. Müsste er in einem Chor singen, würde er vorher schauen, in welcher Stimmlage die wenigsten Leute fehlen – dort wäre sein Platz. Überhaupt ist ihm das Geschick eigen, die Situation zu erfassen und sich dann mit den richtigen Worten auf die Seite der Gewinner zu schlagen. Arschkriecherei nennen das die einen, soziale Intelligenz die anderen.

Heinze lobt auch den Kirchenbaurat über alle Maßen. Ein Mann mit dieser Integrität hätte dem Parlament hohe Ehre verschafft. Beide hätten es bedauert, dass sie von der Parteispitze für den gleichen Wahlkreis eingeteilt worden waren.

»Und jetzt ...« Der Abgeordnete setzt ein leidendes Gesicht auf. »... wird mir von einigen üblen Zeitgenossen sogar unterstellt, ich hätte den Kirchenbaurat umbringen lassen. Diese Welt ist so ungerecht!«

»Ich habe solche Gerüchte zwar noch nicht gehört, aber es ist eine durchaus plausible Theorie. Sie hätten ja einiges zu verlieren gehabt, wenn Johannes Kunath den Wahlkreis bekommen hätte ...«

»Sie glauben das also auch?«

»Ich will nur sagen, dass eine politische Motivation für den Mord nicht von vornherein abwegig ist.«

»Aber es ist völlig abwegig, wenn man mich damit in Zusammenhang bringt.« Eckhart Heinzes Mimik wechselt ständig zwischen Demut, Enttäuschung, großem Leiden und Empörung. »Der Johannes und ich – wir waren beste Freunde.«

»Das hat er mir aber anders erzählt – er war nicht besonders gut auf Sie zu sprechen.«

Der Abgeordnete wirkt irritiert. Im Landtagscafé ist er an Heimspiele und Siege gewöhnt.

»Anfangs gab es tatsächlich Meinungsverschiedenheiten zwischen uns«, gibt er zu. »Im Sommer hat mich Johannes einmal zu einem Rundgang durch die fast fertige Frauenkirche eingeladen, seither gab es keine Differenzen mehr zwischen uns.«
Eisenwinckel wundert sich darüber, wie gelassen er diesen Lügen lauscht. Seelenruhig gesteht er seinem Gesprächspartner, dass er damals unfreiwillig Zeuge dieser Begegnung in der Frauenkirche war. Und er könne sich noch sehr detailliert an die Worte erinnern, dass der Kirchenbaurat gegebenenfalls oben am Kreuz baumeln könne.

Der Mandatsträger scheint ins Schwitzen zu kommen und schaut auf die Uhr, um dann aufzustehen und sich mit dem Taschentuch unter der Nase zu reiben, als sei er etwas verschnupft. Er erinnere sich wohl an diese Worte, das habe der Organist aber alles herzlich missverstanden. Zur Aufklärung fehle ihm jetzt leider die Zeit, weil gleich eine wichtige Ausschusssitzung beginne.

### Blasewitz, 20.20 Uhr

Gerd Fassmann, der Oberaufseher der »Roten Ludmilla«, reagierte zwar schroff und abweisend auf Janina Kadencziks Erscheinen, fühlte sich aber dennoch geschmeichelt, dass sich die Presse für ihn interessierte.

Jetzt sitzt die junge Reporterin seit einer Viertelstunde in der schäbigen Wachbude, die jedem verklemmten Spanner eine Dauererektion verschaffen würde – überall flimmern Monitore mit Bildern aus den Zimmern des anrüchigen Etablissements.

Er müsse noch schnell ein kleines Problem aus der Welt räumen, danach habe er für sie Zeit, hatte er zu Beginn gesagt. Seither läuft der Wachmann am Handy telefonierend vor der offenen Tür auf und ab und pflegt einen Wortschatz, der auf den Gymnasien eher nicht gelehrt wird. Janina gelangt zur Erkenntnis, dass der Wachmann nicht nur für den Schutz der »Roten Ludmilla« zuständig ist, sondern sich auch um die Sicherheit und Organisation der Damen im »Außendienst« zu kümmern hat. Diese anspruchsvolle Tätigkeit scheint kaum Zeit für Körperpflege zuzulassen, denn Fassmanns dunkelblonde Haare hängen ihm fettig ins unrasierte Gesicht, und in der Wachstube mieft es nach einem Gemisch aus Qualm und Schweiß. Gesund wird der Job auch nicht sein, denn außer den tiefen Augenringen verfügt der Wachmann trotz seines jungen Alters – er mag

vielleicht so alt wie Janina sein – über einen bereits recht stattlichen Bauch.
Schließlich setzt er sich und zündet sich eine Zigarette an.
»Was verschafft mir denn die Ehre?«, fragt er.
»Mir ist durch Zufall das Dossier einer Detektei in die Hand gefallen, worin Einzelheiten aus dem Sexualleben des Kirchenbaurates beschrieben sind.«
»Ja, ich kann mich erinnern, dass da mal Detektive wegen der Sache da waren.« Fassmann zieht tief an seiner Zigarette und fixiert Janina. »Dann weißt du doch schon alles. Mit dem Mord habe ich jedenfalls nichts zu tun und kenne auch keinen, der dafür in Frage kommt.«
»Ich traue mir gar nicht zu, den Mörder dingfest zu machen«, winkt Janina ab. »Das ist Sache der Polizei. Ich möchte vornehmlich Licht in die dunkle Vergangenheit des ach so heiligen Kirchenbaurates bringen. Und dabei können nur Sie helfen.« Sie versucht, besonders kokett zu wirken – doch dafür scheint Gerd Fassmann überhaupt nicht empfänglich. Allerdings: Der Gedanke, dass der Schweinkram über den Kirchenbaurat in der Zeitung stehen soll, gefällt ihm außerordentlich. Janina muss versprechen, seinen Namen niemals zu erwähnen – ebenso wenig die »Rote Ludmilla«. Mit der Lust an einer späten Rache beginnt Gerd Fassmann zu erzählen.

Janina notiert, dass der Kirchenbaurat ein Rollenspiel bevorzugte, bei dem er als Zuchtmeister auftreten konnte. Wenn er den Jungs ihren Hintern versohlen durfte – ohne freilich brutal zu werden –, erregte ihn das besonders. Er sei im Vergleich zu vielen anderen Männern freundlich gewesen, habe den Jungen auch noch einen Schein extra zugesteckt.

Außer ihm selbst habe der Kirchenbaurat noch einen weiteren Lieblingslustknaben gehabt, dessen Namen der Wachmann aber um keinen Preis nennen will. Janina Kadenczik beginnt zu betteln, erhält aber nur den rätselhaften Hinweis, dass dieser Mann heute mehrere hundert Leute unter sich habe und sich vor allem mit Botanik beschäftige.
»Der dürfte auch noch etwas belastendes Material zum Kirchenbaurat besitzen.«
»Wie lange war denn der Kunath dabei?«
»So, wie ich dieses Milieu kenne, hat ein einst treuer Kunde ohnehin Schwierigkeiten, auszusteigen.«
Janina schaut ihn verständnislos an.
»Ich dachte mir ja fast, dass du naturblond bist«, höhnt der Wachmann überheblich. »Es ist nicht unüblich, dass die Kunden mit sanftem Druck an ihre Treue erinnert werden. Viele haben eine tierische

Panik davor, dass ein dezentes Brieflein bei der Frau, dem Arbeitgeber oder gar beim Staatsanwalt auftauchen könnte. Wer gut betucht ist, zahlt dann gern ein kleines Schweigegeld.«
»Und der Kirchenbaurat hat gerade eine politische Karriere vorbereitet.« Janina hat verstanden. »Meinen Sie, er könnte erpresst worden sein?«
Die Frage bleibt unbeantwortet, denn plötzlich flimmern in der Wachstube viele rote Lämpchen, ein Signalton dröhnt.
»Scheiße!«, zischt Fassmann. »Versuch zu verschwinden! Ich kann dir nicht mehr helfen.«
Der Wachmann rennt hinaus. Janina packt panikartig ihre Sachen in die Handtasche und will ihm folgen.

### Dresden-Bühlau, 21.15 Uhr

»Heute lass ich mich nicht wie einen schäbigen Hausierer fortjagen«, presst Rolf Speck mit einer auf düster getrimmten Stimme hervor und stellt den Fuß in die Tür.
Wie bestellt lässt Rosebud einem langen Knurren ein für die fortgeschrittene Abendstunde viel zu lautes Bellen folgen. Thomas Kunath, der den Dicken ursprünglich wieder davonjagen wollte, zuckt zusammen.
»Heute will ich endlich Butter bei die Fische«, zischt Speck weiter. »Irgendwann ist meine Geduld zu Ende. Sag mir, wo du meinen Millionenkoffer versteckt hast, sonst gibt es Schmerzen.«
»Ich habe keine Ahnung, wo dein schäbiger Koffer ist.« Kunath ringt um Fassung. In seiner Furcht schaltet er das Licht im Flur an, denn in der Dunkelheit wirkt die Dogge gar zu bedrohlich.
»Schäbiger Koffer?«, plustert sich der Bauunternehmer auf. »Er beinhaltet den größten Teil meines Vermögens. In welcher Welt lebst du eigentlich?«
»Meine Welt ist mit der der meisten anderen Menschen nicht kompatibel«, stammelt Kunath. »Das bin ich gewohnt.«
»Ich nehme an, dass du in deiner Welt trotzdem Schmerzen spüren kannst.« Wie auf Kommando bellt Rosebud den Adoptivsohn zweimal laut an. »Rosebud, sitz!« Der Hund gehorcht. »Ich kenne einige ehrenwerte Leute, die meine Interessen auch ohne lächerliche Zivilklagen durchzusetzen wissen.« Dann jagt der Bauunternehmer seine Faust in Thomas Kunaths Bauch.

## Dresden-Blasewitz, 22.00 Uhr

Nachdem das SEK die Empfangshalle der »Roten Ludmilla« gesichert hat, begibt sich auch Andreas Teichmann in das Etablissement. Die auf fünfziger Jahre getrimmte Lobby füllt sich zunehmend mit den körperorientierten Sozialarbeiterinnen und deren Gästen. Die Beamten des SEK durchforsten mit vorgehaltenen Maschinenpistolen jedes einzelne Zimmer, kontrollieren die Leute nach Waffen und schicken sie dann in die ehemalige Hotelhalle. Ein Polizist sortiert die Prostituierten aus aller Herren Länder in die Ecke mit den roten Kunstleder-Sofas und der Marilyn an der Wand, die Freier in den blauen Flügel mit dem Elvis. Die Musicbox dudelt noch immer Bill Haley, der Kommissar lässt den Stecker ziehen.

Bei einem etwa vierzehnjährigen Jungen kommt der Sortierpolizist ins Grübeln, zumal er laut Hinweis eines Kollegen vom Sondereinsatzkommando mit dem ältlichen Herrn da drüben auf einem Zimmer aufgegriffen wurde. Nach Rücksprache mit dem Kommissar darf sich der Junge mit zu den Frauen setzen – was unter diesen große Heiterkeit auslöst.

Andreas Teichmann wird über das Funkgerät angesprochen.

»Hier oben ist eine junge Frau mit Journalistenausweis. Was sollen wir mit der machen?«

»Ähm, heißt die etwa Janina Kardenovic oder so ähnlich?«

»Genau Chef, Kadenczik. Freilassen?«

»Keinesfalls!« Teichmann kann sich eines Grinsens nicht erwehren. »Tut ihr nicht weh, aber platziert sie erst einmal zu den Damen des Hauses. Bei ihrem Outfit fällt sie dort bestimmt nicht weiter auf.«

Lediglich zwei Fluchtversuche waren zu verhindern, inzwischen ist alles unter Kontrolle. Deshalb wagt sich jetzt auch die Staatsanwältin in die »Rote Ludmilla«. Mit ihr nimmt ein gutes Dutzend Ermittler verschiedener Behörden – Finanzamt, BGS, Einwohnermeldeamt und Arbeitsagentur – die Arbeit auf.

Zunächst wird die Kundschaft erkennungsdienstlich behandelt. Die meisten der Herren blicken verschämt zu Boden, um möglichst nicht erkannt zu werden. Doch auf Diskretion hoffen sie vergebens. Denn eine kurz vor der Pensionierung stehende Polizistin diktiert mit ihrer überdrehten Stimme einer jungen Kollegin von der Meldebehörde sämtliche persönlichen Daten aus dem Ausweis. Weil inzwischen die Musik aus ist, schallt jedes einzelne Wort gut verständlich durch die Halle.

Janina Kadenczik hat beschlossen, die vorläufige Festnahme mit Humor zu nehmen und nicht weiter zu protestieren. Nur so ist ihr möglich, die Razzia weiter zu beobachten. Sie setzt sich neben ein junges Liebesmädchen mit slawischen Gesichtszügen. Andere Prostituierte mustern Janina von oben bis unten – einige wohlwollend, einige geringschätzig. Janina spürt die Nervosität unter den Frauen. Durch die Lobby werden die ersten Computer und Kisten mit Geschäftspapieren getragen. Janina beschließt, mit dem Handy einige Fotos zu machen. Diese Bilder genügen zwar nicht den Qualitätsansprüchen der Zeitung, doch lieber solche als gar keine. Das Handy scheint sich in ihrer Handtasche verdoppelt zu haben – offensichtlich hat sie in der Aufregung das baugleiche Gerät des Wachmanns gegriffen und eingesteckt.

Die ältere Polizistin krächzt einen Namen, der Janina Kadenczik bekannt vorkommt. Erst jetzt wird sie auf die Gruppe der verschüchterten Freier aufmerksam. Sonst lassen diese Kerle den Macho raushängen, strotzen aufgrund der dicken Geldbörse förmlich vor Potenz – jetzt hängen die Schlappschwänze verschämt auf den blauen Sofas.

Die letzten Zimmer des Freudenhauses sind geräumt. Gerade wurden noch ein etwa vierzehnjähriger farbiger Junge und zwei Mädels im Gymnasialalter in den roten Flügel der Lobby eskortiert. Als Erster wird Gerd Fassmann in Handschellen abgeführt. Draußen blitzt es mehrfach. Janina hofft, dass auch ein Fotograf ihrer Zeitung dabei ist.

Eine Mitarbeiterin des Gesundheitsamtes erläutert der Polizei, welche der Liebesdamen sie als registrierte wieder erkennt. Janina und die Ukrainerin neben ihr gehören nicht dazu, natürlich auch nicht die beiden Teenys und die Jungs. Auf Befragung hin antwortet die Ukrainerin, sie wollte hier doch nur eine Freundin besuchen. Zwei wohlbeleibte Herren von der Meldebehörde müssen lachen, diese Ausrede ist ihnen bekannt.

Einer der beiden richtet seinen Kugelschreiber auf Janina. »Und Sie sind wohl die Freundin?«, fragt er unverschämt grinsend.

Die Reporterin zückt ihren Presseausweis und sagt selbstbewusst: »Ich bin Janina Kadenczik von der Zeitung, ich bin nur zu Recherchezwecken hier.«

Die beiden Beamten bekommen große Augen, nicken sich anerkennend zu. »Gute Ausrede, die hatten wir, glaub ich, noch nicht.«

Als die Journalistin mit weiteren aufgetakelten Frauen aus dem Freudenhaus begleitet wird, blitzen die Fotoapparate.

## Dienstag, 13. September

### Lößnitzgrund, 8.40 Uhr

Rosebud jagt neben dem Lößnitzdackel her und bellt ihn an. Die dampfbetriebene Lok des historischen Zuges schnieft zwar respektvoll, bellt aber nicht zurück. Als die Eisenbahn enteilt, trottet die Dogge gemächlich zu ihrem Herrchen zurück. »Brav, Rosebud, hast ihn gut verjagt.« Wenn Rolf Speck gut gelaunt ist, belohnt er sich und seinen Hund mit Spaziergängen in reizvollen Landschaften. Heute Morgen hat er gute Laune, und der Lößnitzgrund bietet sich immer für einen Ausflug an.

Seine Wohlgestimmtheit liegt nicht nur daran, dass er sich nach dem gestrigen Gespräch mit Thomas Kunath als Sieger wähnt. Er hat ihm bis zum Wochenende eine Frist eingeräumt, den Millionenkoffer zu finden. Auf dem Weg hierher hörte er im Autoradio die Neuigkeiten von der Puffrazzia. Die Polizei verfolgt anscheinend die von ihm gelegte Spur. Und die Radiomacher verfügen offensichtlich über zu wenig Fantasie, die nächtliche Aktion mit dem Frauenkirchenmord in Zusammenhang zu bringen. Vielleicht berichtet ihm ja demnächst die blonde Nina von der Zeitung, welche Erkenntnisse diese Razzia gebracht hat. Schließlich hat sie ihm einige Mitteilungen versprochen.

»Rosebud!«

Der Rüde schnüffelt gerade an einem Tierkadaver, schreckt hoch und kommt zum Herrchen zurückgetrabt.

»Jetzt erzähl mal, was du über den Toten rausgefunden hast.«

Der Hund macht keine Anstalten zu berichten, sondern stupst an die Manteltasche, in der sich gelegentlich ein Leckerli nach ihm zu verzehren pflegt.

»Nichts gibt's! Du hast von mir schon das Dossier bekommen, jetzt bist erst einmal du dran mit Liefern.«

Rolf Speck ist unsicher, ob ihn Janina Kadenczik über Ergebnisse ihrer Recherchen informieren wird. Vielleicht sollte er auf eigene Faust etwas im Kinderschändermilieu nachforschen. Nur: Wo soll er anfangen, ohne sich in Gefahr zu begeben?

Der Bauunternehmer bleibt unvermittelt stehen und stutzt: »Moment mal!«, raunt er und versucht sich an einen alten Geschäftspartner zu erinnern: Roland Hohlenberger war Mitte der neunziger Jahre

Baubeauftragter der Post gewesen. Für die eine oder andere – auch kostspielige – Aufmerksamkeit schanzte er Rolf gelegentlich einen schönen Auftrag zu. Als vor fünf Jahren die große Personalreduzierung anstand, schnappte sich Hohlenberger einen Vorruhestandsvertrag und war seitdem von der Bildfläche verschwunden.

Was Roland Hohlenberger für Speck interessant macht: Auch er war gelegentlich Kunde des Knabenschänderringes gewesen, munkelte man damals jedenfalls. Und er wäre den Ermittlern wohl auch ins Netz gegangen, wäre die Strafverfolgung nicht durch höhere Mächte – wie eine Zeitung damals süffisant vermutete – gestoppt worden. Vielleicht kann sich Hohlenberger noch an einige Hintermänner erinnern. Mit dem ließe sich bei einem Kognak doch immer mal ein vertrautes Wörtchen austauschen.

Rolf Speck setzt sich auf eine Bank und wählt die Nummer der Auskunft: »Verehrtes Fräuleinchen. Schauen Sie doch bitte einmal im Raum Dresden nach, ob sich ein Herr Roland Hohlenberger hat eintragen lassen.«

### Ostra-Allee, 10.10 Uhr

Spott und Häme gibt es immer kostenlos. Als Janina Kadenczik etwas unausgeschlafen zur Arbeit kommt, kursieren in der Redaktion bereits die nächtlichen Fotografien. Man kichert über die junge Kollegin, die – flankiert von zwei aufgetakelten Liebesmädchen und zwei Polizisten – aus dem Freudenhaus eskortiert wird. Janina muss sich schlüpfrige Sprüche über ihren beruflichen Aufstieg, ihre scheinbar vielfältigen Talente und Nachfragen ob der Kosten einzelner Leistungen gefallen lassen.

Auch der Chef belustigt sich wenige Minuten später augenzwinkernd auf Janinas Kosten.

»Entscheide dich möglichst schnell, ob du künftig die Talente deines Geistes oder die deines – zugegebenermaßen nicht unattraktiven – Körpers zur Finanzierung deines Frühstücksmüslis nutzen willst.« Schnell aber besinnt er sich auf den Ernst der Lage. »Lässt sich ein Zusammenhang zwischen der Razzia und dem Mord an Kunath herstellen?«

»Nur vermuten. Ich habe aber keine Beweise.«

»Dann kümmere dich darum. Die Geschichte ›Razzia im Freudenhaus‹ ist auch so gut genug. Schreibe mal noch nichts vom Pädophilenring.«

Im Großraumbüro der Redaktion wird Janina mit Tusch und großem Hallo empfangen.

»Schau mal, unser Nuttchen kommt wieder«, hört sie jemanden flüstern. Janina muss hart an sich arbeiten, um den anderen nicht den Triumph über ihre Tränen zu gönnen. Über ihre Schamesröte feixen sie wahrscheinlich bereits.

Zu allem Überdruss dudeln aus ihrer Handtasche – für alle gut hörbar – die ersten Takte eines Klingeltons: »Auf der Reeperbahn nachts um halb eins ...« Als sich diese Takte wiederholen, erinnert sie sich an das Handy des Wachmanns, das sie gestern eingesteckt hat. Offensichtlich wurde ihre Handtasche in der Polizeidirektion gar nicht durchsucht. Sie kramt das Gerät heraus und drückt den Anruf weg.

»Oho!«, stichelt der Rathausreporter. »Der Dienstapparat für die heißen Abendstunden. Kannst mir ja auch mal die flotte Nummer rüberschieben.« Janina ignoriert ihn. Sie beschließt, das Handy vorerst am Netz zu lassen und die Batterie aufzuladen. Den verräterischen Klingelton aber schaltet sie ab.

### Schießgasse, 11.20 Uhr

»Sie werden sich bestimmt wundern, warum Sie nach der Razzia zunächst von der Mordkommission vernommen werden.«

»Ich kann eins und eins zusammenzählen«, unterbricht Gerd Fassmann die Einführung Teichmanns. »Euer blonder Lockvogel von der Zeitung hat mich ja schon über mein früheres Verhältnis zum Kirchenbaurat Kunath ausgefragt.«

»Diese verdammte Schlampe!«

Teichmann verliert kurz die Beherrschung. Er versichert dem Wachmann, dass Janina Kadenczik wirklich von der Zeitung sei und ihre Recherche nicht im Entferntesten etwas mit der polizeilichen Ermittlung zu tun habe. Im Gegenzug erfährt er, dass die Reporterin über die Kopie des »Dossiers Kunath« verfügen muss. Fassmann scheint vollkommen im Bilde. Teichmann muss die geplante Vernehmungstaktik ändern.

Zunächst wiegt er den Wachmann in Sicherheit, lediglich als Zeuge vernommen zu werden, damit sich der Mordkommission einige Zusammenhänge aus der Vergangenheit erschließen. Da Fassmanns Erinnerungen bereits durch Fräulein Kadenczik aufgefrischt wurden, fällt ihm der Bericht recht leicht. Er erzählt all die kleinen Details, die er auch der Reporterin gesteckt hat. Zu dem dritten Opfer, welches einst zu den bevorzugten Lustknaben des Herrn Kunath gehörte, will ihm aber partout kein Name einfallen. Als Teichmann forschere Fragen stellt, besteht Gerd Fassmann auf einen Anwalt.

## Graupa, 15.30 Uhr

»Mensch, Rolf, du alter Herzensbrecher! Komm rein in die gute Stube.«
Dem Mann mit dem Borstenhaarschnitt sieht man seine fünfundsechzig Jahre nicht an. »Du hast dich ja kaum verändert – obwohl, schaust noch viel wohlgenährter aus als damals. Gute Zeiten, was?«
Rolf Speck nimmt seinen Hut ab und präsentiert das Fläschchen Kognak, das er zur Feier des Tages mitgebracht hat.
»Hm, lecker«, freut sich Hohlenberger.
Auf dem etwas durchgesessenen Kanapee kommen beide unverkrampft auf die gute alte Zeit zu sprechen, schwelgen in Erinnerungen. Hohlenberger scheint es in seinem Häuschen in dem Dresdner Vorort recht gut zu gehen. Allerdings ist die Wohnungseinrichtung nicht besonders stilvoll kombiniert. Neben einer modernen Heimkino-Anlage mit riesigem Flachbildschirm hängt eine hölzerne, nervig tickende Wanduhr, die zu jeder vollen Stunde mit einem dröhnenden »Big Ben« den Raum mit Schall erfüllt.
Das Fläschchen leert sich recht zügig. Nicht umsonst hat sich Rolf Speck an Hohlenbergers Lieblingsmarke erinnert. Er selbst hält sich zurück, weil er – wie er glaubhaft versichert – mit dem Auto zurückfahren müsse. Das hat den Vorteil, dass der Bauunternehmer das Gespräch geschickt zu steuern vermag, während Kumpel Roland redselig daherplaudert – auch über Dinge, die eigentlich eines gefestigten Vertrauens bedürfen.
Auf den Mord am Kirchenbaurat kommt Hohlenberger noch von ganz allein zu sprechen, auf die ehemalige Verbindung zum Knabenschänderring weist Rolf Speck selbst hin. Der alte Geschäftsfreund scheint sich nach kurzem Überlegen zu erinnern.
»Mensch, Rolf, was du noch alles weißt. Stimmt: Den Kunath hätten die damals beinahe hopsgenommen, genau wie mich. Weißt du eigentlich, dass der Kirchenbaurat kurz nach der Wende auch einmal seinen Adoptivsohn dem Knabenring zur Verfügung gestellt haben soll? Ist halt so ein Gerücht.«
Speck horcht auf, doch der Bekannte kramt in seiner Zigarrenkiste und scheint nicht mehr darüber erzählen zu wollen. Durch unaufdringlich wirkende Nachfragen erfährt der Bauunternehmer, dass sich der Ring seither wieder organisiert hat. Roland Hohlenberger sei zwar seit ein paar Jahren nicht mehr aktiv, kenne sich in der Organisation aber noch ein wenig aus.
So habe er selbst auch einige Wohnungen vermietet, bei denen

niemand etwas Illegales vermuten würde und die ganz gutes Geld abwerfen.

»Aber ich will mich demnächst zurückziehen. Inzwischen gibt es in der Szene Leute, vor denen man Angst haben sollte. Das ist nichts für mich.«

»Meinst du, dass jemand von denen den Kunath auf dem Gewissen haben könnte?«

»Keine Ahnung. Ich gehöre nicht mehr zu den Kreisen, die solche Einzelheiten erfahren. Vielleicht war es sogar unser Friedhofsgärtner. Der war übrigens einer der Lieblingslustknaben des Herrn Kirchenbaurat.«

### Dresden-Wachwitz, 20.30 Uhr

An diesem warmen Frühherbstabend von Bühlau zum Schloss Wachwitz zu spazieren, entpuppt sich schon bald als eine geniale Idee von Thomas Kunath. Die Aussicht auf einen romantischen Blick über das nächtliche Dresden überzeugte letztlich auch Janina Kadenczik.

Etwas aufgeregt berichtet sie ihre Erlebnisse vom vergangenen Abend: die Unterhaltung mit dem ungepflegten Wachmann, die skurrile Atmosphäre bei der Freudenhausrazzia und das beklemmende Gefühl, mit drei Nutten in einer Zelle zu sitzen.

Der Weg zum Loschwitzer Hang, der sich vielleicht fünfzig Höhenmeter über dem Elbspiegel erstreckt, vergeht in freundschaftlicher Plauderei. Erst als beide aneinander gelehnt im frischen Laub sitzen, hoch über der beleuchteten Stadt, lassen sie Stille einkehren. Gemächlich und majestätisch strömt der Fluss durch das Tal. Er vermag es aber nicht, seine Ruhe und Geduld auf die Menschen zu übertragen. Hektisch jagen die Autos über das Blaue Wunder und die Straßen auf der anderen Elbseite, pulsieren im Takt der Ampelphasen. Ein bisschen wie die Götter vom Olymp schauen Thomas und Janina dem menschlichen Treiben zu. Um sie herum schweben die vom Mondlicht zart beleuchteten Blätter zu Boden.

»Was wolltest du eigentlich bei dem Wachmann im Puff?«, fragt Thomas nach einer Weile.

Janina erzählt, dass der Wachmann als Kind von seinem Adoptivvater missbraucht worden sei und dass er sich freuen würde, wenn das ihm widerfahrene Unrecht jetzt ans Licht käme. Auch glaube sie, dass die Razzia im Puff nur wegen der Kinderschändergeschichte seines Vaters stattgefunden habe, weil die Polizei den Mörder in dieser Szene vermute.

Thomas Kunath schaut ihr, soweit es die Dunkelheit zulässt, tief in die Augen.

»Und was glaubst du?«, fragt er. »Ist der Wachmann der Mörder?«

»Eher nicht. Wenn er so etwas verbergen müsste, hätte er mit mir doch nicht so offen gesprochen.«

»Aber eines seiner Opfer könnte durchaus der Mörder sein. Erinnerst du dich an das Pappschild mit der Aufschrift ›Vergib mir meine Sünden‹, das um seinen Hals hing?«

»Erzähl mir doch mal, was du über diese Geschichte weißt.«

Thomas Kunath zuckt mit den Schultern. »Ich weiß einfach zu wenig. Und um darüber zu erzählen – dafür brauche ich Ruhe und eine vertraute Atmosphäre. Wenn du am Wochenende Zeit hast, können wir ja mal gemeinsam in die Sächsische Schweiz zum Boofen fahren. Da gibt es einige natürliche Höhlen, in denen man im Schlafsack übernachten kann.«

Janina ist begeistert. Zum Abschied gibt sie Thomas noch einen flüchtigen Kuss.

## Mittwoch, 14. September

### Ostra-Allee 10.50 Uhr

Susi, Rosi, Dana, Xenia, Serena – sämtliche Nutten der Stadt geben sich auf Gerd Fassmanns Mailbox ein fröhliches Stelldichein. Janina Kadenczik durchsucht den Speicher des Wachmanntelefons nach nützlichen Nummern. Es scheinen die von Prostituierten, Stammkunden und weiteren Angehörigen des Rotlichtmilieus zu sein. Mit viel Fantasie macht sich Janina zu jeder einzelnen Nummer ihre Gedanken. Dabei hilft ihr ein Computerprogramm, welches zumindest bei den wenigen Festnetznummern die richtigen Namen und Adressen zuordnen kann. Die entpuppen sich auf den ersten Blick als eher unverdächtige Anschlüsse – ein Wachdienst, ein Frisiersalon, eine Pizzabude oder eine Nachtbar. Unter »Apartment 1« bis »Apartment 4« findet sie im Computerprogramm so ehrenwerte Familiennamen wie Weller, Berger, Klein und Langner, die auch noch dasselbe Haus bewohnen – wahrscheinlich ein illegaler Puff. Unter dem Begriff »Studio« findet die Journalistin eine Friedhofsgärtnerei in einem Dresdner Vorort, die laut Handelsregister aber bereits seit drei Jahren nicht mehr existiert – seltsam.

Am meisten fasziniert sie aber eine Funknummer, die unter »Big Pappa« eingetragen ist. Hat sie hier die Nummer des Dresdner Paten entdeckt? Oder nur des Zuhälterchefs, dem Gerd Fassmann rechenschaftspflichtig ist? Janina Kadenczik beschließt, diesen Menschen anzurufen. Bloß: Wie wird der reagieren, wenn sie sich als Journalistin meldet? Der würde doch sofort auflegen. Sie ruft die Nummer gleich vom Handy des Wachmanns an, um die Rufnummernübertragung zu nutzen.

Kaum hat sie gewählt, meldet sich eine laute Stimme.

»Pappa hier! Gerd?«

»Ähm, guten Tag, ich bin die Freundin von Gerd Fassmann …«

Der Mann am anderen Ende fängt laut zu lachen an, muss fast wiehern. Im Hintergrund hört Janina, wie eine anscheinend alte Wanduhr zur vollen Stunde den »Big Ben« schlägt. So langsam beruhigt sich der Mann wieder.

»Entschuldigung, es war mir noch nicht aufgefallen, dass Gerd neuerdings auf Frauen steht.«

Janina läuft rot an – was Big Pappa zum Glück nicht sehen kann.
»Wir sind schon seit einigen Wochen zusammen«, klärt sie den noch immer lachenden Mann selbstbewusst auf, um dann hoch zu pokern. »Mir ist es ernst. Ich habe Gerd gerade in der Untersuchungshaft besucht und muss dringend mit Ihnen sprechen.«
Urplötzlich ist der Pappa still. Nach einigen Sekunden sagt er: »Okay, du gehst kurz nach zwei in der Höhe von Schloss Pillnitz an der Elbe entlang. Auf einer Bank sitzt ein älterer Herr mit einem blau karierten Hemd, der im ›Spiegel‹ blättert. Wenn du sicher bist, dass dich keiner verfolgt hat, setzt du dich daneben und beginnst dir die Lippen zu schminken. Nimm keinesfalls dieses Handy mit – oder schalte es besser vorher aus.«
Ohne weitere Erklärung legt Big Pappa auf.

### Dresden-Trachau, 12.40 Uhr

»Rosebud, komm!«, ruft sein dickes Herrchen, welches schon wieder dem Ausgang des Friedhofs zustrebt. Wenn Rolf Speck kein Gewächshaus entdeckt, gestalten sich die Spaziergänge relativ kurz. Bisher gab es auf seiner Forschungsreise über Dresdens Gottesäcker gerade einmal zwei Friedhofsgärtnereien. Zweimal hatte sich der Bauunternehmer auf eine Bank in der Nähe gesetzt und beobachtet. Die Person, die er suchte, müsste jetzt zwischen einundzwanzig und siebenundzwanzig Jahre alt sein – noch gab es keine Anhaltspunkte.

Im Auto streicht Speck die nächste grüne Fläche mit den Kreuzen auf dem Stadtplan durch – ihm war gar nicht bewusst, wie viele Friedhöfe es in Dresden gibt. Man könnte fast glauben, das Sterben sei eine der Hauptbeschäftigungen der Menschen dieser Stadt.

»Sobald ich meinen Koffer habe, dürft ihr auch alle verrecken«, murmelt er und gibt die Adresse des nächsten Friedhofs in das Navigationssystem ein. Nach dem Ausparken und Wenden fällt ihm in einer Nebenstraße erneut der dunkelblaue Passat mit der übermäßig langen Antenne auf dem Dach auf. Der Spitzel von der Polizei – der mit der verantwortungslosen Mutter in der Schwangerschaft – notiert wohl gerade die Uhrzeit in sein Notizbuch. Rolf Speck glaubt nicht, dass er durch eine etwas zügigere Fahrweise seinen Schatten abhängen kann. Wahrscheinlich wurde sein Auto mit einer Wanze versehen, deshalb auch die große Antenne bei seinem Gegenspieler. Er nimmt sich vor, seinen Wagen heute Abend in der Garage zu untersuchen.

## Schießgasse, 13.20 Uhr

Durch aufwändige Vernehmungen hat Andreas Teichmann verschiedene Puzzleteile über die aktuelle Kinderschänderszene gewinnen können. Nach der Mittagspause brütet er im Büro über seinen Aufzeichnungen, versucht die einzelnen Teile miteinander zu kombinieren. Vor ihm erscheint – wenn auch vorerst nur schemenhaft – ein abstoßendes Sittengemälde.

Die Missbrauchsopfer werden vornehmlich aus Weißrussland, Moldawien und Rumänien eingeschleust und dann über einen gewissen Zeitraum in abgeschiedenen Häusern auf dem Lande gefangen gehalten. Sobald sie in der Pubertät sind, aufmüpfig werden oder ernsthaft erkranken, verschwinden sie so lautlos, wie sie gekommen sind – vielleicht wieder über die Grenze. Aber wer weiß.

Der Kundenkreis ist ein exklusiver und keineswegs auf Dresden beschränkt. Für eine sagenhaft hohe Monatsgebühr erhalten Perverse aus ganz Mittel- und Nordeuropa Zugang zu einer Internetseite, auf welcher sie stets Fotos und Videos von den in Dresden und Umgebung verfügbaren Kindern ansehen können. Der Server dieser Seite steht auf einer Karibikinsel, entzieht sich somit Teichmanns Zugriff auf die Kundendaten. Auf Wunsch würden auch entsprechende Vergewaltigungsvideos aufgezeichnet, für welche die Perversen mitunter astronomische Summen zahlen.

Nachdem Gerd Fassmann einen Pflichtverteidiger bekommen hatte, half er dem Kommissar zumindest, die Funktionsweise des neuen Kinderschänderringes zu verstehen. Der Wachmann selbst habe damit nichts zu tun, sei eher für die Mädels der »Roten Ludmilla« verantwortlich. Die Zuständigen vom Knabenring kenne er kaum und habe sich mit ihnen höchstens an neutralen Orten getroffen. Die Telefonnummern fände Teichmann in seinem Handy, das die Polizei bei der Razzia ja sicher beschlagnahmt habe.

Teichmann legt seine Aufzeichnungen zur Seite und wählt eine vierstellige Nummer.

»Teichmann hier. Bei der Razzia muss uns das Handy eines Gerd Fassmann durch die Lappen gegangen sein. Schaut bitte genau nach und durchsucht notfalls noch mal die ›Rote Ludmilla‹ – die ist doch noch verplombt? Okay. Beeilt euch.«

Auch zu der alten Kirchenbauratgeschichte war dem Wachmann noch etwas eingefallen. Unter dem Vorbehalt, dass er gegen diese Person aus Angst niemals als Zeuge aussagen werde, erinnerte er sich an Sven, einen weiteren Lieblingslustknaben von Johannes Kunath. Das sei genau derjenige, der jetzt auch Videos für den Knabenring anfertige. Dieser Sven werde in der Szene respektvoll »Der Friedhofsgärtner« genannt. Das Aufnahmestudio soll in der Nähe eines alten Friedhofes sein, Fassmann wisse aber nicht, wo.

Dieses Studio etwas näher zu lokalisieren, half die Aussage eines in der »Roten Ludmilla« festgenommenen Vierzehnjährigen. Der hatte die letzten zwei Jahre in einem abgeschiedenen Apartmenthaus verbracht, in dem mehrere Jungen untergebracht sind. Das Haus sei gut bewacht, Flucht unmöglich gewesen. Tagsüber durften die Jungen Videos gucken und Computer spielen, abends kamen die Kunden. Auf den Zimmern sei zwar ein Telefon gewesen, doch von dort konnte man nicht nach draußen rufen. Eine ältere Prostituierte, die sich um die Kinder kümmern sollte, meldete sich bei gelegentlichen Anrufen mit »bei Langner« am Telefon und sagte, dass sie nur die Putzfrau sei.

Zweimal habe der Vierzehnjährige zu einer Filmaufnahme gemusst. Dann sei er in einen fensterlosen Lieferwagen gesteckt und etwa zwanzig Minuten durch die Gegend gefahren worden. Als er ausgestiegen sei, habe er so etwas wie einen Park gesehen. Die Filmarbeiten mussten gelegentlich unterbrochen werden, weil große Flugzeuge recht tief über das Studio geflogen seien und erheblichen Krach erzeugt hätten.

Andreas Teichmann erreicht der Zwischenbericht eines verdeckten Ermittlers: Bauunternehmer Rolf Speck besucht sämtliche Friedhöfe Dresdens. Hat dieser Speck gestern nicht auch den Roland Hohlenberger besucht, gegen den vor Jahren einmal wegen sexuellen Missbrauchs ermittelt wurde und der laut Akten bereits als Inhaber von Prostituiertenapartments aufgefallen war? Der Kommissar beschließt, auch Hohlenberger noch näher beobachten zu lassen.

### Dresden-Pillnitz, 14 Uhr

Etwas verschwitzt – aber sicher, jeden möglichen Beschatter abgehängt zu haben – erreicht Janina die beschriebene Bank an den Elbwiesen. Der Mann, der da im »Spiegel« blättert, mag um die sechzig Jahre alt sein, hat einen gepflegten Bürstenhaarschnitt und trägt eine sehr dunkle Sonnenbrille. Janina setzt sich und holt ihr Schminkzeug heraus.

»Du musst dich jetzt nicht noch anschmieren, deine Lippen sind rot genug.« Big Pappa nimmt an, dass Gerd Fassmann seine Freundin im Rotlichtmilieu kennen gelernt hat, deshalb benimmt er sich dermaßen respektlos.

»Dafür, dass er immer auf stockschwul macht, hat er ja einen ganz guten Geschmack. Was will denn mein Kleiner von mir?«

»Er hat mich hergeschickt, weil Sie ihm einen guten Anwalt orga-

nisieren sollen. In der Untersuchungshaft würde es jetzt ans Eingemachte gehen«, lügt Janina selbstbewusst.
»Und warum schickt er dich dann ausgerechnet zu mir?«, fragt Big Pappa ruhig. »Ich habe damit nichts zu tun.«
»Ich weiß nicht.« Janina zuckt mit den Schultern. »Vielleicht weil er nicht so viele Leute hat, denen er vertrauen kann.«
Der Mann lächelt wohlwollend. Manchmal ist es ganz nützlich, jemandes Eitelkeit zu kitzeln.
»Sie nennen mich ja nicht umsonst den Pappa«, sagt er selbstgefällig. »Aber ich glaube nicht, dass ich für deinen Gerd etwas tun kann.«
»Er sagt, er würde dann von der Kronzeugenregelung Gebrauch machen.«
»Das wird er nicht!«
Janina zuckt mit den Schultern. »Ich kann ihn daran nicht hindern.«
»Dann werde ich euch beiden aber ganz derb den Hintern versohlen!«, antwortet Big Pappa bestimmt, aber auch väterlich.
»Werden Sie ihm helfen?« Janina bemüht sich um einen flehenden Unterton in ihrer Stimme.
»Ich werde sehen, was möglich ist. Was erzählt der Gerd sonst noch so? Was stellen die Bullen für Fragen?«
»Er meint, dass die Polizei einen Zusammenhang zwischen der Lustknabenszene und dem Mord an Kunath vermutet und ihn deshalb in die Mangel nimmt. Aber er hat damit doch nichts zu tun, oder?«
Der Mann rückt seine Sonnenbrille tiefer auf die Nase und schaut Janina aus dunklen Augen an.
»Hat er dir nie etwas von seiner Arbeit erzählt, meine Kleine? Hat er nie seinen Pappa oder den Friedhofsgärtner erwähnt?«
Janina schüttelt unschuldig den Kopf. »Gerd sagt immer, dass es besser wäre, wenn ich nichts weiß. Ich darf auch nie fragen.«
Der Pappa schiebt die Sonnenbrille wieder hoch.
»Da hat er völlig Recht, das ist nichts für kleine Mädchen. Du mischst dich da besser auch weiter nicht ein. Sonst könnte es passieren, dass dein so zartes Gesicht einmal mit ein paar Messerschnitten verziert wird. Und das wollen wir doch beide nicht.«

### Kanzleigässchen, 16.20 Uhr

Frank Gernot von Scharfenstein ist ein Mann, der bevorzugt im Hintergrund agiert. Er gehört zu den Menschen, die schweigend zuhören und analysieren. Und wenn er tatsächlich etwas mitzuteilen hat, geschieht das mit ruhigen, wohl durchdachten Worten. Diese

Eigenschaften brachten dem Strafverteidiger den Ruf einer »grauen Eminenz« ein, die im Dresdner Stadtverband der Partei die Strippen zieht. Parteiämter und Mandate lehnt er ab, dafür verfügt sein Wort über Gewicht.

Mit diesem schweigenden Zuhörer muss Christian Eisenwinckel erst einmal umzugehen lernen. Als Eintrittskarte für das Gespräch in der Kanzlei hat er seine beabsichtigte Parteimitgliedschaft angegeben. Zögernd trägt der Organist seine Bedenken gegen den Landtagsabgeordneten Eckhart Heinze vor, der in dieser Woche wieder zum Kandidaten gekürt werden soll. Eisenwinckel erzählt ausführlich von dem unbeabsichtigt gehörten Gespräch der beiden Parteikonkurrenten. Ein paar Wochen später habe Johannes Kunath tatsächlich oben am Kreuz gehangen.

Nach etwa einer Minute schweigenden Herumlaufens setzt sich von Scharfenstein dem Organisten gegenüber.

»Ich habe den Eindruck, Sie sind ein ehrlicher und aufrichtiger Mensch. Ich vertraue Ihnen und gehe davon aus, dass der Inhalt unseres Gespräches unter uns bleibt.« Eisenwinckel nickt, das sei eine Selbstverständlichkeit, versichert er. Der Rechtsanwalt trägt vor, dass er ebenfalls massive Bedenken gegen den Abgeordneten Heinze in sich trage.

»Und trotzdem: Auch wenn man ein Motiv konstruieren kann, glaube ich nicht, dass Heinze den Kirchenbaurat auf dem Gewissen hat. Dazu ist der viel zu dumm und zu feige.«

## Donnerstag, 15. September

### Pillnitzer Landstraße, 8.30 Uhr

Jetzt verstopft mir doch nicht ständig die Straße, ihr dummen Hartz-Schmarotzer!«

Rosebud hebt seinen Kopf, um kurz darauf weiterzudösen. Er muss sich nicht angesprochen fühlen. Rolf Speck hat seine kneifende Hose geöffnet, um den Wanst zu entlasten und etwas befreiter schimpfen zu können.

»Ich muss den Roland warnen, jetzt fahrt endlich!«

In aller Herrgottsfrühe war eine junge Ermittlerin von der Kripo bei ihm erschienen, hatte sich nicht abweisen lassen. Ob er denn gewusst habe, dass gegen Roland Hohlenberger wegen Kindesmissbrauchs ermittelt werde? Ob er wüsste, dass dieser Wohnungen für Pädophile zur Verfügung stelle? Ob er mit Hohlenberger über den Mord am Kirchenbaurat gesprochen habe? Das alles konnte Speck glaubhaft verneinen. Was er denn überhaupt bei Herrn Hohlenberger gewollt habe, wollte die Beamtin wissen.

»Du dumme Bulette!«, lacht Speck, als er daran denkt.

Sie hat ihm doch tatsächlich geglaubt, dass er den Roland für seine Firma als Baukalkulator anwerben wollte, für eine Halbtagsstelle. Als ob der das nötig hätte.

Doch jetzt will er seinen alten Geschäftsfreund so schnell wie möglich warnen, dass ihm die Polizei auf der Spur ist. Vielleicht verrät Hohlenberger ihm dafür als Gegenleistung, wo genau er denn verdammt noch mal nach dem Friedhofsgärtner suchen soll.

Anzurufen wagt er nicht. Sicher wird sein Telefon von der Polizei abgehört. Nachdem er gestern Abend hinter der Stoßstange diesen Sender entfernt hat, traut er den Ermittlern alles zu. Es war doch eine prima Idee, mit dem Teil noch in eine Straßenbahn zu steigen und den Sender unter einen Sitz zu kleben. Rolf Speck stellt sich gerade das dumme Gesicht des Spitzels vor, dessen Mutter in der Schwangerschaft geraucht oder gesoffen hat. Oder beides.

»Hehe, fang dir doch deine dämliche Straßenbahn ein!«

Rosebud öffnet ein Auge und merkt, dass alles in Ordnung ist.

Es gäbe noch einige Nachfragen an Roland. Vielleicht ist der Adoptivsohn schon selbst aktiv geworden? Missbrauchte Jungen haben ja oft die Angewohnheit, ihr Kindheitstrauma ein Leben lang mit sich herumzuschleppen und dann selbst diese Perversion zu pflegen. Damit könnte er den Druck auf Thomas Kunath massiv erhöhen. Nur was bringt's, wenn der Friedhofsgärtner den Koffer hat? Rolf Speck biegt in Graupa in die Straße des alten Geschäftspartners ein.

»Scheiße!«, brüllt er laut.

Vor Hohlenbergers Haus stehen drei Polizeiautos, zwei Polizisten bewachen die Tür. Speck gibt Gas und fährt vorbei. Ihm bleibt nichts übrig, als seinen Hund noch über die restlichen Friedhöfe zu treiben.

### Graupa, 8.50 Uhr

Bestimmt zwanzig Minuten lang war es Roland Hohlenberger gelungen, hartnäckig sämtliche Vorwürfe zu leugnen. Erst als ihm Andreas Teichmann alte staatsanwaltliche Ermittlungsakten vorlegt, lenkt er entnervt ein.

»Aber das ist doch schon alles verjährt, Herr Kommissar«, sagt er. »Deshalb können Sie doch einen alten Mann nicht mehr behelligen. Ich habe mir seit Jahren nichts mehr zu Schulden kommen lassen.«

»Da liegen uns aber ganz andere Informationen vor«, erwidert Teichmann scharf. »Sie stehen im Grundbuch für ein schmuckes Apartmenthaus im Grünen. Das ist voll vermietet?«

»Ich habe einen Hausverwalter eingesetzt, der mir nach und nach Kopien einiger Mietverträge zugeschickt hat – mit den Familien Langner, Berger, Klein und Weller. Was haben Sie dagegen einzuwenden?«

»Nicht viel. Außer dass wir heute Nacht dort nachgeschaut haben und von den Familien nichts finden konnten. Stattdessen waren da sieben minderjährige Jungen eingesperrt, die sich illegal in Deutschland aufhalten.«

Roland Hohlenberger macht ein erstauntes Gesicht.

»Ach was. Na, da wird mir der Hausverwalter ja so einiges erklären müssen.«

»Verarschen Sie mich nicht! Wo kommen die Kinder her und wer kassiert dafür die Kohle?«

»Das müssen Sie schon den Verwalter fragen«, antwortet Hohlenberger ungerührt. »Ich zeige Ihnen gerne die Kontoauszüge, die beweisen, dass jeden Monat die Miete eingeht.« Er kramt einen Ordner aus dem Regal und präsentiert einzelne Blätter. »Das ist die ortsübliche Miete – und ich bin sehr zufrieden, die Mieter zahlen immer pünktlich. Ich habe keinen Anlass, misstrauisch zu sein.«

Andreas Teichmann sieht ein, dass der Mann hervorragend abgesichert ist. Er lässt den Aktenordner und weitere Geschäftsunterlagen sowie die Computerfestplatte beschlagnahmen.

»Sie haben sich mit Rolf Speck über den Mord am Kirchenbaurat unterhalten?«, fragt er dann.

In diesem Moment schlägt »Big Ben« zur vollen Stunde.

»Ach, daher weht der Wind.« Roland Hohlenberger zieht die Augenbrauen hoch. »Kein Wort mehr ohne meinen Anwalt.«

### Ostra-Allee, 10.30 Uhr

Janina Kadenczik blättert ihre Aufzeichnungen durch und findet das Interview mit dem Wachmann. Sie kann ihre Schrift kaum entziffern: »ehem. Opfer Kirchenbaurat – arbeitet in Botanik – mehrere hundert Leute unter sich.« Moment mal! Hatte »Big Pappa« gestern nicht wegen eines Friedhofsgärtners gefragt? Und war im Handy des Wachmanns unter »Studio« nicht die Nummer einer ehemaligen Friedhofsgärtnerei eingetragen? Liegen dort vielleicht die Fotobeweise zum Kirchenbaurat und seiner Vergangenheit?

Aufgeregt ruft sie das Computerprogramm mit der Telefonnummernidentifizierung auf und sucht den Friedhof im Stadtplan. Er liegt außerhalb der Stadt im Norden, nicht weit vom Flughafen entfernt. Im Handelsregister steht, dass die Gärtnerei vor Jahren Pleite gegangen ist. Janina entschließt sich, am nächsten Tag persönlich vorbeizuschauen – weil es am Telefon immer leichter ist, unangenehme Fragen abzuwimmeln.

Janina wird zum Chef zitiert, der etwas säuerlich wirkt, als sie sein Büro betritt.

»Hast du schon mal die Konkurrenz durchgeblättert? In allen Zeitungen kann ich lesen, dass am Sonntag in einer Woche die neue Kirchweihe ist – nur in unserer nicht. Hast du dafür eine Erklärung?«

»Ich habe kürzlich mal wegen der Vorwürfe beim Landeskirchenamt angerufen. Vielleicht wollen die uns eins auswischen und haben uns nicht informiert, weil wir zu nahe an der Wahrheit sind?«

»Ich bewundere deinen Scharfsinn. Und was gedenken wir dagegen zu tun?« Janina zuckt mit den Schultern.

»Wir werden ihnen die Wahrheit so heftig um die Ohren schlagen, dass ihnen die Posaunen von Jericho wie ein Windspiel vorkommen.« Der sonst etwas lethargische Chef wirkt plötzlich sehr energisch.

»Spätestens zum Wochenende schreiben wir diese Knabenschändergeschichte vom Kirchenbaurat.« Er grinst zynisch. »Am besten in der Sonntagsausgabe.«

Janina Kadenczik muss zusammenfassen, was sie zu dem Fall alles weiß. Doch ihren Berichten mangelt es dem Chef zu sehr an Beweischarakter.

»In solchen Kreisen fertigt man doch bestimmt Belastungsmaterial – Fotos, Videos, Tonaufnahmen – an, das man auftreiben könnte? Wenn ich deine Theorie um das Mordmotiv richtig verstehe, soll doch der Kirchenbaurat erpresst worden sein?«

Janina nickt. »Ich habe von einem weiteren Missbrauchsopfer erfahren, welches anscheinend über dieses Material verfügt. Es lebt etwas außerhalb der Stadt. Ich werde morgen früh einmal dort vorbeifahren.«

### Schießgasse, 14.30 Uhr

Andreas Teichmann kann mit der Vernehmung von Roland Hohlenberger, von einigen in der Szene »Big Pappa« genannt, recht zufrieden sein. Sein Anwalt hat ihm offensichtlich empfohlen, sich im Fall des Kirchenbauratmordes kooperativ zu zeigen, weil ihm nach erster Sichtung der Akten nicht viel nachgewiesen werden kann.

Somit kennt der Kommissar jetzt auch den Klarnamen des mysteriösen Friedhofsgärtners: Sven Thönnes, fünfundzwanzig, laut Akten wegen eines Schleusungsdeliktes und einer satanistischen Störung der Totenruhe vor einigen Jahren zu Bewährungsstrafen verurteilt, hat tatsächlich als Friedhofsgärtner gearbeitet. Als der alte Gärtner vor drei Jahren das Geschäft in Ermangelung eines Nachfolgers auflöste, kaufte Thönnes das Verwaltungsgebäude in der Nähe des Friedhofes zu einem Spottpreis.

Unabhängig von diesen Aussagen hat die Ermittlungsgruppe dieses Gebäude bereits entdeckt. Es befindet sich tatsächlich in der Einflugschneise des Flughafens. Allerdings war Thönnes nicht anzutreffen, eine weitere Meldeadresse ist nicht bekannt. Das Gebäude wird jetzt observiert. Sobald sich etwas regen sollte, erfolgt der Zugriff.

Andreas Teichmann hat erstmals das Gefühl, dass er den Mord tatsächlich aufklären wird. Immerhin kannte Thönnes den Kirchenbaurat und hat als ehemaliges Opfer mit »Rache« und »Vergeltung« ein ganz plausibles Motiv. Dafür sprechen auch die eingetretenen Genitalien des Ermordeten. Und mit Satanisten kam er offensichtlich auch schon in Berührung. So hatte er wohl genügend Wissen, falsche Spuren zu legen und das Motiv zu verschleiern.

Und der Friedhofsgärtner scheint gefürchtet zu sein. Als Teichmann den Hohlenberger unter Auflagen freilassen wollte, sträubte sich der Rentner. »Solange der Thönnes nicht gefasst ist, bin ich da draußen meines Lebens nicht mehr sicher. Der denkt doch, ich habe ihn verpfiffen. Hier drin wird mir schon nichts passieren.«

## Louisenstraße, 20.30 Uhr

Für den Kommissar hat sich Janina Kadenczik extra um ein etwas dezenteres Make-up bemüht. Sie hat es immer noch nicht ganz verschmerzen können, dass er sie bei ihrer ersten Begegnung vor allen Leuten als Nutte bezeichnet hat. Sie will ihm nicht erneut Anlass geben, an ihrem Äußeren herumzumäkeln. Sie weiß, dass sie auch ohne knallrote Lippen bei den meisten Männern Wirkung erzielt. Auch dann, wenn sie wie heute einen recht schlichten und einfarbigen, dafür eng anliegenden und figurbetonenden Pulli angezogen hat.

Dass sich Teichmann überhaupt mit ihr trifft, liegt an Janinas Hartnäckigkeit, immer mal wieder nachzufragen. Zwar hat er ihr schon angekündigt, nicht viel Neues zum Mordfall berichten zu können, doch es wird wohl ausschließlich um dieses Thema gehen. Allein die seltsamen Zufälle, die ihre und Teichmanns Wege immer wieder kreuzen ließen, bedürfen einer Aufklärung.

Der Kommissar macht keine Anstalten, sich wegen der Viertelstunde Verspätung zu entschuldigen. Die Kerze bläst er sofort aus, auch Wein will er keinen. Er lechze nach einem anständigen Bier. Janina realisiert, dass dem Polizisten eher nicht an einer romantischen Atmosphäre gelegen ist.

»Ich bin ganz froh, dass ich Sie einmal treffe, ohne dass Sie unbestellt die Ermittlungen stören. Ich habe in den letzten Tagen schon fast einen Janina-Wahn entwickelt«, schmunzelt der Kommissar.

»Ich habe Sie noch nie so entspannt gesehen.« Janina nippt an ihrem Wein und lächelt. »Sie werden uns wohl bald den Mörder präsentieren?«

»Es geht voran.«

»Ist denn der Mörder nun vornehmlich im Kinderschändermilieu zu suchen?«, bohrt Janina weiter. »Die Polizei arbeitet doch mit dem ›Dossier Kunath‹ von der Detektei?«

»Ja, das auch, ich kann aber nicht so viel sagen. Und den Wachmann von der ›Roten Ludmilla‹ haben Sie ja selbst ausführlich befragt.«

Janina eröffnet Teichmann, dass der Chefredakteur beabsichtigt, spätestens am Sonntag die Kinderschändervergangenheit des Kirchenbaurates zu veröffentlichen. Langsam müsse man befürchten, dass die Konkurrenz davon Wind bekomme.

Andreas Teichmann überlegt. Ihm kommt die Veröffentlichung natürlich viel zu früh. Er fürchtet, dass sie die Ermittlungen erheblich erschweren wird. Gerade jetzt, wo er doch knapp davor sei, einen Hauptverdächtigen zu überführen, einen Hintermann des aktuellen Knabenschänderringes.

Janina merkt auf. »Etwa den Big Pappa?«

»Nein, der ist ja schon inhaftiert.« Der Kommissar stutzt. »Woher kennen Sie denn jetzt schon wieder Big Pappa?«

Gewöhnlich ist Janina Kadenczik nur selten um Ausreden verlegen. Doch in diesem Moment ärgert sie sich so sehr über ihren Hang zur Plauderei, dass ihr auf die Schnelle keine plausible Erklärung einfallen will. Sie gesteht, dass sie während der Razzia versehentlich das Handy des Wachmanns eingesteckt und dann die Nummer von Big Pappa angerufen hat. Schweigend kramt sie das Telefon aus ihrer Tasche und überreicht es.

Teichmanns gute Laune ist urplötzlich verschwunden.

»Wissen Sie, dass man Sie wegen Unterschlagung von Beweismaterial anzeigen kann? Vielleicht ist auf dem Handy die Funknummer des Hauptverdächtigen eingespeichert. Dann könnte man ihn mit Hilfe der Telekom auch lokalisieren. Ich muss das Handy zu einem Spezialisten bringen.«

Er schüttelt den Kopf und verabschiedet sich flüchtig. Am Tresen zahlt er die Rechnung. Sein Glas ist noch halb voll.

### Freitag, 16. September

#### Radedörfel, 8.40 Uhr

Wie Mahnmale stehen kahle Kastanien und Pappeln vereinzelt in der Landschaft. Die Skelette der ehemaligen Gewächshäuser lehnen aneinander, um sich gegenseitig den nötigen Halt zu spenden. Die meisten Glasscheiben sind herausgefallen oder zerschlagen. Es sind die einzigen Zeugen, die noch an eine Gärtnerei erinnern. Die Beete von einst – ein wildes Meer aus Gestrüpp und borstigen Gräsern. Der Friedhof liegt einen Kilometer vom nächsten Dorf entfernt. Nur ein verschlammter, pfützenreicher Lehmweg führt hierher. Janina ist mulmig zu Mute. Einzig die tief fliegende Passagiermaschine erinnert einen Augenblick lang an die Zivilisation.

Das verwahrloste Verwaltungsgebäude der Gärtnerei beherbergte in besseren Zeiten wohl auch einen Aufbahrungssaal, in welchem sich die Angehörigen vom Verstorbenen verabschieden durften. Oder die entsprechenden Bauten der Begräbnisstätte wurden bereits abgerissen, weil eine Sanierung sinnlos Geld verpulvert hätte. Dieser Friedhof wird demnächst selbst beerdigt, da muss man keine Leichen teuer schminken. Soweit Janina Kadenczik die Gegend überblicken kann, steht kein weiteres Gebäude. Sie folgt einem Trampelpfad durch das Gestrüpp, der zum Eingang des verfallenen Hauses führt. Das Dach ist löchrig, die Fenster sind notdürftig mit Sperrholzplatten vernagelt, die Tür steht weit offen. Weil sie nicht sicher ist, ob vielleicht doch jemand in der Nähe ist, ruft sie vorsichtig »Hallo? Ist da jemand?« hinein. Dann dreht sie sich noch einmal um und ruft in Richtung Friedhof und diesmal lauter: »Hallo?« Lediglich eine Krähe antwortet mit einem Krächzen und flattert verärgert davon.

Im Treppenhaus hängt ein hölzerner Briefkasten. Janina untersucht ihn, vielleicht lässt sich ein Name entziffern. Es riecht muffig und nach Hausschwamm. Plötzlich ein Knacken hinter ihr und ein Knall. Jemand muss sich hinter der Tür versteckt und diese zugeschlagen haben. Janina zuckt zusammen, es ist stockdunkel. Sie will schreien, doch eine schwere Hand drückt ihr Mund und Nase zu. Ihr linker Arm wird mit Gewalt auf den Rücken gedreht.

»Bleib ganz still, sonst wird es verdammt wehtun!«, flüstert eine hohe Männerstimme hinter ihr. »Verstanden?«

Soweit es die kräftige Hand zulässt, versucht Janina ängstlich zu nicken. Sie hat das große Bedürfnis nach Luft zum Atmen. Ohne diese Blockade auf Mund und Nase würde sie jetzt japsen wie nach einem Sprint zur Straßenbahn. Sie fürchtet, ersticken zu müssen. Ihr Herz rast, sie spürt jeden Schlag ihrer Adern bis an die Hirnhaut unter der Schädeldecke.

Ihr Arm hinterm Rücken bleibt verdreht, das Handgelenk fest umgriffen. Eine Flucht ist unmöglich. Jede Bewegung gegen den Willen des Mannes verursacht höllische Schmerzen in ihrer linken Schulter. Janina wird durch die Dunkelheit geschoben. Dann gibt die zweite Hand wenigstens wieder Mund und Nase frei, um eine blecherne Tür aufzuschließen. An Schreien ist gar nicht zu denken. Gierig schnappt sie nach der muffigen Luft. Die eigenen Atemgeräusche zu hören, steigert ihre Furcht noch mehr. Zur Erinnerung krächzt die Stimme: »Ruhe oder es wird verdammt wehtun!«

Die Mahnung ist überflüssig. Schon zu Beginn der unbeleuchteten Kellertreppe gerät Janina ins Straucheln, ein stechender Schmerz in der Schulter und am Handgelenk lässt sie aufjaulen. Als Antwort spürt sie einen Faustschlag unter dem rechten Rippenbogen – nicht fest, aber als Warnung und Einschüchterung wirkungsvoll.

Die Treppe endet vor einer Tür, deren Schlüsselloch der Fremde trotz Dunkelheit zügig findet. Janina benötigt noch immer mehr Luft, als die hohe Atemfrequenz in ihre Lungen zu saugen vermag. Die Beine drohen ihren Dienst versagen zu wollen, dafür dröhnt und hämmert jeder der schnellen Herzschläge in ihrem Kopf.

Der Raum muss fensterlos sein. Der Fremde schaltet ein schwaches elektrisches Licht an und schiebt Janina hinter die geöffnete Stahltür. Ihr Handgelenk und der Arm sind noch immer hinter dem Rücken verdreht. An ihre rechte Schläfe wird etwas gedrückt, was sich wie die Mündung einer Pistole anfühlt.

»Tu nichts, was mich erschrecken könnte«, sagt der Mann kalt, »damit ich nicht dein Hirn von der Wand kratzen muss.«

Janina wird schwindlig. Ihr Herz schafft es, noch höher zu beschleunigen. Ihr Atem ist nur noch ein flüchtiges Hecheln, als atme sie gleichzeitig ein und aus. Sie spürt ihren Brustkorb zittern, ihr Körper vibriert bis in die Oberschenkel.

Ihre Hand wird aus der schmerzhaften Umklammerung entlassen. »Beide Hände auf den Rücken!«, befiehlt der Mann.

Janina gehorcht. Kurz darauf klicken Handschellen, dann umgreift eine kräftige Hand ihren Nacken, so wie man junge Katzen anzufassen pflegt. Sie wird zu einem hölzernen Stuhl geschoben, auf welchen sie sich setzen muss.

Der Fremde fesselt ihre Waden mit einem festen Strick an die Stuhlbeine, so dass die Schenkel den Stuhl außen umgreifen, die Füße aber wieder innen um die Stuhlbeine geklemmt werden. Dabei muss sie die Beine so stark spreizen, dass der enge Jeansrock fast zu reißen droht. Der Mann zerrt den Rock nach oben, und Janina will schreien. Doch die Stimme versagt. Sie atmet noch immer schnell und überhastet, erliegt bald darauf einer Ohnmacht.

Es müssen wohl einige Minuten vergangen sein. Janina wird von grellem Scheinwerferlicht geblendet, wie es bei Filmaufnahmen üblich ist. Sie sieht an sich hinunter. Der Rock, die weiße Jacke und der Pullover sind ausgezogen. In Strumpfhosen und mit gespreizten Beinen sitzt sie auf dem Stuhl, fast wie beim Gynäkologen. Ihr Oberkörper ist so fest an die Lehne gebunden, dass das Atmen schwer fällt. Ihr Busen wurde von Fesselstricken verschont, aber ihr rotes T-Shirt spannt derart, dass sich die Brustwarzen deutlich abzeichnen. Janina glaubt, ihr Herz durch ihre Brüste beben zu sehen. Ihre zitternden Handgelenke sind an den Oberschenkeln fixiert.

Janina zuckt zusammen, als ein zweiter greller Scheinwerfer auf sie gerichtet wird. Aus einer unbeleuchteten Ecke des Raumes vernimmt sie die Stimme des Fremden.

»Jetzt hab dich nicht so ängstlich, ich beiße nicht. Ich will ja nur spielen.«

Die letzten Worte enden in einem glucksenden Kichern. Die Stimme klingt nicht nach einem Mann, eher einem Jungen im Stimmbruch. Sie wirkt auch nicht mehr bedrohlich, vielmehr höhnisch.

»Wer unbestellt in meinen Hobbykeller eindringt, verdient erst einmal die Standardbehandlung und eine gründliche Untersuchung.«

»Was haben Sie mit mir vor?«, fragt Janina in die Richtung, in der sie einen Schatten des Fremden wahrzunehmen glaubt. In ihrer Stimme schwingt noch viel mehr Angst, als sie mittlerweile verspürt. Ihre Panik hat sich etwas gelegt, nachdem sie nicht sofort umgebracht wurde und mit dem Fremden scheinbar verhandeln kann. Auch wenn seine Stimme nach einem unberechenbaren Psychopathen klingt.

»Wenn du brav und artig bist, muss ich dir auch nicht wehtun«, sagt der Fremde und verschwindet in einem Nebenraum.

Janina sieht wegen der grellen Scheinwerfer noch immer nicht viel. Sie überlegt, ob sie notfalls eine Vergewaltigung in Kauf nehmen würde, nur um ihr Leben zu retten. Diesem Irren ist alles zuzutrauen. Das Wichtigste ist, hier lebend und möglichst unverletzt herauszukommen.

Dass es sich bei dem Fremden um den Friedhofsgärtner und damit ihren Gesuchten handelt, davon ist sie überzeugt. Vielleicht ist er auch der Hauptverdächtige, von dem Kommissar Teichmann gestern sprach? Draußen dröhnt im Tiefflug eine Passagiermaschine. Ob sich Reisende jemals Gedanken machen, welche Dramen sich gerade unter den Dächern abspielen, die sie überfliegen? Janinas Augen gewöhnen sich an die Beleuchtung. Sie bemüht sich, den Raum zu erfassen. Die Wände sind mit fliederfarbenen Stoffbahnen verkleidet, dahinter vermutet sie eine Schalldämmung. Auf der rechten Seite liegt eine bezogene Doppelbettmatratze, an der Wand hängen diverse Sex- und Fesselspielzeuge: ein Pranger, Handschellen, Peitschen, ein Stethoskop, eigentümliche Kneifzangen. Auch eine Krankenliege und ein Sarg stehen herum.

Die hintere Ecke ist mit einem Vorhang abgetrennt. Wer weiß, was der Irre dahinter noch versteckt. Auf der linken Seite steht ein größeres Videoschnittpult, welches von drei riesigen Monitoren dominiert wird. Auch eine Computeranlage und ein Regal mit Videohüllen stehen daneben. Unter den drei Hauptbildschirmen sind noch zwei kleinere angebracht, die jeweils ein schwarz-weißes Standbild wiedergeben. Janina glaubt, die Hauseingangstür und den Schlammpfad zum Friedhof zu erkennen. Offensichtlich überwacht der vermeintliche Friedhofsgärtner sein Studio und hat die Journalistin kommen sehen.

Der Fremde kommt mit einem Stativ und einer Videokamera zurück.

»So, jetzt kommen wir gleich ins Fernsehen«, sagt er fast singend. »Bitte schön lächeln, aber nicht die Mama grüßen.«

Er nutzt eine Sprachmelodie, mit der Tunten in überzogenen Fernsehkomödien dargestellt werden. Ansonsten spricht er aber hochdeutsch, wenn auch sehr undeutlich, fast nuschelnd.

Während der Fremde ein Kabel von der Kamera zum Schnittpult zieht, kann Janina ihn näher betrachten. Er ist recht mager, bestimmt nicht stärker gebaut und nicht viel größer als sie selbst – und hatte trotzdem diese Kräfte. Die aschblonden, struppigen Haare passen recht gut zu dem Bubengesicht mit der markanten Nase. Er trägt eine schwarze, kaum ausgewaschene Jeans und einen schwarzen, eng anliegenden Nylonpulli mit Rollkragen. Janina sieht sich jetzt auf zwei der großen Monitore selbst: Sie ist gefesselt und schaut zur Seite. Ihre schulterlangen Haare, die sie heute offen trägt, sind völlig zerzaust.

»Und? Gefällst du dir?«, höhnt der Mann und schaut sie an – seine braunen Augen schielen etwas.

Der ist wirklich ein bisschen irre, fürchtet Janina.

»Was haben Sie mit mir vor?«, fragt sie mit jetzt schon festerer Stimme.

Der Angesprochene zieht eine Grimasse wie ein Harlekin.

»Schau an, das Mädchen spricht mit mir.« Er kichert und geht zur Kamera. »Ich mache eine kleine Charakterstudie von dir, und ab jetzt stelle ich die Fragen: Wo kömmet sie her? Was ist ihr Begehr?«

Janina erzählt, dass sie als Journalistin im Auftrag der Zeitung eine Serie über den ermordeten Kirchenbaurat vorbereite und dabei, so glaube sie, auf dunkle Flecken in seiner Vergangenheit gestoßen sei. Der Fremde verbirgt sich im Schatten jenseits der Lichtwand, nur seine spöttelnde Stimme ist zu hören.

»Der arme, arme Kirchenbaurat. Und was hat der bescheidene und unbedeutende Sven Thönnes mit dieser Person zu tun?«

Janina registriert, dass er ohne Nachfrage seinen Namen verraten hat. Vielleicht ist die größte Gefahr schon überstanden und dieser Irre lässt mit sich reden? Ihre Bitte, die Fesseln zu lösen oder wenigstens zu lockern, wird aber rigoros zurückgewiesen. Stattdessen will Thönnes erneut wissen, was er damit zu tun habe.

Die Journalistin berichtet von dem Dossier einer Detektei, welches ihr zugespielt wurde. Darin würde die Beteiligung Kunaths an Missbrauchshandlungen an Minderjährigen beschrieben. Dort sei auch sein Name als Opfer genannt und deshalb wolle sie nichts anderes, als ihn als Zeugen zu befragen.

Thönnes geht zu der Wand, an der die Fesselspielzeuge ausgestellt sind, und greift sich in Gedanken versunken eine Peitsche mit bestimmt dreißig schmalen Lederbändern.

»Und wie hast du mich gefunden?«

Janina hat den Eindruck, dass sich Thönnes, wenn schon nicht auf ein Interview, dann doch auf ein Gespräch einlassen wird. Jetzt noch etwas Vertrauen gewinnen, und er wird sich verhalten wie ein normaler Mensch, hofft sie. So erzählt sie, in dem Dossier seien einige Hinweise zu seinem Aufenthaltsort gewesen. Als Journalistin habe sie ihre Erfahrungen, wie man jemanden finde.

Unvermittelt und ansatzlos lässt der Mann in Schwarz die Peitsche auf den Pranger knallen, seine Stimme überschlägt sich.

»Lüg mich nicht an!«, schreit er.

Dann dreht er sich um und kommt mit vorgehaltener Peitsche auf Janina zu. Er straft sie mit einem drohenden Blick, dem sie nicht auszuweichen versucht. Sie darf jetzt keinesfalls zugeben, dass sie gelogen hat, sonst wird er an jeder ihrer folgenden Aussagen zweifeln und sie möglicherweise foltern. Als Drohung hält er ihr das Züchtigungsinstrument ans Kinn.

»Lüg mich nicht an, kleines Mädchen.«

Janina versichert noch einmal, dass die Hinweise zu seinem Aufenthalt dem Dossier der Detektei zu entnehmen seien. Ihr wird bewusst, wie hoch sie pokert. Thönnes müsste nur ihre Handtasche durchwühlen, dort würde er selbst in der Akte nachschlagen können. Er lässt den Bund der Lederriemen über ihr Gesicht streifen und gibt sich mit der Antwort zufrieden.

»Der arme, arme Herr Kirchenbaurat«, sagt er noch einmal, eher zu sich selbst.

Dann beginnt er zu erzählen, erst zögernd, dann zunehmend flüssig: von einer Garage irgendwo in der Lausitz, zu der er immer wieder gebracht wurde und wo dann auch der Kirchenbaurat vornehmlich an ihm Gefallen gefunden hat. Er erinnert sich an Rollenspiele, die für ihn demütigend waren, und an Sexualpraktiken, die er als schmerzhaft empfunden hat. Seine hohe Stimme klingt kühl und trotzdem hasserfüllt. »Das Schwein!« oder »die alte Sau!« fügt er mitunter ein.

Janina kann dem Bericht kaum folgen. Denn während er erzählt, spielt Thönnes mit der Peitsche an Janinas Körper herum. Zunächst bearbeitet er die Innenseiten ihrer gespreizten Oberschenkel. Durch die Strumpfhose glaubt sie jedes einzelne Lederband zu spüren. Es ist weder schmerzhaft noch erregend. Doch wird ihr bewusst, wie schutzlos sie diesem Irren ausgeliefert ist.

Dann streift er die Peitsche über ihre lediglich durch das T-Shirt geschützten Brüste, die sie gegen ihren Willen anschwellen spürt.

»Übrigens stehe ich nicht auf Frauen«, höhnt er, »also mach dir diesbezüglich keine falschen Hoffnungen.«

Vielleicht hat Janina wirklich keine sexuellen Begierden des Psychopathen zu fürchten. Wahrscheinlich besteht sein Vergnügen lediglich darin, einem wehrlosen Menschen seelische Qualen zu bereiten. Janina hofft, dass es sich so verhält. Mit dem Wissen um diese Möglichkeit lässt sich die Furcht ein wenig in Zaum halten.

Während einer Schimpfattacke auf den Kirchenbaurat, der diesen gerechten Tod allemal verdient habe und hoffentlich auch noch leiden musste, hält Thönnes plötzlich inne und schaut auf einen kleinen Monitor der Überwachungskameras. Auch Janina vernimmt jetzt ein leises, fiependes Warnsignal. Über den Schlammweg zum Friedhof kriecht eine Autokolonne mit vielleicht fünf großen Einsatzwagen der Polizei.

Thönnes gibt auf einmal jaulende Laute von sich. Seine Augen treten hervor, sein Unterkiefer scheint bei halb geöffnetem Mund zu erstarren, sodass der Speichel aus den Winkeln läuft und die unregelmäßigen Zahnreihen sichtbar werden. Doch er benötigt nur wenige Sekunden, um den ersten Schreck zu überwinden.

Er springt zur Wand, reißt dort einen roten Gummiball, an dem zwei Bänder befestigt sind, vom Haken. Blitzschnell ist er wieder bei Janina. Und bevor sie seinen Plan durchschaut, steckt der mandarinengroße Ball bereits in ihrem Mund und der Knebel wird am Hinterkopf festgeknotet.

Darauf rennt Thönnes hinter den Vorhang und kommt mit einem großen Metallkoffer zurück, den er mit Videokassetten und CD-ROMs füllt. Dann wirft er einen lehmfarbenen Mantel über und holt aus dessen Tasche einen Revolver.

Janina beginnt auf dem Stuhl herumzuzappeln und an den Stricken zu zerren. Aus jeder Pore spürt sie Schweiß austreten. Als sie in die Mündung der Waffe schaut, will sie schreien. Durch den Knebel ist aber nur ein angstvolles Wimmern zu hören. Selbst um Gnade winseln ist nicht möglich.

»Weil du mich an die Bullen verpfiffen hast, kleines Mädchen«, sagt Thönnes kalt. »Lebe wohl!«

Dann drückt er ab.

### Graupa, 9.50 Uhr

In den letzten zwei Tagen gab es für Rosebud unzählige neue Reviere zu markieren. Da ist es umso schlimmer, dass heute so gähnende Langeweile herrscht. Alle Bäume, alles umherliegende Gerümpel in dem Waldstück hat der Hund bereits untersucht. Sein Herrchen sitzt seit mindestens einer Stunde auf einer Bank. Vorhin, als Rosebud einen mächtigen Stock anschleppte und dafür ein Lob oder auch ein kleines Spielchen erwartete, sauste der Knüppel derb auf seine Hüfte nieder. Winselnd musste er sich in ein Gebüsch verkrümeln.

Rolf Speck stiert in der Herbstsonne vor sich hin. Sämtliche Dresdner Friedhöfe hat er mit einem Kurzbesuch beehrt. Nur in den wenigsten Fällen gab es eine Gärtnerei in der Nähe, und lediglich einen Mann im in Frage kommenden Alter hat er dort arbeiten sehen. Doch der Pole hat nicht einmal die Begrüßung verstehen können.

In der Hoffnung, dass ihm Roland Hohlenberger vielleicht einen näheren Hinweis auf den Friedhofsgärtner verraten würde, war der Bauunternehmer heute Morgen noch einmal losgefahren. Der ehemalige Geschäftspartner scheint aber bereits inhaftiert zu sein.

Nun sitzt Rolf Speck an dieser Waldlichtung bei Graupa und hadert mit Gott und der Welt. Vor allem aber mit den Menschen und deren seltsamen Methoden, ihr persönliches Glück zu finden. Besonders, wenn sie seinem eigenen Glück im Wege stehen.

Am harmlosesten erscheinen ihm noch diejenigen, die selbstsüchtig nach Ruhm, Ehre und Anerkennung gieren. Wie etwa die blonde Nina von der Zeitung. Für eine gute Story, die sie berühmt machen könnte, würde sie wahrscheinlich mit jedem in die Kiste hüpfen. Dabei, so denkt Speck, sind das nur Selbstzweifel, die diese Menschen treiben. Sie fühlen sich von den anderen verkannt und müssen dringend das Gegenteil beweisen.

Weit gefährlicher scheinen dem Bauunternehmer die Menschen, die die Motivation für das persönliche Glück in Karriere und Machtausübung suchen. Solch windigen Gesellen wird er heute Abend wieder auf der Parteiversammlung begegnen. Solange sie irgendeinen Vorteil darin vermuten, schlecken sie jedem bis zum Gaumenzäpfchen den Allerwertesten. Und wenn der vermeintliche oder zu erwartende Vorteil verschwunden ist, treten sie mit aller Kraft in denselben. Typisches Beispiel: Kommissar Teichmann. Bei seiner Rücksichtslosigkeit wird der bestimmt eines Tages Polizeipräsident, davon ist Speck überzeugt.

Am gefährlichsten aber scheinen dem Bauunternehmer diejenigen, welche ihr Glück in der zügellosen Auslebung ihrer sexuellen Triebe zu finden glauben. Die regelmäßig ihr Hirn ausschalten, um sich ungehemmt der Fleischeslust hingeben zu können. Und nicht selten geraten sie dann mit den Gesetzen in Konflikt. Dabei ist Geschlechtlichkeit nicht gerade das, was den Menschen besonders auszeichnet. Pfui ist das! Sex gehört ins Tierreich. »Hörst du, Rosebud«, ereifert sich Speck, ohne zu wissen, wo sich der Hund gerade aufhält. »Sex gehört ins Tierreich!«

Freilich würde der Dicke niemals leugnen, dass auch er vom Säugetier abstammt und in seiner Jugend hin und wieder hormonellen Ausnahmesituationen erlegen war. Bloß musste er schon früh jedem Stich beim anderen Geschlecht mit hohem Aufwand hinterherjagen. Irgendwann kam ihm die große Erleuchtung: Es gibt weitaus wichtigere Dinge im Leben. Für viele mag das zwar nicht besonders tugendhaft klingen, aber es ist die ehrlichste Motivation unter allen. Und der Erfolg ist messbar und nachzählbar: Geld. Am besten viel Geld. Zumindest aber ausreichend Geld – und das sind zwei Millionen Dollar ganz gewiss.

»Na komm, du alter Köter!«

Rosebud hechelt heran und wedelt freudig mit dem Schweif. Speck merkt es nicht einmal.

### Radedörfel, 10.40 Uhr

Soweit es der schmale Kellergang zulässt, nehmen zwei behelmte Polizisten mit einem Rammbock Anlauf. Andreas Teichmann beobachtet die Aktion von der Treppe aus. Bereits beim ersten Versuch springt die Stahltür auf, die beiden Beamten purzeln in einen hell beleuchteten Raum und bleiben sofort am Boden liegen, wie es bei Übungen immer wieder trainiert wird. Fünf mit Maschinenpistolen bewaffnete SEK-Beamte stürmen hinterher. Nach etwa einer halben Minute kommt von drinnen ein lautes »Okay« – nun dürfen auch der Kommissar und die anderen folgen.

Befände sich Andreas Teichmann wegen der Mörderjagd nicht in hoher nervlicher Anspannung, hätte er jetzt entweder zynisch loslachen oder hysterisch brüllen müssen angesichts des Bildes, das sich ihm bietet. Schon wieder Janina Kadenczik – diesmal mit gespreizten Beinen in Strumpfhosen und engem T-Shirt, gefesselt und geknebelt. Sie ist nicht nur vom Angstschweiß durchnässt, auch die Hitze der Scheinwerfer tat ihr Übriges. Und die Journalistin scheint sich über das so schnelle und unverhoffte Wiedersehen auch noch zu freuen – ihre dunklen Augen funkeln und himmeln ihn an.

»Wo ist er denn hin?«, fragt Teichmann aufgeregt.

Janina macht eine Kopfbewegung in Richtung des Vorhanges, durch den Thönnes entschwunden ist, nachdem er sie mit der nicht durchgeladenen Waffe zu Tode erschreckt hatte. Die Polizisten beginnen an der angegebenen Stelle noch einmal zu suchen und entdecken hinter einer Stoffbahn die Geheimtür. Die Rammbockbeamten nehmen erneut die Arbeit auf, während Teichmann es sich unterdessen nicht nehmen lässt, Janina höchstpersönlich von ihren Fesseln zu befreien.

Das Aufbrechen der Geheimtür gestaltet sich schwieriger als beim ersten Mal. Anscheinend ist sie von der anderen Seite mit mehreren Riegeln verblockt. Erst nach dem vierten Versuch gelingt krachend der Durchbruch. Der Gruppenführer ordert Scheinwerfer an, mehrere Beamte machen sich auf den Weg durch den unbeleuchteten, unterirdischen Gang.

»Sind Sie verletzt? Hat er Ihnen etwas angetan?«, fragt Teichmann besorgt.

Janina winkt ab. »Er hat mich nur gehörig in Angst versetzt.«

»Zum Glück haben wir das Haus observieren lassen und waren in Bereitschaft. Ich bewundere Ihre Nerven.«

Janina ordnet mit der Hand die zerzausten Haare. »Ich auch. Vielen Dank aber für die schnelle Rettung.«

Aus dem Geheimgang dringen plötzlich ein Schrei und ein Schuss.

Wenige Sekunden später kommt ein Behelmter zurück und meldet dem Kommissar, dass nichts passiert sei. Ein Kollege habe sich nur erschreckt und abgedrückt. Der Gang sei gesichert und er solle sich das unbedingt ansehen – es sei grausam.

Teichmann schreitet unverzüglich los, Janina folgt ihm ungefragt. In dem gemauerten Gang riecht es nach Schimmel und Lehm. Nach etwa zehn Metern stoßen sie auf die drei Polizisten mit dem Scheinwerfer. Sie leuchten ein vergittertes Verlies aus, in dem mehrere Särge gestapelt sind. Einer davon ist geöffnet. In ihm liegt die noch völlig unverweste Leiche eines etwa zwölfjährigen Jungen – die Spuren von Gewalt an seiner Stirn und am Hals sind unverkennbar. Zwei Schritte weiter hockt ein Polizist, der seinen Helm abgenommen hat – er muss sich übergeben.

In diesem Moment kehren auch die drei Polizisten vom anderen Ende des Geheimganges zurück. Sie melden, dass eine Leiter nach draußen führe und der Verdächtige durch eine Art Gullydeckel geflüchtet sein müsse.

»Verdammt!«, knurrt Teichmann und überlegt einen Augenblick. Dann sagt er einem Kollegen, er solle schnell Verstärkung und die Hundestaffel für eine Ringfahndung anfordern. Auch ein Polizeihubschrauber sei trotz der Einflugschneise für den Flughafen dringend erforderlich – die sollen sich etwas einfallen lassen. Außerdem solle die Spurensicherung schnellstmöglich herauskommen.

Teichmann sieht dem loseilenden Kollegen kurz hinterher, da fällt sein Blick auf Janina.

»Verdammt!«, schreit er. »Was haben Sie denn schon wieder hier zu suchen. Als ob das vorhin nicht schon eine Lehre genug war!«

## Ostra-Allee, 14.20 Uhr

Den Chefredakteur interessiert Janinas Verspätung überhaupt nicht.

»Woher wusstest du denn schon wieder die Sache mit der Ringfahndung?«, fragt er.

»Da hat mir Kommissar Teichmann gestern Abend einen kleinen Tipp gegeben«, lügt sie. »Ich durfte natürlich vorab noch nichts verraten oder in die Wege leiten. Außerdem gibt es die Ringfahndung ja nur deshalb, weil die ursprünglich geplante Aktion in die Hose ging.«

Janina berichtet, dass das SEK heute den so genannten Friedhofsgärtner, der ja ein Missbrauchsopfer des Kirchenbaurates sei, festnehmen wollte. Thönnes sei aber durch einen unterirdischen Gang entwischt.

Der Chef fängt schon an, gut gelaunt eine Schlagzeile zu klopfen.

»Flucht unter den Gräbern: Friedhofsgärtner narrt SEK.«
Janina bremst ihn, das sei ja noch nicht alles. Der Friedhofsgärtner sei ihren Recherchen zufolge dem aktuellen Kinderschänder-Milieu zuzuordnen. Im Keller der ehemaligen Gärtnerei wurde ein komplettes Filmstudio ausgehoben, in dem wahrscheinlich Kinder zu Pornoaufnahmen gezwungen und dabei gequält worden seien.
Die Laune des Chefredakteurs sinkt rapide.
»Hmm. Na ja. Kinder zu Sexfilmen gezwungen. Polizei entdeckt Folterkeller des Grauens. Wäre zum Wochenende wieder eine ziemlich blutige Zeile, mach ich nicht so gern. Hast du Fotos?«
»Nein, ich könnte den Keller nur beschreiben, weiß aber überhaupt nichts zu den einzelnen Fällen. Aber es kommt doch noch viel schlimmer ...«
»Jetzt erzähl bloß nicht, der hat auch noch Leichen im Keller ...«
»Doch!« Janina schluchzt und bricht in Tränen aus.
Der Chef drückt seine Zigarre aus, ihm ist erst einmal nicht nach einer Schlagzeile.
Janina verbirgt das Gesicht hinter ihren Händen. »Es war alles so furchtbar!«, sagt sie tränenerstickt.
Aus seinem Schreibtisch fingert der Chef eine Packung Tempo-Taschentücher und setzt sich neben die junge Kollegin auf das Ledersofa. »Also, ganz langsam. Erzähle einfach alles, das muss raus.«
Kleine Schluchzer unterbrechen immer wieder Janinas Bericht. Sie beschreibt den Geheimgang, das vergitterte Verlies, den toten Jungen, den kotzenden Polizisten – und ihre Ungewissheit, ob in den weiteren Särgen nicht vielleicht noch mehr Leichen versteckt sind.
Der Chef steht auf und geht unschlüssig ein paar Schritte hin und her. Dann holt er aus einem Schrank zwei Gläser und eine bereits geöffnete Flasche Whisky.
»Ich glaube, den hast du gerade mal nötig.«

### Schießgasse, 16.30 Uhr

»Der Mörder ist immer der Gärtner«, witzeln die Mitglieder der Mordkommission. Auch Andreas Teichmann hat sich von der heiteren Stimmung in der Polizeidirektion anstecken lassen. Nach wilder Hatz durch den Wald wurde Thönnes schließlich gefasst.
Während sich die meisten Kollegen – wie jeden Freitag gewöhnlich überpünktlich – ins Wochenende verabschieden, muss sich der Kommissar noch mit lästigem Schreibkram beschäftigen: dem Einsatzbericht, verschiedenen Protokollen, dem Haftantrag, Anträgen

zur Sichtung des Beweismaterials. Weil die Untersuchungen noch an diesem Wochenende durchgeführt werden müssen, braucht alles eine Dringlichkeitsbestätigung mit ausführlicher Begründung. Es war schon schwierig, die Obduktion des ermordeten Jungen noch für heute durchzudrücken. Der Sparwahn und die Dokumentiersucht der Behörde beanspruchen einen Großteil seiner Arbeitszeit.

Routiniert füllt Andreas Teichmann die Formulare für die Staatsanwaltschaft aus. Die Vorführung des Friedhofsgärtners beim Haftrichter verlief recht zufriedenstellend. Die Beweislast ist einfach erdrückend: unerlaubter Waffenbesitz, Freiheitsberaubung, Besitz und Verbreitung von Kinderpornografie. Da sind noch nicht mal die Kinderleiche und mögliche Vergewaltigungen dabei. Diese Liste reicht locker, um ihn einzulochen.

Zum Mord am Kirchenbaurat wollte sich Thönnes noch nicht äußern. Bleibt abzuwarten, was die Auswertung der in dem Keller gefundenen Videos und Fotos ergibt. Vielleicht sind auch Filme oder Bilder dabei, auf denen Johannes Kunath zu sehen ist.

Das Handy klingelt, Teichmann erkennt die Nummer auf dem Display und meldet sich mürrisch.

»Wir haben eine Nachrichtensperre verhängt. Die gilt auch für Sie, Frau Kadenczik.«

»Brauchen Sie mich noch als Zeugin oder für irgendwelche Auskünfte?«

Der Kommissar überlegt kurz.

»Eine Sache vielleicht. Bevor der Tatverdächtige geflüchtet ist ...«

»Sven Thönnes«

»Ach, den Namen kennen Sie auch schon? Also gut, bevor Thönnes getürmt ist: Hat er noch irgendwelche Sachen vernichtet oder irgendetwas mitgenommen?«

»Er hat einen großen Metallkoffer mit Videos und CD-ROMs voll gepackt. Den hatte er doch sicher noch dabei, als Sie ihn festgenommen haben, oder?«

»Ne, verdammt«, ärgert sich der Kommissar. »Wie groß war der ungefähr?«

»Puh, Schätzen ist nicht meine Stärke. Vielleicht einen Meter mal sechzig Zentimeter. Mit solchen Koffern kenn ich mich auch nicht aus. Kann Aluminium gewesen sein. Oder das Material, woraus der Beauty-Case meiner Freundin besteht.«

Andreas Teichmann muss grinsen. »Wenn es ein Schminkkoffer gewesen wäre, hätte er Sie vielleicht nicht so unvorteilhaft da sitzen lassen.«

»Machen Sie nur Ihre Witze«, sagt Janina ruhig und wechselt ab-

121

rupt das Thema. »Wissen Sie denn inzwischen, wer der tote Junge war und wie er umgebracht wurde?«
»Erdrosselt.« Als Entschuldigung für die Gemeinheit vergisst Teichmann auch mal kurz die Nachrichtensperre. »Aleksander M., zwölf, geboren in Pinsk in Weißrussland, Waisenkind und zum zweiten Mal für einen Kuraufenthalt in Deutschland. Mehr verrate ich Ihnen nicht.«
»Waren denn die anderen Särge wenigstens leer?«
»Bevor Sie noch sieben andere Leichen dazudichten – ja, zum Glück. Mehr sage ich aber wirklich nicht.«

### Kulturpalast, 20 Uhr

Schon als sich vor einer Stunde der Ortsverband »Altstadt« in einem kleineren Raum traf, kam Christian Eisenwinckel das Ganze wie ein Heimspiel vor. Der Ortsverbandsvorsitzende sagte kurz, dass er ihn ja gar nicht vorstellen müsse, weil man ihn ohnehin kenne. Der Organist musste nicht einmal erklären, warum er in die Partei eintreten wolle. Seine Aufnahme war nicht mehr als eine Formalie.

Für die Wahlkonferenz des Direktkandidaten treffen sich die Ortsverbände des Wahlkreises Dresden-Mitte in einem Saal des Kulturpalastes. Es sind weniger Parteimitglieder als geplant gekommen, nicht einmal die Hälfte der Stühle ist zu Beginn der Versammlung besetzt. Exakt einundachtzig Stimmberechtigte – Christian Eisenwinckel ist bereits darunter – meldet der Protokollführer dem Versammlungsleiter, den der Organist bereits kennt. Es ist die so genannte »graue Eminenz« der Partei, Frank Gernot von Scharfenstein.

Der Rechtsanwalt eröffnet die Veranstaltung mit einem kurzen Vortrag, erläutert, dass wegen des Koalitionsbruches kurzfristig Neuwahlen angesetzt wurden. Von Scharfenstein geht noch einmal taktvoll auf das Ereignis ein, das vor knapp zwei Wochen wohl alle Parteimitglieder so erschüttert hat. Eigentlich hätte diese Wahlkonferenz aus Pietätgründen verschoben werden müssen, doch das Wahlgesetz lasse kaum Spielraum.

»Ich bedauere zutiefst, dass mit Johannes Kunath auch ein würdiger Politiker aus unseren Reihen gerissen wurde. Und mir blutet mein überzeugtes Demokratenherz, weil heute leider nur ein einziger Kandidat zur Wahl steht, falls sich kein weiterer findet.«

Er wolle aber nicht verschweigen, dass es immer wieder Hoffnungsschimmer gebe. Zumindest, dass die Verbindung der Frauenkirche mit der Partei bestehen bleibe. Er begrüße ganz herzlich den Organisten, den Herrn Christian Eisenwinckel, der seit heute Mitglied sei.

Ein wohlwollendes Raunen geht durch den Saal. Erst zögernd, aber schnell zunehmend, kommt Applaus auf. Eisenwinckel steht kurz auf, nickt dankend und versucht mit einer bescheiden wirkenden Handbewegung das Geklatsche zu dämpfen. Und trotzdem hält es noch an, als er schon längst wieder sitzt.

Eisenwinckel schämt sich. Ihm kommt es vor, als hätte er gerade seine Ehrlichkeit und Unschuld verraten. Er hat nichts geleistet, womit er die Zuneigung dieser Menschen verdient hat, die wohl eher sich selbst als ihn feiern. Aber hätten sie geklatscht, wenn er ihnen gesagt hätte, warum er überhaupt eingetreten ist? Hätte er ihnen nicht ins Gesicht plärren sollen, dass er hier den Mörder des Kirchenbaurates sucht? Zuneigung – ob ehrlich oder geheuchelt – entwaffnet und korrumpiert.

Der Ärger geht weiter. Inzwischen steht Eckhart Heinze, der einzig verbliebene Kandidat, am Rednerpult und drückt mit Unglücksmiene sein Bedauern über die tragische Situation aus. Er hätte sich gern einer Wahl gestellt und die mögliche Niederlage auch sportlich zu nehmen gewusst. Aber die Erde drehe sich weiter, man müsse in die Zukunft schauen. Und Heinze wird ganz schnell wieder zum Strahlemann, als er von seinen Projekten und Vorhaben für die kommende Legislaturperiode schwärmt. Diesen kleinen Stimmungsumschwung hat er in seiner Vorbereitung wohl zu wenig geübt. Er wirkt unnatürlich, erzeugt bei einigen Zuhörern Kopfschütteln.

Nach dem Vortrag ergreift von Scharfenstein das Recht, die Fragerunde an den Kandidaten zu eröffnen.

»Eckhart, ich würde von dir gerne wissen, mit welcher Koalitionsaussage du in den Wahlkampf ziehst. Einige von uns schätzen dich ja als eine Art Hellseher, weil du schon einige Wochen vorher den Kirchenbaurat am Kreuze hast baumeln sehen. Bekommen wir wieder eine alleinige Mehrheit hin?«

Nicht nur der Kandidat kommt ins Schwitzen, auch Christian Eisenwinckel wird blass. Dass ein Strippenzieher wie von Scharfenstein einmal das Florett beiseite legt und das Kampfschwert zückt, überrascht ihn über alle Maßen. Er könnte das auch als Angriff auf sich selbst werten. Denn Heinze weiß ja, dass diese Information nur von einem stammen kann: Eisenwinckel, dem Intriganten.

Heinze versucht das Koalitionsthema zu beantworten, kann aber nur stammeln. Er wirkt angeschlagen und rettet sich zur nächsten Frage. Der Rechtsanwalt erteilt jemandem das Wort, den er ebenfalls als Gegner des Mandatsinhabers schätzt. Eisenwinckel glaubt, Zeuge eines abgekarteten Spiels zu werden. Heinze krampft sich mit beiden Händen am Rednerpult fest und demontiert sich selbst.

»Gibt es noch weitere Kandidaten?«, fragt von Scharfenstein, als

sei nichts vorgefallen und die Tagesordnung noch intakt. Aus den hinteren Reihen meldet sich eine ältere Frau. Sie wolle zwar nicht selbst antreten, stelle aber die Frage in den Raum, »ob etwas dagegen spricht, wenn wir trotzdem Johannes Kunath aufstellen? Ich bin ihm so dankbar, dass er unsere Frauenkirche wieder errichtet hat. Ich glaube, das sind wir ihm schuldig – und wenn halt vier Jahre im Landtag ein Platz leer bleibt.«
Diese Idee war in von Scharfensteins Konzept nicht vorgesehen. Er erkennt trotzdem den Diskussionsbedarf und lässt das Thema zu. Schnell tritt Einigkeit ein, dass der Kirchenbaurat unter den Anwesenden klarer Favorit gewesen wäre. Auch glauben viele, dass der Wahlkreis gewonnen würde, wenn man Plakate mit Johannes Kunath und der Frauenkirche aufhänge. Er war nicht nur für Parteifreunde ein Heiliger.

Ein Student der Jugendorganisation stellt die etwas gewagte Frage, ob es nicht ohnehin ehrlicher sei, einen tugendvollen Toten ins Parlament zu setzen als einen farblosen Hinterbänkler, der sowieso – grad wie der Wind weht – zu allem Ja und Amen sagt. Das wirft natürlich die Frage auf, was ein Parlament noch zu entscheiden vermag, wenn es nur aus Toten bestünde. Und würden die Roten dann Marx und Lenin aufstellen und die Braunen Heß und Goebbels?

Ein Mitglied der Wahlkommission hat inzwischen im Gesetz nachgeschlagen und berichtet: »Also, es ist nicht ausdrücklich verboten, einen Toten aufzustellen. Aber es gibt zu viele Bestimmungen, die das ausschließen. Zum Beispiel der feste Wohnsitz im Wahlkreis. Und wenn wir schon Johannes Kunaths Grab als Wohnung deklarieren würden, so wissen wir doch alle, dass er nicht in Dresden-Mitte beerdigt wurde.«

»Aber sein Geist lebt doch in der Frauenkirche weiter!«, wendet die ältere Dame ein, die die Möglichkeit ins Spiel gebracht hat. Das Argument überzeugt die meisten nicht.

Frank Gernot von Scharfenstein wiederholt seine Frage: »Gibt es noch jemanden, der sich um das Mandat bewirbt? Oder Vorschläge?« Nach einer geschickt abgemessenen Pause verleiht er seiner Stimme den Ton, als müsse er ein Geständnis machen. »Ich habe das mit keinem abgesprochen. Aber ich würde mich persönlich sehr darüber freuen, wenn sich der Organist der Frauenkirche um das Mandat bewerben würde. Dass Christian Eisenwinckel ein aufrichtiger und ehrenwerter Mann ist, steht für mich außer Zweifel. Vielen von uns ist er ja nicht unbekannt.«

»Gute Idee!«, sagt jemand leise, aber vernehmbar.

»Besser als Heinze«, murmelt ein anderer.

Christian Eisenwinckel spürt einige Dutzend erwartungsvolle Augen, die auf ihn gerichtet sind. Zögernd steht er auf und bedankt sich für das Vertrauen, das man ihm entgegenbringe. Er sei doch aber viel zu kurz in der Partei, um eine solche Verantwortung zu übernehmen. Des Weiteren fühle er sich nicht berufen, über die Geschicke der Menschen zu entscheiden. Vielmehr verstehe er sich als Diener Gottes und erfülle gern seine Aufgaben an dem Platz, wo ihn der Herr hingestellt habe.

Bedauern und leise Enttäuschung durchrauen den Saal. Eisenwinckels höfliche Absage wird als natürliche Bescheidenheit ausgelegt, die weitaus sympathischer erscheint als Heinzes selbstbewusste Arroganz.

Damit es nicht ein Wahlergebnis wie zu Zeiten der DDR gibt, empfiehlt von Scharfenstein ein Verfahren, wonach jeder Stimmberechtigte einen Namen seiner Wahl auf einen leeren Zettel schreibt. Falls nach dem ersten Wahlgang kein Kandidat die absolute Mehrheit erreiche, gebe es zwischen den beiden meistgenannten Namen eine Stichwahl. Der Vorschlag erntet breite Zustimmung.

»Da kann ich ja den Kirchenbaurat drauf schreiben!«, sagt die ältere Dame.

Auch Eisenwinckel erachtet das als ehrlichste Variante.

Wenig später wirkt der Leiter der Wahlkommission etwas verunsichert, als er das Ergebnis vorträgt: »Es wurden einundachtzig Stimmen abgegeben. Davon entfallen siebenunddreißig auf Johannes Kunath, sechsundzwanzig auf Christian Eisenwinckel, auf Eckhart Heinze fünfzehn und drei Stimmen auf Frank Gernot von Scharfenstein.«

Unsicherheit macht sich breit im Saal. Nur die ältere Dame, die den Kirchenbaurat vorgeschlagen hat, jubiliert. In diesem Moment allgemeiner Ratlosigkeit kommt dem moderierenden Rechtsanwalt die Kenntnis der Statuten gelegen, auf die er auch verweist.

»Da der Herr Johannes Kunath leider nicht anwesend ist, müssen die Stimmen für ihn als ungültig gewertet werden. Somit reduziert sich die Anzahl der gültigen Stimmen auf vierundvierzig, und davon sind die sechsundzwanzig Stimmen für Herrn Eisenwinckel bereits im ersten Wahlgang die absolute Mehrheit.« Und noch bevor sich jemand wundern oder Einspruch erheben kann, fragt von Scharfenstein: »Herr Eisenwinckel, nehmen Sie die Wahl an?«

Der Organist zeigt keine Begeisterung, als er zögernd aufsteht. Auch nicht, als die Parteiversammlung aufmunternden Applaus spendet. Eisenwinckel bedankt sich für das Vertrauen und wiederholt, dass er sich nicht zum Politiker berufen fühle. Er werde das aber mit seiner Frau besprechen und bis Montag entscheiden, ob er als Kandidat zur Verfügung stehe.

## Sonnabend, 17. September

### Sächsische Schweiz, 8.40 Uhr

Janinas Gehör benötigt eine ganze Weile, bis es sich an das Dauerrauschen des Wasserfalles gewöhnt. Das weitläufige Felsplateau, das Thomas Kunath für das Picknick ausgesucht hat, wird hin und wieder mit Wassertropfen des Gebirgsbaches besprenkelt, der nur wenige Meter entfernt in die Schlucht stürzt. Die Morgensonne lässt die feuchte Luft in Regenbogenfarben schimmern.

Seitdem die beiden am frühen Morgen Kunaths Auto im Wald bei Schmilka abgestellt haben, hat Janina ununterbrochen geredet. Sie hat erzählt von den schrecklichen Erlebnissen des gestrigen Tages – angefangen bei der Überwältigung durch den Friedhofsgärtner bis zur Kinderleiche im Sarg. Nein, geweint hat sie nicht mehr. Sie war am Abend davor sehr früh ins Bett gegangen, und der ruhige Schlaf hat ihr einen gesunden Abstand zu den Ereignissen und Bildern gebracht. Vorm Einschlafen allerdings wurde ihr bewusst, dass sie niemanden kennt, dem sie die Geschichte in allen Einzelheiten anvertrauen kann. Ihre beiden besten Freundinnen würden sicher mit großer Anteilnahme zuhören, die Erzählungen aber nicht anders aufnehmen als einen Abenteuerbericht einer verrückten Disconacht. Und für sich behalten würden sie es auch nicht können. Ihren neuen Arbeitskollegen misstraut sie noch zu sehr – und ihre Mutter bekäme sicher einen Herzkasper.

So hat Thomas als Vertrauensperson herhalten müssen. Er zeigte sich als einfühlsamer und angenehmer Zuhörer. Als Janina von der Szene erzählte, als der Friedhofsgärtner die Pistole abdrückte, blieb er stehen, drückte sie ganz fest an sich und streichelte ihr den Kopf. Genauso wie sie es in diesem Moment brauchte. Den größten Teil des Weges zeigte er aber ein äußerst abgeklärtes Gesicht. Thomas sah mit einem Mal fast zehn Jahre älter aus.

Jetzt sitzt er vergnügt in der Sonne, schnitzt mit seinem Taschenmesser einen Wanderstock. Er grinst spitzbübisch wie ein kleines Kind, sieht dabei verdammt jung aus. Janina kann es gar nicht glauben, dass dies derselbe Thomas sein soll. Vorhin war sie an seiner rechten Seite gegangen, jetzt zeigt er ihr seine linke. Ihr kommt da so ein Verdacht.

Sie steht auf und schaut ihm mitten ins Gesicht. Er lächelt unsicher und legt das Messer zur Seite. Janina kann es nicht fassen. Er hat tatsächlich zwei grundverschiedene Gesichtshälften: eine alte, abgeklärte, traurige – und eine kindlich verspielte, fröhliche. Das also ist der Grund seiner geheimnisvollen Augen!

Janina freut sich über die unerwartete Erkenntnis. Die wenigen Stunden des Tages haben sich für sie bereits jetzt gelohnt. Thomas hat sie an einen der schönsten Fleckchen Erde geführt, den es gibt. Und nachher will er ihr noch den Ort zeigen, wo verwilderte Dahlien wachsen. Und wenn sie ganz großes Glück haben, blühen sie noch. Hatte sie jemals einen Freund, der ihr wilde Herbstblumen zeigen wollte? Janina hockt sich nieder und umschlingt Thomas ganz fest. Dann ruft sie ihm ins Ohr, um den Wasserfall zu übertönen: »Ich bin so glücklich, dass es dich gibt!«

## Schießgasse, 9.30 Uhr

Mit den meisten der Festgenommenen ist es immer wieder das gleiche Spiel. In ihrer ersten Vernehmung sind sie so verunsichert und aufgeregt, dass sie sich hoffnungslos um Kopf und Kragen reden. Erst verwickeln sie sich in lächerliche Widersprüche, dann werden sie wegen ihrer Lügen vom Ermittler angebrüllt, und schon sprudeln die Geständnisse wie aus einer Gebirgsquelle.

Und weil sie – mit den Nerven völlig am Ende – nur noch ihre Ruhe haben wollen, unterzeichnen sie auch noch das Vernehmungsprotokoll. Wenn sie dann später einen Anwalt zur Seite gestellt bekommen, kann der sich meist nur um Schadensbegrenzung bemühen.

Wer von den unerwartet Inhaftierten keinen guten Rechtsbeistand kennt, ist besonders angeschmiert. Mit etwas Glück bekommen sie einen Tipp vom Zellenbruder, der ihnen die Telefonnummer eines cleveren Strafverteidigers verrät. Auch so etwas kennt Andreas Teichmann inzwischen, deshalb ordnete er für den Friedhofsgärtner Sven Thönnes vorerst Isolationshaft in einer Einzelzelle an, damit er auf einen Pflichtverteidiger auf Kosten der Staatskasse angewiesen ist.

Ein Pflichtverteidiger hat für die Ermittler den Vorteil, dass er in aussichtslosen Fällen – und ein solcher scheint Thönnes zu sein – zur Kapitulation neigt. An diesen Inhaftierten ist nur ein knauseriger Stundensatz zu verdienen, jeder höhere Aufwand wäre verlorene Zeit. Deshalb versucht ein Pflichtverteidiger immer wieder gern, den Mandanten von den Vorzügen eines umfangreichen Geständnisses zu überzeugen.

Er hat damit seine Pflicht erfüllt und kann seine wertvolle Zeit bald wieder lukrativeren Fällen widmen. Höchstens ein junger Anwalt, dem der Pflichtverteidigersatz genügt oder der sich noch eine Reputation unter Häftlingen und Kollegen erarbeiten muss, kommt hin und wieder auf die Idee, einige Kniffe der juristischen Trickkiste zu bemühen.

Damit das nicht passiert, hat Andreas Teichmann etwas seine Kontakte und seinen Charme spielen lassen. Die Sekretärin der Gerichtsgeschäftsstelle musste nur ein wenig in der Reihenfolge der Anwaltsliste schummeln. Sie ordnete dem Friedhofsgärtner zwar keinen guten, dafür aber einen als geldgierig bekannten Verteidiger zu. Somit darf Teichmann auf ein noch leichteres Spiel hoffen – in zwei Stunden soll die erneute Vernehmung erfolgen, wenn der Anwalt die Akten gesichtet und seinen Mandanten gesprochen hat.

Der Kommissar überfliegt noch einmal das von Thönnes gestern Nacht unterzeichnete Vernehmungsprotokoll. Dass er in die internationale Kinderschänderszene eingebunden ist und auch Videos herstellt und vertreibt, musste er nach der vorläufigen Beweislage unumwunden zugeben. Auch den Menschenhandel konnte er nicht leugnen. Interessant scheint dabei die Tatsache, dass Thönnes als ehrenamtliches Vorstandsmitglied eines gemeinnützigen Vereins fungiert, der Tschernobyl-Kindern aus Weißrussland einen Kuraufenthalt in Deutschland verschafft. So war es für den Friedhofsgärtner ein Leichtes, seine Lustknaben unauffällig zu importieren.

Thönnes hat nach einigem Druck sogar zugegeben, dass er selbst minderjährige Knaben missbraucht habe. Dieses Geständnis wäre gar nicht nötig gewesen, weil ihn die bisher ausgewerteten Videoaufnahmen, die er verstecken wollte, eindeutig belasten. Bloß gut, dass Frau Kadenczik noch den Metallkoffer erwähnte, der dann nach wiederholter Suche durch die Hundestaffel gefunden worden war.

Der Kommissar zündet sich eine Zigarette an und legt das Vernehmungsprotokoll zur Seite. Zu dem ermordeten Jungen wollte sich der Friedhofsgärtner nicht äußern. Er habe absolut nichts damit zu tun und auch keine Erklärung, wie er in den Sarg gekommen sei. Selbst als Teichmann ihm vorhielt, dass die Personaldokumente des Jungen in seinem Studio gefunden wurden, stellte sich Thönnes unwissend.

Morgen aber würden die Auswertungen der genetischen Fingerabdrücke vorliegen. Andreas Teichmann ist sicher, dass er den Haftbefehl auch auf Mord erweitern wird. Die Schlinge ist eigentlich schon zugezogen.

## Sächsische Schweiz, 13.30 Uhr

Knallgelb hebt sich das herbstliche Birkenlaub vor den dunkelgrünen Fichten ab. Dahinter erhebt sich unbezwingbar die versteinerte Armee aus Elbsandfelsen. Vom Wasser vor Jahrtausenden geschliffen, widersetzt sie sich seither erfolgreich den Angriffen eines viel furchtbareren Feindes: der menschlichen Zivilisation.

Fernab derselben findet Thomas Kunath im Heringsgrund ein lauschiges Plätzchen zwischen blauen Disteln und lilafarbenen Glockenblumen. Janina lässt sich derweil von der mystisch anmutenden Kulisse faszinieren. Sie ist als Stadtkind aufgewachsen. Und alles, was sie mit ihren Eltern nicht über ausgewiesene Waldwanderwege erreichen konnte, galt als gefährlich und war verboten.

Thomas beginnt über das Thema zu reden, wegen dem sie beide eigentlich an diesem Wochenende in die Sächsische Schweiz gefahren sind: die sexuellen Perversionen des ach so heiligen Kirchenbaurates Johannes Kunath.

»Ich habe meinen Vater immer nur heimlich verschwinden sehen, zu angeblichen Kongressen, Konferenzen oder Klassentreffen – vornehmlich an Wochenenden oder spätabends. Als dann der Knabenschänderring aufgeflogen ist, wurde mein Vater vorsichtiger.«

Mitte der Neunziger schon hatte sich Johannes Kunath einen Computer mit Internetzugang zugelegt und fleißig die entsprechenden Kinderpornos heruntergeladen. Er hatte das vor seinem Sohn nicht geheim halten können, weil der gelegentlich den Rechner nutzte und die elektronischen Schlösser zu umgehen verstand. So hat Thomas Kunath auch mitbekommen, wie die Kinderpornomafia dem Vater die Kreditkarte leer geräumt hat. Der Kirchenbaurat hatte sich damals nicht zur Polizei gewagt, weil das einer Selbstanzeige gleichgekommen wäre. Thomas Kunath muss zynisch lachen.

»So weit dazu. Was jetzt kommt, erzähle ich dir nicht als Journalistin, sondern als Freundin. Das bleibt bitte unter uns.«

Janina nickt. Sie wagt kaum zu atmen.

»Es begann, als ich vielleicht elf Jahre alt war. Damals verbrachte meine Adoptivmutter wegen ihres Krebsleidens mehr Zeit in Sanatorien und Krankenhäusern als daheim ...«

Ausführlich erzählt Thomas Kunath, wie er unzählige Male von seinem Vater missbraucht wurde und wie er als Kind versucht hat, ihn trotzdem zu lieben. Drei Jahre lang musste Thomas mindestens zweimal die Woche herhalten. Die Mutter habe nie etwas mitbekommen, sie hätte ihm auch nicht helfen können. Nach der Konfirmation und mit der Pubertät hörte der Missbrauch durch den Vater auf.

Thomas wirkt ruhig und dennoch verbittert. Erst als Student habe er den Vater einmal zur Rede gestellt. Doch anstatt sich zu erklären oder eventuell zu entschuldigen, habe der damals einfach ganz feige die Wohnung verlassen und nie wieder darüber ein Wort verloren. Seitdem hasse und verachte er seinen Adoptivvater abgrundtief, obwohl er ihm auch so einiges zu verdanken habe.

Janina hört betreten zu. Am liebsten würde sie Thomas in die Arme schließen und einfach nur halten und trösten. Nur weiß sie nicht, ob das der Situation angemessen ist. Er hat sich immer einen Bruder oder eine Schwester gewünscht. Jetzt weiß sie auch, warum.

»Schluss mit den trüben Geschichten.« Thomas Kunath steht entschieden auf und öffnet seine Kraxe, um die Decke wieder einzupacken. »Wir klettern jetzt dort drüben auf den Felsen, ich habe nicht umsonst die Ausrüstung mitgenommen.«

Janina gesteht, dass ihr etwas mulmig ist. Zwar habe sie in einem Baumarkt einmal recht zügig die aufgestellte Kraxelwand erklommen, aber in der Natur sei das sicher etwas anderes.

»Das kriegen wir schon hin«, wehrt Thomas ab. »Das ist ein Felsen für Anfänger, und zur Not fang ich dich ja auch ab. Die Grundlagen erkläre ich dir noch auf dem Weg dorthin.«

Am Fuß des Felsens fallen ihr seine Karabinerhaken auf. Sie sind alle mit einem roten Klecks versehen, in den ein lachendes Gesicht eingraviert ist. Das sei sein persönliches Zeichen, erklärt er ihr.

»Wenn man gelegentlich in einer Gruppe klettert, sind diese Haken die ersten Dinge, die einen neuen Besitzer finden. So sind meine Karabiner unverwechselbar.«

### Neuländer Straße, 14.40 Uhr

»So viel Schmutz, so viel Niedertracht!«

Der Kollege der Medienstelle vom Landeskriminalamt, der für den Mordfall einen Wochenenddienst schieben muss, versichert Teichmann, dass er solchen Schund noch nie gesehen habe. Er sei sonst für die Auswertung der Videoüberwachungen bei Tankstellenüberfällen, Kreditkartenbetrug oder von Polizeieinsätzen bei Demonstrationen zuständig.

»Um solchen Schweinkram hier kümmert sich normalerweise ein Kollege mit spezieller Jugendschutz-Ausbildung.«

Auch wenn der junge Beamte nicht der Spezialist für Schmuddelkram und Porno ist – er scheint technisch sehr versiert und vermag seine Arbeit übersichtlich und effektiv zu organisieren. So hat er bereits alle Videodateien und -bänder mit grober Inhaltsangabe in einer Datenbank katalogisiert. Jetzt ist er dabei, die Szenen minutiös zu dokumentieren. Er stünde dem Kommissar aber auch gern erst einmal für gezielte Fragen zur Verfügung.

»Zeig mal als Erstes das Beweismaterial, womit wir den Thönnes belasten können.«

Der Kollege vollzieht mit der Maus einige Klicks.

»Ich habe schon ein paar Szenen unter dem Arbeitsbegriff ›Friedhofsgärtner‹ zusammengestellt, die werde ich dir dann auf eine DVD zum Mitnehmen brennen.«

Auf zwei Monitoren laufen Filmsequenzen, in denen sich Sven Thönnes an einem etwa zehnjährigen nackten Jungen vergeht. Das Kind scheint vor Schmerz zu schreien.

»Wieso hört man nichts?«, fragt Teichmann.

»Ich habe die fürchterlichen Schreie nicht mehr aushalten können. Ich habe den Ton einfach abgedreht. Und du kannst mir glauben, das hier ist noch harmlos. Wenn du darauf bestehst, schalte ich die Lautsprecher an – aber dann gehe ich lieber raus und rauche eine.«

»Nein danke«, wehrt der Kommissar ab. »Mir wird schon allein vom Zusehen ganz übel. Gibt's von Thönnes weitere Aufnahmen?«

»Die letzte ist von gestern mit der Blondine von der Zeitung. Die brenne ich dir auch mit auf die DVD, weil da kurz der Kirchenbaurat angesprochen wird. Sonst sind dann noch die Misshandlungen an drei weiteren Jungen zu sehen. Die sind vom gleichen Kaliber wie die Szenen mit diesem Jungen. Die letzten dieser Aufnahmen sind noch nicht einmal eine Woche alt.«

»Zeig die mal!«, fordert Teichmann auf, auch wenn sich alles in ihm sträubt.

Der Kollege sucht mit einigen Mausklicks den noch ungeschnittenen Film heraus. Der Kommissar erkennt den Jungen sofort wieder.

»Aleksander aus Weißrussland. Sieht man auf dem Material auch, wie er erdrosselt wird?«

Der junge Kollege schaut Andreas Teichmann entgeistert an.

»Zu meinem Glück nicht. Ich werde sowieso die kommenden Nächte schlecht schlafen. Aber um weiteren Fragen vorzugreifen: Soweit ich das Material bisher gesichtet habe, wurde kein Mord aufgenommen ...«

»Schon gut«, winkt Teichmann ab. »Ich bin ohnehin dankbar, dass du das hier übernommen hast. Lass uns erst mal eine rauchen gehen ...«

Während der Zigarettenpause beschreibt der junge Polizist eine gefundene DVD, von der er glaubt, dass darauf Erpressungsmaterial gegen Dresdner Halbprominente gesammelt ist. Das Material sei alphabetisch nach Namen sortiert, relativ knapp geschnitten und stets nach dem gleichen Schema zusammengestellt.

»Zunächst sieht man die Leute einige Sekunden vor einer Haustür stehen, wahrscheinlich Bilder aus einer Überwachungskamera. Danach sind sie etwa eine halbe Minute lang in Aktion zu erleben – meist mit Prostituierten, aber einige auch mit minderjährigen Jungen oder Mädchen. In diesem Fall hat sich der Ersteller des Machwerkes auch die Mühe gemacht, den Namen und das Alter des Opfers einzublenden.«

Andreas Teichmann schüttelt nur den Kopf, als er erfährt, dass es sich um etwa vierzig unfreiwillige Hauptdarsteller handelt, die mit einer versteckten Kamera beim Misshandeln der Kinder gefilmt wurden. »Und der Kirchenbaurat ist auch dabei?«

»Ja, mit zwei verschiedenen Opfern. Aber diese Zusammenschnitte sind auch das einzige Material, welches ich dazu bisher gefunden habe. Die Originale sind wahrscheinlich gelöscht.«

»Macht nichts«, winkt Teichmann ab. »Lass uns weitermachen.«

Der junge Beamte mit dem Computersachverstand durchsucht das Inhaltsverzeichnis nach dem Namen Kunath. »Wen willst du denn zuerst – Johannes oder Thomas?«

»Wie! Der junge Kunath ist da auch dabei? Zeig mir mal bitte zuerst Thomas!« Die beiden schauen sich ein Schwarz-Weiß-Filmchen an, auf dem der Adoptivsohn zunächst vor einer Haustür wartet, die sich bald darauf öffnet. Später sitzt er in einem Raum mit einem etwa zwölfjährigen Jungen, den er kurze Zeit später über den Kopf streichelt.

»Das war alles?«, will Teichmann wissen.

Der Kollege zuckt mit den Schultern. »Sieht nicht strafrelevant aus.«

»Aber ich werde ihn heute Abend trotzdem mal besuchen«, beschließt der Kommissar. »Da fallen mir schon einige interessante Fragen an ihn ein.«

Das Beweismaterial gegen Johannes Kunath ist erdrückend und würde reichen, ihn sofort zu verhaften – wenn er denn noch am Leben wäre. Kunath ist gut erkennbar, wie er sich zu verschiedenen Tatzeiten – wenn auch schon einige Jahre her – an zwei minderjährigen Jungen vergeht. Für Teichmann steht fest, dass der Friedhofsgärtner den Kirchenbaurat damit unter Druck gesetzt hat.

### Münzgasse, 16.10 Uhr

Sylvia Eisenwinckel lässt sich von ihrem Mann ausführlich erzählen, auf welch kuriose Weise er zum Direktkandidaten der ihr verhassten Partei gewählt wurde. Sie scheint gar nicht protestieren zu wollen. Sie schüttelt nur den Kopf und lacht immer wieder, lobt ihn aber, dass er sich bis Montag Bedenkzeit erbeten hat.

Eigentlich hat Eisenwinckel damit gerechnet, dass ihn Sylvia mit Spott und Häme überschütten und die Mandatsannahme im Übrigen kategorisch ablehnen wird. Stattdessen reflektiert seine Frau über die soziale Absicherung von Landtagsabgeordneten – fürstliche Diäten, Steuervergünstigungen, Rentenanspruch nach zwei Legislaturperioden.

»Die Gehälter bei der Kirche sind seit Jahren eingefroren, und finanziell hat uns deine Anstellung bei der Frauenkirche auch kaum eine Verbesserung gebracht. Gut, diese Stelle ist mit Ruhm und einem gesellschaftlichen Status verbunden. Aber Ruhm und Ehre bezahlen weder Miete noch ein Studium für die Kinder.«

Eisenwinckel will von »der Chance des Lebens« gar nichts wissen. »Du erinnerst dich doch, warum ich in diese Partei eingetreten bin? Ich wollte ausschließlich nach Hinweisen suchen, ob der Mord am Kirchenbaurat eventuell politisch motiviert war. Und danach – so waren wir uns beide einig – wollte ich schnellstmöglich wieder austreten. Von dieser Partei und von Parteien überhaupt halte ich genauso wenig wie du. Ich fühle mich auch nicht zum Politiker berufen, ich kann das gar nicht.«

»Aber schau dir doch mal an, von welchen Hornochsen und Pappnasen dieses Land regiert wird. Was die können, machst du doch hundertmal besser.«

Eisenwinckel erkennt seine Frau nicht wieder. Der Harmonie wegen wagt er nicht, ihr zu sagen, dass er nur die Eurozeichen in ihren Augen funkeln sieht.

Das Ehepaar einigt sich, am Abend gemeinsam zu beten und Gott um ein Zeichen zu bitten, um eine Antwort auf die Frage, was sie machen sollen. Ansonsten wird der Organist die Wahl erst einmal annehmen.

### Sächsische Schweiz, 19.45 Uhr

Endlich schafft es die flackernde Flamme der Petroleumlampe, auch die entlegenste Ecke der Felshöhle mit ihrem schweren gelben Licht zu erleuchten.

»Schau nicht direkt hinein«, sagt Thomas. »Dann reicht auch die Sparflamme, um trotzdem alles zu sehen. Dunkelheit besitzt im Allgemeinen den Vorzug, sich auf das Wesentliche zu beschränken.« Janina traut auch seiner Empfehlung, bereits jetzt die Kleidung auszuziehen und sich in die Schlafsäcke zu kuscheln. Am Höhleneingang hockend blicken sie in das mondbeschienene, bewaldete Tal. Es scheint eine klare und kalte Nacht zu werden. Janina glaubt nicht, dass sie frieren wird. Er hat ihr versprochen, dass der Schlafsack keine Gefriertüte ist und auch bei zwanzig Grad Frost noch kuschelig warm hält.

Sie lehnt an Thomas' Schulter und hört ihn über das Boofen erzählen, die Tradition der sächsischen Bergsteiger, die Nacht in Höhlen oder unter Felsvorsprüngen zu verbringen. Thomas erzählt seine skurrilen Erlebnisse. Von dem naschsüchtigen Wildschwein, das ihn einmal sämtlicher Vorräte beraubte. Oder von dem abgestürzten Bergsteiger, den er nachts im Huckepack nach Bad Schandau geschleppt hat. Und die Geschichte vom zivilisationsmüden Höhlen-Herbert, der im Frühling eine der größten Grotten für sich in Beschlag nahm und seitdem nicht mehr ausziehen wollte. Er richtete sich die Höhle mit Fellen und Stroh häuslich ein, ernährte sich von den Früchten des Waldes und drängte den unbedarften Wanderern Gespräche über seine Naturphilosophie auf. Irgendwann zwischen Weihnachten und Neujahr musste der Leichenwagen in den Naturpark. Man konnte nicht mehr feststellen, ob Höhlen-Herbert verhungert oder erfroren war.

Ob Thomas seine Naturverbundenheit bei seinem Adoptivvater gelernt habe, will Janina wissen. Damit spricht sie unbeabsichtigt wieder das Thema an, welches bei Thomas diese unangenehmen Gefühlsregungen erzeugt.

»Das Gegenteil war der Fall«, sagt er bitter. »Dass ich mich in die Berge und in die Wälder zurückgezogen habe, war vor allem eine Flucht vor meinem Vater. Nur hier konnte ich abschalten. Das Schlimmste war ja der Verrat, der alles zwischen uns zerstört hat.«

Thomas gesteht, dass er am Nachmittag längst nicht alles erzählt hat. Das Schicksal, vom Vater missbraucht zu werden, teile er ja mit Millionen Kindern dieser Welt. Diese Erfahrung ein Leben lang mit sich herumzuschleppen, sei schon Strafe genug. Er mache sich aber nicht vor, dass er ein bedauernswerter Einzelfall sei.

»Was ich ihm aber niemals verzeihen werde, ist der Verrat.« Kunaths Stimme klingt verbittert.

Er berichtet, dass er mehrfach von seinem Vater zu diesen schäbigen Partys des Kinderschänderrings mitgeschleppt und dort von wildfremden Männern vergewaltigt worden sei. Er hat sozusagen dafür bezahlt, dass seinem Vater von den Perversen auch weiter Frischfleisch zur Verfügung gestellt wurde.

»Er hat mich verraten und verkauft. Und dieses Gefühl bin ich bis heute nicht losgeworden. Seither schaffe ich es nicht mehr, einem Menschen vorbehaltlos zu vertrauen. In jeder Geste, in jedem Blick, in jeder Handlung, in jedem Wort wittere ich den Verrat.«

Zu reden wagt Janina nicht, weil sie einen beklemmenden Druck auf ihrem Kehlkopf spürt. Erst als seine Stimme dünner wird, schaut sie ihn an und bemerkt, dass Tränen über seine Wangen rinnen. Auch ihr ist nach Weinen zu Mute. Sie wird von liebendem Mitleid, vielleicht auch mitleidender Liebe überwältigt. Sie legt ihren Arm um seine Schulter und lehnt ihren Kopf an seinen Hals. Thomas erwidert die Umarmung und beginnt erst recht zu schluchzen.

Von diesem Verrat habe er noch nie jemandem erzählt – selbst dem Kommissar gegenüber habe er diese Geschichte verheimlicht. Vielleicht auch deshalb, weil die Drohungen des Vaters aus der Kindheit noch immer nachwirken, vor allem im Unterbewusstsein. Auch wenn er nicht mehr weiß, welche Konsequenzen damals angedroht wurden für den Fall, dass er den Missbrauch durch den Vater irgendwem verraten würde. Vielleicht wage er jetzt nur deshalb darüber zu reden, weil der Adoptivvater nicht mehr lebe, weil endlich ein Bann gebrochen sei. Janina solle seinen Gefühlsausbruch bitte entschuldigen, es handle sich nur um Selbstmitleid.

Soweit es seine Umklammerung zulässt, versucht Janina ihren Kopf zu schütteln.

»Du kleiner dummer Junge. Warum musstest du erst so alt und so verbittert werden? Jetzt lass dein Unglück einfach mal raus, ich halte dich schon fest.« Weil sich beide wegen der Umarmungen mit dem Oberkörper aus den Schlafsäcken schälen müssen und die Nacht tatsächlich kalt wird, kriecht Janina einfach zu Thomas. Dessen Schlafsack erweist sich als elastisch und damit auch für zwei Personen ausreichend.

Dennoch ist es so eng, dass sich Janina ganz nah an ihn kuscheln muss. Sie legt ihren Kopf auf seine Schulter und streichelt seine Haare. Damit sie nicht seitlich wegrollt, umschlingt sie mit einem Bein seine Oberschenkel. Sie versucht, ganz zart seine Tränen wegzuküssen. Anfangs wehrt er sich dagegen, doch bald schon hält er ihr auch die andere Wange hin und versucht sogar, darüber zu lächeln.

Mit belegter Stimme erzählt Thomas, dass es dieses ihm innewohnende Misstrauen sei, welches immer wieder seine Freundschaften zerstöre. Bevor jemals eine festere Beziehung entstehen konnte, habe er sich panikartig zurückgezogen. Aus Angst vor Enttäuschungen, Verletzungen und Verrat. Er wisse nicht, ob er jemals wieder Vertrauen zu jemandem fassen werde.

Weil es keine Tränen mehr zu trocknen gibt, küsst Janina seinen weichen Hals und streichelt mit ihren Fingernägeln sanft die Stelle zwischen seiner Wange und dem Haaransatz über dem Ohr. Thomas umgreift ihren Rücken, um ihr den Nacken zu kraulen und drückt sie noch fester an sich. Da finden ihre Lippen den Weg zu seinem Ohr und fragen leise: »Und wie war das dann mit dem Sex?«

»Mit meinem gestörten Vertrauen war das für mich immer eine etwas verkrampfte Angelegenheit«, flüstert Thomas nüchtern. »Und immer, wenn ich nahe am Höhepunkt war, hatte ich plötzlich das Bild meines schwitzenden Vaters vor Augen und wollte nur noch weglaufen. Deshalb habe ich wahrscheinlich immer nur das betrieben, was man Höflichkeitssex nennt.«

Im Schlafsack ist es inzwischen richtig heiß. Denn während Thomas spricht, sucht Janina mit ihrem Mund nach der Stelle, wo das Herz durch seine Brust schlägt. Dort presst sie ihre Lippen hin und pustet ihren hitzigen Atem darauf. Sie streift ihr Trägerhemd über den Kopf, legt sich bäuchlings auf ihn und schiebt auch sein T-Shirt nach oben, damit sich die Körper so nah wie möglich sein können. Thomas erwidert inzwischen die Umarmungen, Küsse und Liebkosungen.

Als ihr Mund bei der Wanderung über seinen Körper wieder einmal am Ohr vorbeikommt, flüstert sie: »Du kannst mir vertrauen. Hörst du? Du kannst mir vertrauen.«

Aber da weiß Janina vielleicht schon gar nicht mehr, was sie sagt. Es ist nicht sein Körper, der sie fasziniert. Die verletzte und doch so liebe Seele und den gewitzten, wachen Geist dieses Mannes hat sie so sehr in ihr Herz geschlossen, dass ihre Vernunft vergebens Warnsignale aussendet und nicht verhindern kann, was noch passiert.

## Sonntag, 18. September

### Münzgasse, 7.10 Uhr

»Was ist denn passiert?«
Sylvia Eisenwinckel schließt die tränenüberströmte Anne-Marie in die Arme. Die Kleine hat den leeren Brötchenbeutel noch in der Hand und kann sich gar nicht beruhigen.
»Jemand hat Papa totgemacht vor der Tür«, schluchzt sie.
»Ach was, der ist doch hier.«
Sylvia streichelt dem Kind über den Kopf und schaut ihren Mann verunsichert an. »Sieh mal nach, was da los ist. Ich schicke inzwischen Markus zum Brötchenholen.«
Christian Eisenwinckel geht vor die Wohnungstür. Neben dem Fußabtreter liegt eine Bibel, auf welche ein hölzernes Kruzifix und ein Foto von ihm angenagelt wurde. Der Organist erkennt sofort, dass es sich hier um eine Drohung handelt. Sie ist zwar nicht besonders originell, aber immerhin so eindeutig, dass sie selbst ein Kind versteht.
Nun treten auch Sylvia und Anne-Marie hinzu.
»Hast du das schon angefasst?«, fragt er.
Das Mädchen schüttelt verschüchtert den Kopf. Sylvia versteht sofort.
»Ruf die Polizei an, ich backe inzwischen ein paar Brötchen aus dem Gefrierfach auf. Und Anne-Marie geht erst einmal Zähne putzen!«
Nach mehreren fehlgeleiteten Verbindungen erfährt der Organist, dass Andreas Teichmann heute einen freien Tag hat. Man schicke aber sofort zwei andere Kollegen von der Spurensicherung vorbei.
»Jetzt haben wir wenigstens das Zeichen, um welches wir Gott gestern Abend gebeten haben«, sagt Eisenwinckel wenig später am Frühstückstisch. »Ich werde noch heute von Scharfenstein anrufen und absagen.«
Seine Frau nickt wortlos und schlürft ihren Tee.

### Sächsische Schweiz, 7.50 Uhr

Nach dem Zähneputzen sitzen Janina und Thomas auf einer Decke in der Sonne und kauen ihre Müsliriegel.
»War das heute Nacht eigentlich Höflichkeitssex?«, will Janina mit einem verschmitzten Lächeln wissen.

»Keinesfalls«, meint Thomas. »Ich fühle mich dir wirklich nah und war mit Leidenschaft und allen Sinnen dabei. Und ich habe auch nicht an meinen Vater denken müssen. Vielleicht ist tatsächlich der Bann gebrochen – jetzt, wo es ihn nicht mehr gibt.«
Da hört Janina aber schon nicht mehr zu, weil sie ihn umarmt und seinen Hals küsst. »Ich hab dich lieb!«
Thomas bleibt nüchtern und gesteht, dass er seine Gefühle für sie noch nicht einzuordnen vermag.
»Ich möchte keine Erwartungen wecken oder Versprechen abgeben, die ich später enttäuschen und brechen muss.«
»Wer erwartet denn ein Versprechen von dir?«, haucht ihm Janina ins Ohr. »Versuch doch einfach, den Augenblick zu genießen ...«
Thomas muss lächeln. Er gibt ihr einen Kuss auf die Wange und legt seinen langen Arm um ihre Schulter.
»Ich möchte erst einmal nicht, dass wir uns als ein Paar verstehen. Freunde vielleicht, ja, Freunde.«
»Weißt du, was ich heute Nacht geträumt habe?«
Wie es nun mal seine Art ist, zuckt Thomas mit den Schultern.
»Ich habe geträumt, dass ich dem Höhlen-Herbert begegnet bin. Er sagte, dass sein Rückzug in die Natur nicht nur die Flucht vor den Menschen und ihren Zivilisationskrankheiten sei, sondern auch die selbst auferlegte Buße für seine Sünden. Als Mitglied der Menschheit habe er erheblichen Anteil an der Naturzerstörung und so eine große Schuld auf sich geladen. Er geht davon aus, dass er sterben wird, und das sei wohl auch eine angemessene Strafe.« Janina schaut Thomas an, der gespannt zuhört. »Und weißt du, was ich glaube? Er wollte sogar sterben.«
»Wie sah er denn aus, der Höhlen-Herbert?«, fragt Thomas lächelnd.
»Hmm, ich weiß nicht so recht. Er hatte zwar einen Vollbart, aber ich glaube, er hatte dein Gesicht.«
Damit hat Thomas nicht gerechnet. Er wirkt nachdenklich und verunsichert. »Ich habe dir noch nicht alles erzählt«, sagt er nach einer Weile, »aber vielleicht solltest du das wissen.« Er holt noch einmal tief Luft. »Vor drei Jahren hatte ich das ekelhafte Gefühl, dass sich der perverse Trieb meines Adoptivvaters auf mich übertragen hat. Auch ich war von dem abscheulichen Gedanken besessen, meine Lust an kleinen Jungen zu stillen.«
Janina muss schlucken. Sich jetzt abzuwenden oder gleich Vorwürfe zu formulieren, wäre sicher falsch. Sie umfasst seine Hand. Thomas bemerkt ihre aufgewühlten Gefühle und versucht sie zu beruhigen.

»Glaub mir, ich habe mich nicht an kleinen Jungen versündigt. Zumindest nicht in Taten, in Gedanken leider schon. Also, ich habe tatsächlich über das Internet mit dieser Dresdner Szene Kontakt aufgenommen. Ich bin eines Abends aufs Land zu einem zur Pension umgebauten Bauernhof gefahren und wurde dort auf ein kleines Zimmer geschickt.«

Thomas wendet sein Gesicht ab. Janina drückt seine Hand noch stärker. »Jetzt erzähl schon, ich werde dich nicht verraten. Hörst du? Du kannst mir vertrauen.«

Thomas dreht sich wieder um.

»Da saß auf einer schäbigen Matratze ein verschüchterter, ängstlicher Junge von vielleicht zehn oder elf Jahren. Er hatte kurze blonde Haare und ein blasses Gesicht. Er hatte schon gewisse Ähnlichkeit mit demjenigen, den ich mir im Internet ausgesucht hatte – aber auf dem Foto hat er noch viel frecher und gesünder ausgesehen. Ich setzte mich also auf einen Stuhl und wir schauten uns vielleicht eine Minute lang schweigend an. Seine Augen zuckten immer unruhig, als wollten sie sagen: ›Lieber Onkel, tu mir nichts, geh bitte wieder.‹ In mir kamen die ganzen fürchterlichen Erinnerungen wieder hoch an die Zeit, in der mich mein Adoptivvater zu diesen ekelhaften Partys mitgenommen hat. Dann fragte ich ihn, wie er heiße, und er sagte Tomasz. Da wurde mir erst recht übel – ich streichelte flüchtig über den Blondschopf und verließ das Zimmer.«

»Bist du noch ein anderes Mal dorthin gegangen?«

»Nein, das war das einzige Mal. Und trotzdem …«

»Trotzdem?«

Thomas atmet tief durch.

»Trotzdem weiß ich, dass ich nicht frei von diesen Fantasien bin. Und das ist etwas Widerwärtiges, wofür ich mich und meinen Adoptivvater hasse. Ich weiß doch nicht, ob es eines Tages wieder ausbrechen wird. Ich fühle mich wie eine versteckte Landmine, die ihr Leben lang darauf wartet, einem fröhlich herbeihüpfenden Kind die Beine abzureißen. Und glaub mir, ich habe schon oft darüber nachgedacht, ob es nicht besser wäre, mich vorher selbst umzubringen. Und bin noch immer am Überlegen.«

»Das wirst du mir doch nicht antun?«, fragt Janina erschrocken.

»Ich wollte nur sagen, dass der Höhlen-Herbert aus deinem Traum und ich vielleicht über eine ähnliche Geisteshaltung verfügen.«

## Frauenkirche, 9.20 Uhr

Vor allem der Bericht der Sonntagszeitung drängt Rolf Speck heute zum Kirchgang. Er will die Gesichter der Christenmenschen sehen, wie sie ungläubig über den unverschämten Vorwurf diskutieren: der Kirchenbaurat ein Kinderschänder und möglicherweise deshalb ermordet. Vielleicht kann er ja noch so manchen Gesprächsfetzen oder kleinen Hinweis auffangen. Die Schlagzeile und die Doppelseite sind jedenfalls schon vor dem Gottesdienst das Thema – die Zeitung hat extra einige zusätzliche Straßenverkäufer in die Altstadt geschickt.

Erst bei den ersten Akkorden der Orgel suchen die noch stehenden Kirchgänger ihren Platz auf. Rolf Speck hält sich nicht für musikalisch genug, dass er sich ein Urteil erlauben dürfte. Trotzdem glaubt er, dass er soeben falsche Töne vernommen hat. Aber Eisenwinckel gilt als der beste Organist in der Stadt, deshalb verlässt sich der Bauunternehmer eher auf dessen Ruf als auf seinen eigenen musikalischen Unverstand. Erst als der Meister das Stück abbricht und neu einsetzen muss, denkt sich Speck, dass die Schlagzeile wohl auch beim Orgelspieler Wirkung erzielt hat.

Einige Reihen weiter erkennt der Dicke den Landtagsabgeordneten Eckhart Heinze. Dieser hält seine Hand vor Mund und Nase, als wolle er sein Lachen unterdrücken. Er scheint sich diebisch zu freuen, dass sein neuer Parteifreund und Konkurrent in seinem Beruf versagt. Jetzt nimmt der Abgeordnete in eine Hand das aufgeschlagene Gesangbuch, welches ihm seine Frau hinhält. Doch der gemeinsame Gesangseinsatz der Gemeinde endet in einem Desaster – Eisenwinckel hat offensichtlich den falschen Choral intoniert.

Später während der Andacht lässt Rolf Speck seinen Blick durch den Kirchenraum streifen. Eigentlich müsste Thomas Kunath auch da sein, doch er kann ihn nirgends entdecken. Immerhin läuft an diesem Wochenende die Frist aus, die er ihm zur Suche des Millionenkoffers eingeräumt hatte.

## Mittleres Erzgebirge, 14.40 Uhr

Seit er sich bei der Polizeischule als Sporttaucher ausbilden ließ, fährt Andreas Teichmann mindestens zweimal im Monat an verschiedene Gewässer in Sachsen, die er sich per Zufall auf der Landkarte aussucht. Gelegentlich ist er auch mit Kollegen aus der Polizeisportgruppe unterwegs, doch meistens bevorzugt er, seinen eigenen Kopf durchzusetzen, und bleibt deshalb lieber allein. Kürzlich fand er

Kontakt zu einer Dresdner Höhlentauchgruppe, mit der er heute das zweite Mal unterwegs ist.

Zwar freut er sich auf die neuen Erfahrungen, doch die entspannende Wirkung seines Hobbys will sich partout nicht einstellen. Zu sehr ist er mit seinen Gedanken bei dem Mord am Kirchenbaurat. Sicher spricht fast alles dafür, dass er mit dem Friedhofsgärtner jetzt den Mörder gefasst hat.

Trotzdem: Von Sven Thönnes wird er so viel nicht erfahren. Sein Pflichtverteidiger hat ihn zwar überzeugt, zu dem Mord am zwölfjährigen Aleksander ein umfassendes Geständnis abzulegen. Doch zu dem Mord am Kirchenbaurat wollten sich beide nicht äußern. In dieser Sache liege gegen seinen Mandanten absolut nichts vor, hatte der Pflichtverteidiger erklärt.

Der Kommissar überlegt sich, ob er auf das Angebot des Anwalts eingehen soll. Wenn der Friedhofsgärtner bei der Aufklärung des Knabenschänderringes den Kronzeugenstatus erhalte, würde er auch gern seine Vermutungen zum Frauenkirchenmord kundtun. Ein Mörder als Kronzeuge? Das geht selbst Teichmann zu weit.

Irgendwie läuft alles auf einen Indizienprozess hinaus. Die von Teichmann zusammengetragenen Fakten ergeben bereits eine in sich stimmige Anklage. Lediglich eine tragende Säule fehlt noch: Angeblich will Sven Thönnes zur Tatzeit in Weißrussland gewesen sein. In seinem Studio fand man entsprechende Flugtickets. Er hat also ein Alibi. Teichmann bräuchte einfach mal drei Tage Ruhe, um alles noch einmal im Detail zu durchdenken. Nur über diese Zeit verfügt er nicht.

Nachdem er am frühen Morgen vergebens an der Wohnung des Adoptivsohnes geklingelt hatte, fuhr Teichmann mit den Höhlentauchern in die Gegend von Annaberg-Buchholz. Hier erobern die Sportfreunde derzeit ein seit langem geflutetes Kupferbergwerk. Bereits vor acht Wochen haben sie die erste Etage des Stollenlabyrinths erkundet und gesichert, heute nehmen sie sich die zweite Sohle vor.

Als unerfahrener Höhlentaucher wartet Teichmann vorerst vor dem Einstieg und pflegt seine Ausrüstung. Diese unerforschten Bergwerke sind nicht ungefährlich, deshalb müssen erst einmal die Profis vor, um die Sicherheit zu prüfen und ein Führungsseil zu verankern. Hin und wieder taucht einer von ihnen auf und schwärmt vom klaren Wasser, den schillernden Farben des Gesteins und den vielen verzweigten Gängen, die dann aber irgendwann verschüttet sind oder blind enden.

Nach etwa zwei Stunden darf auch der Kommissar einem erfahrenen Sportfreund hinterhertauchen. Für etwa dreißig Minuten sollte die Atemluft reichen. Zunächst lässt er sich von den rötlich und grünlich schimmernden Mineraladern im Gestein beeindrucken. Die unberührte unterirdische Welt macht Teichmann die Kälte des Wassers vergessen. Nur treibt der Vorausschwimmende zur Eile, er möchte dem Neuling gern die Ausmaße des Labyrinths vermitteln. Der erfahrene Höhlentaucher zeigt auf ein Loch im Boden, durch welches er in die zweite Sohle abzutauchen beabsichtigt. Eine aufgeregte Handbewegung Teichmanns hindert ihn allerdings daran. Der Kommissar interessiert sich für das Seil, welches nach unten führt und an dem Hauptführungsseil befestigt ist. Er kann es nicht fassen: Es ist exakt der seltsame Knoten, der als einzig individuelles Erkennungszeichen des Frauenkirchenmörders zurückgeblieben ist. Teichmann bricht zur Verwunderung des Kollegen den Tauchgang erst einmal ab. Draußen erfährt der Ermittler, dass der Knoten vor acht Wochen vom Chef der Höhlentaucher angefertigt wurde. Der sei in seiner Armeezeit auf dem Segelschiff der Bundesmarine gewesen und kenne noch so einige kuriose Tricks mit Seilen und Stricken. Weil Teichmann nicht lockerlässt, erzählt man ihm, dass der Chef seit sechs Wochen dienstlich in Südafrika unterwegs sei. Dessen Knotentick teile aber kein anderer in der Sportgruppe. Zumindest weiß keiner, wie der betreffende Knoten zu binden ist.

### Sächsische Schweiz, 17.10 Uhr

Auf einer Waldwiese breitet Thomas die Decke aus. Dann steckt er einen langen Grashalm in den Mund und legt sich auf den Rücken, wobei er seine Hände im Nacken verschränkt. Janina kuschelt sich an ihn und legt ihren Kopf auf seine Brust.
»Du wirkst den ganzen Nachmittag schon so unruhig«, flüstert sie. »Dir liegt noch etwas auf dem Herzen.«
Thomas lässt sich mit der Antwort Zeit.
»Dieser Rolf Speck setzt mich massiv unter Druck«, sagt er nach einer Weile. »Ich habe dir ja schon erzählt, dass mein Vater angeblich bei ihm Schulden haben soll. Jedenfalls hat er mir bis zu diesem Wochenende eine Frist eingeräumt, seinen Koffer mit den zwei Millionen Dollar zu finden.«
»Zwei Millionen Dollar?« Janina springt auf und kann es nicht fassen. »Woher will der denn zwei Millionen Dollar haben!« Sie kniet sich wieder hin und erinnert sich, dass sie am Mittwoch den Bericht der Wirtschaftsdetektei über den Bauunternehmer erhalten und darüber zu erzählen ganz vergessen hat.

»Der hatte vor sieben Jahren eine Pleite, damals gehörte die Firma aber seiner inzwischen geschiedenen Frau. Auch jetzt ist offiziell ein Kompagnon Inhaber seiner Firma, aber es scheint nicht so gut zu laufen. In dem Bericht standen lauter verklausulierte Wirtschaftsformulierungen, da habe ich überhaupt nicht durchgeblickt. Nur bei einem bin ich mir sicher: Die zwei Millionen Dollar sind garantiert nicht sein Eigentum, so viel hatte der nie!«

»Das macht schon Sinn«, erklärt Thomas. »Er überträgt die Firma auf seine Frau, entzieht dem Unternehmen das Kapital und versteckt es vor möglichen Gläubigern, meldet dann Insolvenz an, worauf sich die Frau vor Wut scheiden lässt. Weil aber die Währungsumstellung von der Mark zum Euro anstand, musste er das Geld in Dollar umtauschen. Nur warum er die Kohle ausgerechnet bei meinem Vater deponiert – keine Ahnung.«

Janina benötigt einen Moment, bis sie alles verstanden hat.

»Aber das ist doch nicht ganz koscher. Wie nennt man denn das, Konkursbetrug?«

Thomas lächelt und schüttelt den Kopf: »Das ist doch nur eine Theorie, die ich mir gerade zusammengesponnen habe.«

»Kannst du ihn nicht anzeigen?«

»Ich habe doch gar nichts gegen ihn in der Hand. Und zum Denunzianten fühle ich mich auch nicht berufen. Ich will vor allem meine Ruhe und nichts mehr damit zu tun haben.«

»Du wirst bedroht, sollst jemandem Geld geben, das du gar nicht besitzt und das demjenigen gar nicht gehört?« Janina ist aufgebracht. »Willst du mich verarschen?«

Thomas breitet seine Arme einladend aus, Janina setzt sich auf seinen Schoß und erwidert die Umarmung. Dann erzählt er ihr, wie wichtig ihm ihre Freundschaft sei und dass es in schwierigen Phasen unerlässlich sei, dass man einander vertraue. Sie sichert ihm zu, dass sie sein Vertrauen nicht enttäuschen werde. Dafür müsse er ihr versprechen, dass er bei der nächsten Vernehmung durch Teichmann die Erpressung durch den Bauunternehmer anspricht.

### Nossen, 20.10 Uhr

Kurz vor Dresden telefoniert Teichmann mit dem Dienst habenden Kripomann. Der hat von einem kleinen Erfolg zu berichten, bei dem der geschätzte Kollege »Kommissar Zufall« eine tragende Rolle spielen durfte.

Zunächst erfährt Andreas Teichmann die Begebenheit mit der

Morddrohung an Eisenwinckel. Das »Corpus Delicti« wurde natürlich nach allen Künsten der Spurensicherung behandelt. Und nun bringt der Kripobeamte »Kommissar Zufall« ins Spiel.

»Also, ich lese mir noch einmal den Bericht der Kollegen durch, da fällt mir auf, dass an derselben Adresse in der Münzgasse des Nachts ein anderer Vorgang aktenkundig wurde. Und zwar hat eine Funkwagenstreife dort ein abgestelltes Auto mit Warnblinkanlage gesehen. Ein Kollege wollte schon aussteigen und nach dem Rechten sehen, da stürmte plötzlich eine Frau aus der Haustür, sprang ins Auto und raste mit quietschenden Reifen los. Natürlich ohne Licht, wie das Frauen eben gerne machen.«

»Hehe«, lacht Teichmann vergnügt.

»Die Funkwagenbesatzung setzte Blau und ist hinterher. Die Fahrerin bekam Panik und lieferte den Kollegen eine recht anspruchsvolle Verfolgungsjagd. Kurz vor der Augustusbrücke kriegte sie aber auf dem feuchten Kopfsteinpflaster die Kurve nicht und knallte ins Geländer, sie blieb aber unverletzt.«

»Und wer war sie?«, fragt Teichmann ungeduldig.

»Moment, jetzt geht's ja erst los. Die fing nämlich an herumzuzicken, wollte keinen Führerschein, keine Fahrzeugpapiere und keinen Ausweis zeigen. Und ihren Namen wollte sie auch nicht nennen. Da musste sie die erkennungsdienstliche Behandlung über sich ergehen lassen, ließ sich fotografieren und gab auch brav ihren Fingerabdruck ab ...«

»... der natürlich auf der Bibel vor der Tür des Organisten wieder gefunden wurde?«, frohlockt Teichmann.

»Bingo! Inzwischen hatte die Meldebehörde auch den Besitzernamen des Unfallautos durchgegeben, mit dem sie der Kollege auch ansprach und auf den sie reagierte. Und jetzt darfst du raten, wer diese Frau war ...«

»Die Frau vom Landtagsabgeordneten?«

»Knapp daneben. Seine persönliche Referentin.«

»Hihi, Klasse!«, freut sich Teichmann. »Und hat sie den Eckhart Heinze als Auftraggeber genannt?«

»So schnell ist die Polizei nun auch wieder nicht. Das Ergebnis von den übereinstimmenden Fingerabdrücken ist erst vor einer Stunde bestätigt worden. Spätestens morgen früh wird sie dazu vernommen. An den Parlamentarier selbst kommt man ja gar nicht heran, weil er als Abgeordneter Immunität genießt.«

## Montag, 19. September

### Dresden-Bühlau, 6.50 Uhr

Noch bevor der Wecker sich meldet, klingelt es an der Wohnungstür. Thomas Kunath löst sich aus Janinas Umklammerung und deckt sie wieder zu. Er wirft einen Bademantel über, schlurft in den Flur und fragt, wer da sei. Teichmann erbittet Einlass, er habe einige dringende Fragen an ihn, die er trotz der frühen Stunden unverzüglich beantwortet wissen möchte.

Kunath zuckt verschlafen mit den Schultern, lässt den Mordkommissar herein und bittet ihn ins Wohnzimmer. Ohne Kaffee sei er zu keinem konzentrierten Gespräch fähig, sagt er, ob er auch einen wolle? Teichmann nickt und setzt sich.

Während der Kommissar noch einmal die Reihenfolge seiner Fragen überdenkt, tritt eine halb nackte Blondine mit zerzausten Haaren in die Stube und reibt sich die müden Augen. Teichmann wundert sich schon fast nicht mehr, die Journalistin erneut an einem Tatort anzutreffen.

»Das hätte ich mir ja denken können, dass ihr beiden unter einer Decke steckt«, sagt er, ohne die Doppeldeutigkeit seiner Bemerkung zu registrieren.

Janina reagiert nicht. Sie schnappt sich eine Handtasche und verschwindet wortlos. Kunath kehrt mit zwei Tassen und einer Kaffeekanne zurück. Und mit der Bereitschaft zu sprechen, wie es Teichmann scheint. Denn erstmals äußert sich Kunath ihm gegenüber ausführlich zu den Kinderschändervorwürfen gegen seinen Adoptivvater. Er beantwortet sämtliche Fragen offen und direkt. Sogar, dass er selbst missbraucht worden sei, berichtet er recht emotionslos, ohne vom Kommissar dazu befragt worden zu sein.

Wenig später tritt Janina frisch geduscht, geschminkt und inzwischen bekleidet in das Wohnzimmer – diesmal den Kommissar auch freundlich grüßend. Sie gießt sich aus der Kanne einen Kaffee ein, gibt Thomas Kunath einen Kuss auf die Wange und verabschiedet sich schon einmal. Sie werde am Nachmittag noch einmal anrufen.

Nachdem sie verschwunden ist, fragt Teichmann verärgert: »Was sucht die denn hier?« Er ist ganz froh, dass er nicht »das Flittchen« gesagt hat. Denn eventuell vorhandene Gefühle zu verletzen steht nicht in seiner Absicht.

»Wir sind uns in den letzten Tagen näher gekommen«, antwortet Kunath.

Und auf Teichmanns Frage, was die Journalistin denn schon alles wisse, meint er, dass man voreinander keinerlei Geheimnisse hüte.

»Dann haben Sie ihr sicher auch erzählt, dass Sie selbst auf kleine Jungen stehen?« Andreas Teichmann geht in die Offensive, die oft unbedachte Abwehrreaktionen auszulösen vermag. Kunath scheint aber nur wegen des angriffslustigen Tonfalls verwundert.

»Ich habe Janina gestanden, dass ich gelegentlich unter entsprechenden Fantasien leide und diese auch fürchte. Des Weiteren habe ich ihr aber auch gesagt, dass ich mir nichts vorzuwerfen habe.«

»Ach, weil die Presse sowieso lügt, darf man sie wohl selbst auch belügen, was? Wir verfügen jedenfalls über Beweise, dass Sie Kontakt zum Dresdner Knabenschänderring hatten – vielleicht auch noch haben. Und jetzt erzählen Sie mir nicht, dass Sie den Kindern einen Besuch auf der Baustelle der Frauenkirche organisieren wollten.«

»Wenn Sie so gut informiert sind, wie Sie vorgeben, müsste Ihnen ja aufgefallen sein, dass es sich um einen einzigen Kontakt zu diesem Milieu handelt. Und möglicherweise wurde Ihnen auch berichtet, dass ich mich an dem Jungen gar nicht vergangen habe. Auch das habe ich Janina erzählt, die für mich im Übrigen keine Pressetante, sondern eine Freundin ist.«

»Wenn Sie mit diesem Thema so offen umgehen, warum haben Sie mir diese Geschichten nicht in früheren Befragungen erzählt?«

»Weil Sie mich niemals direkt danach gefragt haben. Ich habe stets auf alle Ihre Fragen eine gewissenhafte Antwort gegeben. Ich verfüge über zu wenig kriminalistische Fachkenntnis, um zu wissen, welche weitergehenden Informationen Sie für die Aufklärung des Mordes benötigen. Wieso glauben Sie, dass ich Ihnen etwas verheimlichen wollte?«

»Weil Sie durchaus der Mörder Ihres Vaters sein könnten und sich nicht belasten wollten.«

»Das fällt Ihnen aber ausgesprochen früh ein«, sagt Kunath fast arrogant. »Ich dachte ja, mit dem Friedhofsgärtner hätten Sie inzwischen den Mörder. Aber Sie werden mir sicher erzählen, aus welchem Grund ich meinen Vater umgebracht haben soll.«

»Aus Rache«, antwortet Teichmann unaufgeregt. »Aus Rache für die Demütigungen in Ihrer Jugendzeit. Ein Schild mit der Aufschrift ›Vergib mir meine Sünden‹ hatte Ihr Vater um seinen Hals hängen. Es wussten nicht so viele Leute in der Stadt von seinem Schattenleben, das schränkt den Täterkreis erheblich ein. Ein Motiv hatten Sie allemal.«

Teichmann bemerkt, dass seine Unterstellung bei Thomas Kunath keinen wirklichen Eindruck hinterlässt. Und insgeheim stimmt er ihm auch zu, dass diese Theorie zwar plausibel, aber einfach zu absurd ist.

»Natürlich habe ich meinem Vater gegenüber gelegentlich so etwas wie Hass empfunden. Doch hätte ich jemals eine Tötungsabsicht gehabt, hätte ich mir wohl eine Vorgehensweise ersonnen, die nach außen niemals nach einem Mord aussehen würde. Da bin ich schlau genug. Außerdem habe ich über die Jahre eine christliche und höchst moralisierende Erziehung genossen – oder besser: erlitten. Ich habe mir schon aus Gottesfurcht nie etwas zu Schulden kommen lassen, was mir einen Konflikt mit den Gesetzen eingebracht hätte. Natürlich können Sie mich jetzt verhaften. Aber ich glaube, Sie wissen genauso gut wie ich, dass Sie damit den Falschen treffen würden.«

»Diese Bewertung dürfen Sie getrost mir überlassen«, murmelt der Kommissar. »Gegen Sie liegen vorläufig zu wenig Verdachtsmomente vor, die eine Inhaftierung erfordern würden.« Und um Kunath zu verunsichern, fügt er hinzu: »Aber ich betone: vorläufig.«

Im weiteren Verlauf der Vernehmung stellt Teichmann fest, dass dem Adoptivsohn weder der Friedhofsgärtner noch andere Gestalten der Schmuddelgesellschaft bekannt sind. Was allerdings die Erpressbarkeit seines Vaters betrifft, überrascht der Kunath den Kommissar mit einer völlig neuen Theorie.

»Nach dem Tod meines Vaters hatte ich mehrfach das zweifelhafte Vergnügen, die Bekanntschaft eines gewissen Rolf Speck zu machen.«

»Dieser Mann ist mir ein Begriff.«

»Dieser Speck will ein Freund meines Vaters gewesen sein. Er behauptet, er habe bei meinem Vater einen Koffer mit zwei Millionen Dollar versteckt, den er am Abend nach der Kirchweihe – also dem Tag des Mordes – abholen wollte.«

»Ist ja interessant!«, wundert sich Teichmann. »Uns hat er eine andere Geschichte erzählt, warum er an diesem Abend mit Ihrem Vater verabredet war.«

### Schießgasse, 14 Uhr

Ein seltsamer Knoten, ein angeblicher Millionenkoffer, umfangreiches Erpressungsmaterial und ein mit Mord drohender Landtagsabgeordneter – Andreas Teichmann verfügt inzwischen über so viele Ermittlungsansätze, die er im Normalfall alle einzeln verfolgen müsste. Doch was ist schon in dieser Polizeibehörde normal. Statt den Hinweisen nachzugehen, muss der Kommissar eine Zusammenfassung der bisherigen Erfolge in einem Bericht formulieren. Denn zur Pressekonferenz morgen früh will der Innenminister den Fall »Mord in der Frauenkirche« als aufgeklärt präsentieren.

Ausgerechnet der Innenminister, der zur Aufklärung überhaupt nichts beigetragen hat. Im Gegenteil: Durch ständige Budgetkürzungen und immer neue Verwaltungsaufgaben für die einzelnen Polizisten verhindert er ein zielorientiertes Arbeiten. Wenn etwas schief läuft – und das passiert in der Mangelpolizei immer öfter –, müssen die unteren Chargen ihren Kopf hinhalten.

Das mögliche Alibi des vermeintlichen Täters scheint dem Minister völlig egal. Die Augen vor der Wahrheit verschließen und Probleme aussitzen ist seine Stärke – ein Charakterzug, ohne den man in der Politik offenbar nichts werden kann. Allein dass zahlreiche Indizien auf Sven Thönnes hinweisen, genügt ihm. Und falls der Schnellschuss nach hinten losgeht und der Friedhofsgärtner nicht der Mörder sein sollte, ist der Minister trotzdem fein raus. Dann muss der Kommissar als Prügelknabe herhalten. Die Spielregeln sehen vor, dass der Politiker ausschließlich gewinnen kann.

In der zweistündigen Vernehmung am Vormittag bestritt Thönnes, dass er in den letzten Jahren in irgendeiner Weise mit dem Kirchenbaurat Kontakt hatte. Immerhin musste er zugeben, dass die Video-zusammenschnitte über die Dresdner Halbprominenz als Erpressungsmaterial gedacht waren – er habe es bisher aber noch niemals eingesetzt. Thönnes behauptete, dass er doch alles – aber auch alles – zugegeben habe. Nur den Mord an Kunath wolle er sich nicht auch noch anhängen lassen.

Einzig ein weiteres Indiz förderte die Vernehmung zu Tage, und zwar ein erhebliches: Auf die Frage, warum Thönnes damals von der Marine »unehrenhaft entlassen« worden war, erzählte er, dass er auf der Gorch Fock II mehrfach beim Stehlen in der Küche erwischt worden sei. Der Friedhofsgärtner war also einst Offiziersanwärter auf dem Segelschulschiff. Hatte man ihm dort etwa auch diesen seltsamen Knoten gelehrt?

Teichmann fragte nicht mehr gezielt nach, ordnete aber an, dass Sven Thönnes in seiner Zelle zur Freizeitbeschäftigung unzählige Stricke zur Verfügung stehen. Vielleicht würde er aus Langeweile anfangen, Knoten zu binden. Vielleicht auch den richtigen. Der Kommissar veranlasst, dass der Verdächtige rund um die Uhr per Videokamera überwacht wird, damit er wegen der Stricke nicht auf andere, dumme Gedanken kommt.

Münzgasse, 16.10 Uhr

»Kommen Sie bitte herein. Thomas hat mir schon einiges von Ihnen erzählt.« Christian Eisenwinckel lotst die Reporterin in sein Musikzimmer. Er scheint sich nicht im Geringsten dafür zu interessieren, dass der Politikredakteur der Zeitung heute einen freien Tag hat und deshalb Janina Kadenczik zum Interview vorbeigeschickt wird. Andere Zeitungen begnügten sich damit, den Organisten telefonisch zu befragen, warum er die Kandidatur für den Wahlkreis ausschlage. Deshalb verfügt er in dem stereotypen Frage-Antwort-Spiel bereits über genügend Erfahrung, dass Janina nach zehn Minuten ihr Notizbuch wieder schließen kann. Er sei glücklich in seinem Beruf, fühle sich als Diener Gottes und keinesfalls berufen, die Geschicke des Landes zu beeinflussen. Das müsse als Grund genügen.

»So weit also zum offiziellen Teil.« Eisenwinckel legt ein schelmisches Grinsen auf und wechselt nahtlos zum Du. »Ab jetzt würde ich mit dir gern als Freundin eines Freundes sprechen. Hat dir Thomas nicht anvertraut, warum ich wirklich in diese Partei eingetreten bin?«

Janina ist durch die plötzliche Vertrautheit überrumpelt, schüttelt nur erstaunt den Kopf. Eisenwinckel erzählt, wie er damals unbeabsichtigt das Gespräch zwischen dem Landtagsabgeordneten Eckhart Heinze und dem Kirchenbaurat belauscht habe. Und er berichtet, dass der Kommissar bei seiner Vernehmung lediglich Kinderschändergeschichten verfolgt, die Andeutungen aus dem politischen Umfeld aber gar nicht ernst genommen habe.

»Sie wollten also auf eigene Faust nach dem Mörder in der Partei suchen und sind dort eingetreten, obwohl Sie ihr politisch gar nicht nahe stehen?«

»Und die haben nichts Besseres zu tun, als mich gleich zum Kandidaten für den Landtag zu küren.« Eisenwinckel muss grinsen.

»Zumindest der Eckhart Heinze hat diesen Warnschuss verdient«, schmunzelt Janina nicht ohne Schadenfreude. »Haben Sie ihn denn mal zur Rede gestellt?«

»Er will das damals überhaupt nicht so gemeint haben und fühlt sich jetzt herzlich missverstanden. Und bis heute Nachmittag glaubte ich ihm auch noch. Inzwischen habe ich aber meine Zweifel.«

Mit plötzlich ernstem Gesicht erzählt der Organist, wie seine Tochter die Morddrohung vor der Wohnungstür gefunden hat. Vor etwa einer Stunde erhielt er von der Polizei einen Anruf, dass die Referentin des Landtagsabgeordneten unter Tränen gestanden habe. Dass sie im Auftrag von Eckhart Heinze handelte, habe sie allerdings geleugnet. Und den Parlamentarier selbst zu befragen, sähe sich die Polizei derzeit aber nicht in der Lage, weil vorher die Aufhebung seiner Immunität beantragt werden müsse.

»Aber ich könnte ihn dazu befragen«, bietet Janina an.

»Lass mal«, winkt der Organist ab. »Ich werde morgen früh selbst zu ihm gehen und mit ihm reden.«

### Dresden-Bühlau, 20.45 Uhr

Als hätte er den Bauunternehmer bereits erwartet, bittet Thomas Kunath den Dicken wortlos herein, hilft ihm sogar aus dem schweren Mantel. Rolf Speck fühlt sich wie ein Ehrengast behandelt, als ihm sofort der Platz im Ledersessel nebst einem Glas guten Weines angeboten wird. Die liebevoll zubereitete Schale mit süßem Backwerk und die im Hintergrund säuselnde klassische Musik steigern sein Wohlbefinden noch mehr.

»Mir deucht, Sie haben meinen Koffer gefunden?«

Thomas Kunath scheint die Spannung noch steigern und die Übergabe tatsächlich zelebrieren zu wollen. Speck fühlt sich an Beethovens Neunte Sinfonie erinnert, bei der er sich eine knappe Stunde ödes Gefiedel anhören muss, bevor endlich die freudigen Götterfunken sprühen. Er beobachtet, wie Kunath mit dem Glas in der Hand bedächtigen Schrittes durch das Zimmer flaniert.

»Nehmen wir einmal an, ich hätte da einen braunen Koffer mit zwei Millionen Dollar gefunden …«

»Haben Sie ihn gefunden?«, ruft Speck aufgeregt und springt vom Sessel hoch.

Kunath macht eine besänftigende Handbewegung, die den Dicken wieder in den Sessel zurückplumpsen lässt.

»Nehmen wir einmal an, ich hätte diesen braunen Koffer mit den zwei Millionen Dollar gefunden«, wiederholt er gelassen. »Woran kann ich denn bitte schön erkennen, dass der Millionenkoffer wirklich Ihr Eigentum ist?«

In Specks Augen beginnt Kunath ein dummes Spielchen, auf das er sich wohl erst einmal einlassen muss. Weil: Den Koffer hat er wohl gefunden, und am Ende des lächerlichen Spieles wird er ihm, Speck, ganz alleine gehören.

»Was diesen Koffer betrifft, habe ich damals mit Ihrem lieben Herrn Vater ein Abkommen unter Ehrenmännern geschlossen.«

»Seltsam, die vergangenen zwei Wochen wollten Sie mir einreden, welch übler Zeitgenosse mein Vater gewesen sein soll. Wenn ich es mir recht überlege, können die zwei Millionen Dollar nur aus einem recht miesen Geschäft stammen. Ich glaube nicht, dass ich Ihnen das Geld einfach so überlassen sollte.«

Speck muss schwer schlucken. Er erinnert sich an die Saison, in der sein Heimatverein Schalke für vier Minuten Deutscher Meister war, bevor die Bayern in der längst schon abgelaufenen Nachspielzeit noch ein Tor erzielten. So kurz vor dem Ziel möchte er die Früchte seiner Mühen nicht verlieren. Sein Wanst bebt erneut, nur diesmal vor Wut.

»Haben Sie die Zeitung nicht gelesen? Was glauben Sie denn, wer der blonden Presseschlampe die ganzen Informationen zugesteckt hat?« Der Bauunternehmer plustert sich auf wie ein Gockel. »Das war ich! Und das war noch längst nicht alles! Wenn Sie mir meinen Koffer weiterhin vorenthalten, werde ich noch viel mehr auspacken.«

»Mein lieber Herr Speck, Sie sind sich doch hoffentlich im Klaren, dass Sie unsere Vereinbarung gebrochen haben? Zur Erinnerung: Ich habe Ihnen den Koffer zugesichert, solange Sie über die Schatten in der Vergangenheit meines Vaters schweigen. Nachdem die Geschichte in der Zeitung stand, habe ich gehandelt. Ich habe Kommissar Teichmann erzählt, dass Sie einem angeblichen Millionenkoffer auf der Spur sind und somit ein Mordmotiv haben.«

»Das haben Sie nicht!«

»Das habe ich sehr wohl«, lächelt Kunath. »Und der Kommissar wird sich wohl bald bei Ihnen melden und Ihnen einige unangenehme Fragen stellen. Ich darf Ihnen versichern, dass ich mich als Zeuge kooperativ verhalten werde.«

## Dienstag, 20. September

### Südvorstadt, 9.50 Uhr

»... und liebet eure Feinde wie euch selbst.«
Die größte Überwindung bestand für Christian Eisenwinckel darin, einfach loszuradeln. Er empfindet den Landtagsabgeordneten Eckhart Heinze gar nicht als Feind, den es zu hassen oder zu lieben gilt. Für so intensive Gefühle ist der Mandatsträger dem Organisten einfach nicht wichtig genug. Aber umgekehrt erachtet der Politiker den Kirchenmann anscheinend als Feind. Deshalb hat sich Eisenwinckel auf den Weg gemacht, um sich mit Heinze zu versöhnen.

Als das zweite Klingeln an Heinzes Gartentor unbeantwortet bleibt, entschließt sich Eisenwinckel einzutreten – zumal er aus der Garage hinter dem Haus einen laufenden Automotor zu hören glaubt. Nach einem Überraschungen vorbeugenden »Hallo?« öffnet er das Tor, geht zur Garage und öffnet die Tür – beißender Abgasgestank quillt heraus.

Blitzschnell erfasst Eisenwinckel die Situation. Er schließt den Kragen seines Pullovers über Mund und Nase und reißt die Autotür auf. Heinze ist bereits bewusstlos. Auf dem Beifahrersitz liegt die heutige Zeitung mit der ihn betreffenden Schlagzeile, auf dem Armaturenbrett ein Plastiktütchen mit den Resten eines weißen Pulvers. Eisenwinckel dreht den Zündschlüssel zurück, greift dem Landtagsabgeordneten von hinten unter die Arme und zerrt ihn aus der Garage ins Freie.

Eisenwinckel vermag nicht einzuschätzen, ob Heinze mehr durch die Abgase oder die Droge aus dem Beutelchen vergiftet ist. Aus der Jackentasche des Abgeordneten lugt das Handy hervor – der Musiker alarmiert erst den Notarzt, danach die Polizei.

### Schießgasse, 12.10 Uhr

Andreas Teichmann sitzt rauchend und mit übergeschlagenen Beinen auf seinem Stuhl und schaut dem Dicken genüsslich zu. Mit einer großzügigen Geste gestattet er ihm, Platz zu nehmen.

»Sie protestieren ja gar nicht, dass ich Sie wie einen Verbrecher vorführen lasse. Sie haben wohl inzwischen ein schlechtes Gewissen?«

Speck schüttelt verunsichert den Kopf und zieht es vor zu schweigen.
»Sie haben mich von Anfang an belogen, Herr Speck. Das nehme ich Ihnen persönlich übel. Für das Lügen an sich gibt es zwar keine Gefängnisstrafe, aber mir fällt schon was ein, wie ich Sie zumindest für vierundzwanzig Stunden in eine Zelle mit zwei Schwerverbrechern bringen kann.«
»Das werden Sie nicht«, sagt der Bauunternehmer fast flehend. »Ich werde Ihnen auch alles erzählen, sogar die Wahrheit.«
»Na dann mal los!«, fordert Teichmann und lehnt sich entspannt zurück. »Woher soll der Koffer mit den zwei Millionen Dollar kommen, den Sie vom Adoptivsohn des Kirchenbaurates fordern?«
Speck zuckt zusammen. Also hat Thomas Kunath wirklich davon erzählt. Wenn er jetzt seine Eigentumsrechte an dem Koffer leugnet, hat er ihn womöglich für immer verloren. Speck atmet tief durch und beginnt mit einem treuseligen Blick, der keine Lüge vermuten lässt, zu erzählen.
»Ich habe vor etwa zwei Jahren von einer in den Vereinigten Staaten verstorbenen Tante zwei Millionen Dollar geerbt. Sie wissen ja, Herr Kommissar, wie ungerecht der deutsche Fiskus mit geerbtem Bargeld umgeht – da bleibt dann doch kaum etwas übrig. Also habe ich den Parteifreund Kunath gebeten, diesen als Spende deklarierten Koffer für mich entgegenzunehmen. Es gab ja damals für die Frauenkirche so einige Spenden aus Amerika, die der Kirchenbaurat verwaltet hat. Und weil ich ihm zugesichert habe, dass ein nicht unbeträchtlicher Teil dieses Geldes als Spende an die Frauenkirche geht, hat er mir diesen Freundschaftsdienst erwiesen.«
»Mir kommen die Tränen«, murmelt Teichmann. »Was sind Sie doch für ein herzensguter Mensch. Das klingt wie ein wunderschönes Märchen, Herr Speck.« Der Kommissar wird wieder ernst. »Allein mir fehlt der Glaube. Sie besitzen hoffentlich einige Dokumente, die Sie als rechtmäßigen Erben ausweisen?«
»Selbstverständlich, Herr Kommissar«, behauptet der Bauunternehmer. »Die liegen ganz säuberlich in dem Koffer, den Thomas Kunath einfach nicht rausrücken will.«
»Dieser ungehobelte Kerl«, sagt Teichmann süffisant.
»Die Übergabe des Koffers hatten Johannes und ich übrigens für den Abend nach der Weihe geplant. Deshalb stand ich ja auch in seinem Terminkalender.«
»Das hätte ich mir schon fast denken können. Und im Gegenzug wollten Sie ihm wohl das Material der Detektei Secretius aushändigen, damit er es für alle Zeit vernichten kann?«

»Genauso ist es«, erwidert der Bauunternehmer, erleichtert, dass ihm der Kriminalbeamte die Geschichte zu glauben scheint.

Doch im Laufe der weiteren Vernehmung erweist sich dieses Eingeständnis als Fehler. Denn für Andreas Teichmann bleibt dies ein eindeutiges Indiz, dass der Bauunternehmer den Kirchenbaurat mit dem belastenden Geheimmaterial erpressen wollte. Er entlässt den Bauunternehmer unter der Auflage, Dresden nicht zu verlassen und sich täglich bei seinem Polizeirevier zu melden.

## Ostra-Allee, 15.50 Uhr

Der Chefredakteur nervt. Er will endlich eine Reaktion des Landtagsabgeordneten, dem man die heutige Schlagzeile gewidmet hatte. Bereits gestern war der Chef schon etwas unsicher, die Geschichte überhaupt zu drucken. Solche Vorwürfe bringt man normalerweise nicht in die Zeitung, ohne sich die Meinung des Beschuldigten anzuhören. Spätestens in der morgigen Ausgabe muss sich Heinze dazu äußern.

Das Handy des Parlamentariers ist bereits den ganzen Tag ausgeschaltet. Aus seinem Wahlkreisbüro erfuhr Janina Kadenczik, dass er sich dort ebenfalls nicht gemeldet habe. Ansonsten verhielt man sich der Journalistin gegenüber recht wortkarg – schließlich stand wegen ihrer Geschichte den ganzen Tag das Telefon nicht still.

In ihrer Not erinnert sich Janina, dass heute der Organist den Abgeordneten zur Rede stellen wollte – vielleicht hatte er ja Glück. Christian Eisenwinckel nimmt sofort ab.

»Da hast du aus unserem freundschaftlichen Gespräch ja eine richtige Räuberpistole gemacht: MdL Heinze unter Verdacht – Morddrohung gegen Organisten der Frauenkirche!« Eisenwinckel scheint enttäuscht. »Nicht alles, was man weiß, darf man auch schreiben.«

Janina stammelt etwas davon, dass man als Presse die Pflicht habe, über solche Vorfälle zu berichten. Die Öffentlichkeit habe schließlich ein Recht darauf.

»Und wer von deiner so hoch ehrenwerten Öffentlichkeit übernimmt dann die Verantwortung für den Tod eines Menschen, den dein Geschmiere auslöst?«

Janina versteht die Andeutung nicht sofort. Deshalb zieht der Organist seinen moralisierenden Zeigefinger, der durchs Telefon ohnehin nicht so recht zu erkennen ist, wieder zurück und erzählt zur Verdeutlichung sein Erlebnis vom Tage. Immerhin sei der gerettete Heinze so lebenspraktisch veranlagt gewesen, dass er die angebotene

Versöhnung mit dem Erzfeind Eisenwinckel nicht ausgeschlagen habe. Er habe viel erzählt, von seinem Kokainproblem und dass er deshalb auf die Diäten einfach angewiesen sei. Mit dem Mord am Kirchenbaurat will Heinze aber wirklich nichts zu tun haben. Eisenwinckel hatte den Eindruck, dass der Landtagsabgeordnete eine wirklich ehrlich gemeinte Beichte ablegte. Das Angebot des Organisten, ihm als Glaubensbruder bei der Rückkehr ins bescheidenere und demütigere Leben zu helfen, habe er dankbar angenommen.

»Hat er denn wegen seines Kokainkonsums Schulden?«, will Janina wissen.

»Das solltest du nicht schreiben. Daran ändert sich ja nichts, wenn deine Leser diese Information erhalten – ihr Mitleid wird sich in Grenzen halten. Sein Drogenproblem soll aber in Parlamentskreisen ein offenes Geheimnis sein.«

## Mittwoch, 21. September

### Ostra-Allee, 9.20 Uhr

Janina erinnert sich an das warme und anheimelnde Gefühl, in Thomas' Armen aufzuwachen. Auf dem Weg in die Redaktion empfindet sie Entspanntheit und Glück. Sie spürt weder Hunger noch das Verlangen, irgendetwas Großartiges leisten oder beweisen zu müssen. Sie hat es geschafft, sie ist mit sich und der Welt zufrieden. Vielleicht sogar das erste Mal in ihrem Leben. So darf es gerne bleiben.

Auch wenn Thomas noch immer darauf besteht, dass beide kein Paar sind. Er zeigt ihr immer wieder, dass er sie schätzt und achtet und vielleicht sogar richtig lieb hat. Und dafür liebt sie ihn, egal was auch immer Liebe sein mag. Thomas meint, dass Liebe nichts anderes als Selbstliebe sei. Sei's drum, es ist ein fantastisches Gefühl. Und wer das hinterfragt, ist dumm. Selig sind jene, die dieses heilige Gefühl einfach nur genießen können. Und dazu hat sich Janina entschlossen. Nichts fordern, nichts erwarten. Nur genießen.

Thomas hat ihr gestern Abend erzählt, dass er im Sommer gelegentlich auf einem Segelschiff anheuert und durch die Adria schippert. Janina soll sich überlegen, ob sie im kommenden Jahr einfach mal eine Woche mitkommen möchte. Man könne da eine Menge lernen. Nur muss sie wissen, dass der Standard in den Kajüten recht bescheiden ist und dieser Zeitvertreib nicht wirklich eine Erholung ist.

Nach Erholung ist ihr aber derzeit zu Mute. Janina nimmt sich vor, ihre Arbeit heute entspannter anzugehen. Die Kollegen werden ihr das nachsehen, hat sie doch in den letzten Tagen mehr als hundert Prozent gegeben. Selbstbewusst lächelnd stöckelt sie ins Büro, um sich einen Kaffee zu holen. Die Sekretärin reicht ihr einen Zettel mit einer Telefonnummer.

»Da hat sich eine ältere Dame gemeldet, die du wohl bei der Beerdigung vom Kirchenbaurat kennen gelernt hast. Sie wollte mir nicht sagen, worum es geht.«

## Weißer Hirsch, 10.45 Uhr

Die alte Dame bittet Janina, ihr holpriges Deutsch zu verzeihen, welches sie in den letzten sechzig Jahren kaum angewandt habe. Sie sei während des Krieges als junge Frau in die Vereinigten Staaten gegangen und habe dadurch die Dresdner Bombennacht überlebt, bei der sie ihre ganze Verwandtschaft verloren habe. Bald darauf habe sie in Florida in den Geldadel eingeheiratet und ihre Herkunft vergessen können.

Erst jetzt – ihren Tod vor Augen – wollte sie noch einmal ihre Heimatstadt sehen. Sie habe diese Reise aus Anlass der Kirchweihe lange geplant. Und weil sie nicht mit leeren Händen kommen wollte, habe sie vor zwei Jahren eine anonyme Spende für die Frauenkirche angewiesen.

Was sie ein wenig stört – und deshalb habe sie die Reporterin zu dem Gespräch gebeten –, ist, dass diese Spende nirgendwo erwähnt wurde. Im Abschlussbericht der Frauenkirchenstiftung waren verschiedene anonyme Spenden aufgeführt, nur die ihre habe gefehlt.

»Immerhin«, meint sie etwas empört, »handelte es sich dabei um zwei Millionen Dollar.«

Janina zuckt zusammen. Der Millionenkoffer, von dem Thomas sprach, ist also kein Hirngespinst. Und tatsächlich hat ihn die Amerikanerin an Johannes Kunath geschickt, weil sie ihn aus dem Fernsehen als einen so ehrenwerten und unbestechlichen Mann kannte.

»Hier habe ich die Versicherungsunterlagen und die Übergabebestätigung«, sagt die Dame und öffnet einen Briefumschlag. »Und außerdem hat mir der Herr Kunath einen handschriftlichen Dankesbrief geschickt. Darin hat er geschrieben, dass er sich freuen würde, mich bei der Kirchweihe zu begrüßen. Später hat er mir zwei Eintrittskarten für die Weihe zugesandt. Hier lesen Sie seinen Brief einmal durch ...«

Wegen ihrer Aufregung kann Janina die Sätze nur überfliegen. Der Kirchenbaurat bestätigt darin den Empfang des Koffers mit zweitausend Tausend-Dollar-Noten.

»Ich wusste gar nicht, dass es Tausend-Dollar-Scheine überhaupt gibt«, murmelt sie.

»Die werden auch seit dem Krieg nicht mehr ausgegeben, haben aber noch immer ihre Gültigkeit«, erklärt die Dame. »Mein Mann hatte das Geld damals als eiserne Reserve in jenen Koffer gepackt, falls eine Bankenkrise kommt oder die Aktien wertlos werden. Es war eine schlechte Geldanlage.«

Janina Kadenczik beschließt, der alten Frau nicht zu erzählen, dass bei den Ermittlungen um den Mord ein Zwei-Millionen-Dollar-Koffer eine Rolle spielt und der Kirchenbaurat vielleicht gerade deshalb umgebracht wurde. Sie möchte die Greisin nicht unnötig aufregen.

## Schießgasse, 12.10 Uhr

»Ich sage es Ihnen ganz klar, Herr Kunath. Sie werden mir immer verdächtiger!« Andreas Teichmann drückt seine Zigarette aus. »Erst haben Sie ständig die Wahrheit zurückgehalten – sei es die über den angeblichen Millionenkoffer oder die Kindesmissbrauchsvorwürfe. Hinzu kommt, dass Sie selbst von Ihrem Vater missbraucht wurden und deswegen zumindest ein Motiv für den Mord hätten. Und bei der Fahndung nach dem Millionenkoffer fanden wir vorhin in Ihrer Wohnung auch noch Fotos, die Sie als leidenschaftlichen Bergsteiger darstellen. Und als solcher kann man doch bequem eine Leiche aufs Kirchendach schleppen.«

»Wenn Sie meinen ...«, antwortet Kunath schulterzuckend. »Sie verennen sich jetzt wohl darin, dass ich der Mörder bin. Verblendete kann man nicht von ihrer Verschwörungstheorie abbringen, deswegen versuche ich das gar nicht. Und deshalb wird es Sie wohl kaum interessieren, dass ich mit der Bergsteigerei schon lange aus der Übung und zu solch einer Anstrengung gar nicht fähig bin.«

»Jetzt schwätzen Sie nicht so arrogant daher! Das Eis, auf dem Sie sich bewegen, wird langsam dünn. Wo haben Sie denn Ihre Seile und Ihre Ausrüstung versteckt? Wohl bei dem Millionenkoffer?«

»Ihre Büttel haben doch alles durchwühlt«, lächelt Kunath spöttisch. »Wenn Sie da nichts gefunden haben, besitze ich auch keine Ausrüstung.«

»Und wie haben Sie es dann auf das Dach der Frauenkirche geschafft?« Teichmann bleibt unnachgiebig. »Die Schlüssel zum Gotteshaus haben Sie ja alle. Das erklärt auch, dass einige Türen nicht aufgebrochen waren.«

»Die Schlüssel hatte auch mein Vater dabei. Die hat sich der Täter eben genommen – so einfach ist das.«

»Alle anderen in Frage kommenden Täter haben sich ein besseres Alibi einfallen lassen als Sie. Sie wollen daheim gesessen und ein Buch gelesen haben. Nicht einmal an das Fernsehprogramm von dem Abend erinnern Sie sich.«

»Und ich werde mir auch kein besseres Alibi einfallen lassen, weil ich meinen Vater nicht umgebracht habe.«

»Und ich werde Sie mal eine Nacht lang in eine Zelle sperren«, erwidert Teichmann gereizt. »Einfach damit Sie Zeit haben, Ihrem Gedächtnis auf die Sprünge zu helfen. Morgen will ich von Ihnen wissen, wer alles von dem Millionenkoffer wusste und wo er abgeblieben ist. Vielleicht fallen Ihnen über Nacht auch bessere Argumente ein, warum Sie Ihren Vater nicht umgebracht haben können.«

Teichmanns Handy klingelt.

»Nein, davon habe ich noch nichts gehört«, murmelt er. »Das kann doch kein Zufall sein, dass die Frau ausgerechnet Sie anruft. Nein, das geht gerade nicht. Kommen Sie doch heute nach Redaktionsschluss hier vorbei und bringen Sie mir diese Unterlagen einmal mit.«

Nachdem er aufgelegt hat, wirkt der Kommissar verwirrt. Freilich hat er Janina Kadenczik nicht gesagt, dass er gerade ihren Freund – oder ist es ihr Geliebter? – vernimmt und für einen Tag in Gewahrsam behalten will. Vielleicht sind sie völlig unschuldig. Trotzdem kommt es ihm vor, als ob Thomas Kunath und Janina Kadenczik ein mieses Spiel mit ihm trieben.

### Coselpalais, 13.00 Uhr

Am Büro des Kirchenbaurates muss Janina unverrichteter Dinge wieder abziehen. Thomas ist nicht da. Dabei würde ihn die Geschichte über die tatsächliche Existenz dieses ominösen Koffers brennend interessieren. Und vielleicht ist es sogar besser, wenn er die Details noch vor dem Kommissar erfährt. Bloß geht Thomas weder an sein Handy noch an sein Telefon daheim.

Der Weg zur Redaktion führt sie an der Frauenkirche vorbei.

»Welch freudige Überraschung!«, tönt es plötzlich hinter ihr.

Janina rollt mit den Augen. Der hat ihr gerade noch gefehlt.

Speck, der dicke Bauunternehmer, watschelt auf sie zu, seine Dogge trottet nebenher. Janina quält sich ein Lächeln ab. Speck ergreift mit seinen schweißig-schwabbeligen Fingern ihre zarte Hand und drückt feste zu.

Dann beginnt er zu dozieren: dass sie mit seinen Informationen über das »Dossier Kunath« doch so viel Staub aufgewirbelt habe. Dass er ein wenig enttäuscht sei, dass sie ihn nicht – wie verabredet – über die Fortschritte ihrer Recherchen eingeweiht hat. Das müsse man doch unbedingt noch einmal nachholen. Janina ringt sich eine zögerliche Zustimmung ab.

Speck nickt zufrieden und wendet sich seinem Rüden zu, der gerade in einem Blumenkübel schnüffelt.

»Was hast du denn da gefunden, Rosebud?«

Speck greift in die Erde und zieht einen größeren Karabinerhaken hervor, auf dem ein roter Klecks mit eingraviertem lachendem Gesicht zu sehen ist.

»Das ist ja Thomas' Zeichen!«, ruft Janina erschrocken.

»Das vom kleinen Kunath?«

Janina nickt und bedauert es im selben Moment. Sie hatte Thomas doch hoch und heilig geschworen, zu ihm zu halten und seine Geheimnisse für sich zu behalten.

»Das ist ja spannend«, murmelt Speck und steckt den Karabinerhaken in seine Manteltasche. Aus derselben erhält Rosebud ein Leckerli. »Das hast du dir auch verdient«, murmelt das Herrchen und streichelt der Dogge über den Kopf.

»Ich würde Thomas seinen Haken zurückbringen«, bietet Janina an, um den Schaden zu begrenzen.

»Nicht nötig«, winkt Speck ab. »Ich wollte sowieso gerade zum Kunath junior.«

### Schießgasse, 14.30 Uhr

Die Kollegen des Justizministeriums lassen den Kommissar seit einer halben Stunde vergebens warten. Da hätte er sich auch bei der Vernehmung von Thomas Kunath etwas mehr Zeit lassen können. Jetzt steht die erneute Befragung von Sven Thönnes an, doch der wird einfach nicht vorgeführt.

Endlich klopft es an der Tür. Der stellvertretende Gefängnisdirektor höchstpersönlich kommt herein – allein.

»Herr Teichmann, wir haben ein Problem!«

»Das ist mir relativ schnuppe. Ich brauche den Thönnes, und zwar sofort!«

Der Justizbeamte atmet schwer durch und setzt sich ungefragt auf den Stuhl, der gewöhnlich den geschnappten Schwerverbrechern vorbehalten bleibt. Er druckst etwas herum.

»Können Sie sich denn noch an die Stricke und Seile erinnern, die wir dem Thönnes in die Zelle geben sollten, damit er sich an irgendwelchen seltsamen Knoten versucht?«

Der Kommissar nickt kurz und ahnt bereits, was kommt.

»Wir hatten heute Vormittag eine Betriebsversammlung, und der Thönnes war während dieser Zeit unbeaufsichtigt. Sein letzter Knoten war leider tödlich.«

## Ostra-Allee, 15.40 Uhr

Janina Kadenczik sitzt im Büro des Chefredakteurs und schaut diesem beim Studium der Dokumente zu. Als er fertig ist, lehnt er sich zurück und saugt genüsslich an der Zigarre.

»Lass mich noch einmal zusammenfassen, ob ich das auch richtig verstanden habe: Diese Amerikanerin behauptet, dem Kirchenbaurat zwei Millionen Dollar für die Frauenkirche geschickt zu haben, für die er sich auch brav bedankt habe. In den Akten der Stiftung tauchen die zwei Millionen Dollar bislang nicht auf – dafür wird aber der Adoptivsohn des Mordopfers von einem uns bekannten Erpresser wegen zwei Millionen Dollar unter Druck gesetzt?«

Janina grinst über das ungläubige Gesicht ihres Chefs.

»Kurz und knapp – so ist es. Thomas Kunath hat den Koffer allerdings noch nicht gefunden. Wir verfügen aber als Einzige über Beweise, dass dieser Millionenkoffer zumindest einmal im Besitz des Kirchenbaurates war. Diese Dokumente da hat noch nicht einmal die Polizei.«

»Ich fasse es nicht«, ruft der Chef, verlässt seinen Sessel und beginnt herumzulaufen. »Das ist die endgültige Demontage eines Heiligen. Erst die Geschichte mit der Kinderschänderei, und jetzt auch noch die Unterschlagung einer Millionenspende. Stehen die beiden Sachen vielleicht in einem Zusammenhang mit dem Mord?«

»Davon kann man ausgehen«, sagt Janina und bemüht sich um ein analytisch wirkendes Gesicht. »Johannes Kunath wurde mit den Kinderschändervorwürfen konfrontiert und hat dem Erpresser den Millionenkoffer versprochen. Die Übergabe kam – aus welchen Gründen auch immer – nicht zu Stande. Deshalb wurde der Kirchenbaurat möglicherweise hingerichtet. Allein die Grausamkeit und die Symbolkraft des Mordes erschließt sich aus dieser Theorie noch nicht.«

»Aus deinen bisherigen Recherchen kommen für mich zwei Täter in Frage: der Bauunternehmer Speck und dieser Friedhofsgärtner, der Thönnes.« Der Chefredakteur stutzt kurz und glaubt dann, der auserwählte Empfänger einer göttlichen Erleuchtung zu sein. »Die haben gemeinsame Sache gemacht! Der Bauunternehmer wusste als Einziger von dem Millionenkoffer beim Kirchenbaurat und hat das Erpressungsmaterial gesammelt. Der Friedhofsgärtner hatte ebenfalls Erpressungsmaterial und war obendrein Missbrauchsopfer des Johannes Kunath. Als Rolf Speck in der Vergangenheit des Kirchenbaurates gewühlt hat, muss er unweigerlich auf Thönnes gestoßen sein. Da haben sich zwei skrupellose Verbrecher gefunden und dann gemeinsame Sache gemacht.«

Der Chef beschließt, die Geschichte mit dem Millionenkoffer noch einen Tag aufzuheben, damit Janina seine Theorie der gemeinsamen Täterschaft noch mit Fakten untermauern kann.

»Außerdem habe ich am Abend ein Versöhnungsgespräch mit dem Bischof und dem Sprecher des Landeskirchenamtes. So kann ich den beiden – quasi als Vertrauensbeweis – noch die Dokumente über eine bisher nicht gekannte Millionenspende präsentieren. Herrlich – die werden nicht wissen, ob sie ›Hosianna!‹ oder ›Kreuzige ihn!‹ rufen sollen.«

### Schießgasse, 18.50 Uhr

Zum ersten Mal, seitdem Andreas Teichmann diesen Mordfall übernommen hat, spürt er aus seinem tiefen Inneren eine dunkle Resignation aufsteigen. Er erwischt sich immer wieder bei Erklärungs- und Entschuldigungsversuchen. Und er erwischt sich dabei, wie er sich mit dem Gedanken versöhnt, dass der Mord vielleicht niemals bis ins letzte Detail aufgeklärt werden wird. Jedenfalls sieht es im Moment danach aus.

Es ist nicht tragisch, wenn ein Mord nicht aufgeklärt wird. Es gibt in jedem Jahr Hunderte unnatürliche Todesfälle, die gar nicht als Mord wahrgenommen werden. Freilich, für die Öffentlichkeit gilt der Fall als gelöst, besonders nach dem Freitod des Friedhofsgärtners. Dieser Selbstmord, an welchem sich Andreas Teichmann nicht ganz unschuldig fühlt, ist für alle das Schuldeingeständnis schlechthin. Es wird niemals irgendwer nach dem Alibi des Sven Thönnes fragen, welches die weißrussischen Behörden noch immer nicht widerlegt haben. Er steht als Mörder fest, und spätestens nach einem Jahr kräht kein Hahn mehr danach.

Der Anruf des Wachdienstes reißt den Kommissar aus seinen Gedanken. Erst jetzt erinnert er sich daran, dass er noch mit Janina Kadenczik verabredet ist. Lustlos weist er der jungen Frau den zweiten Stuhl in seinem Büro zu. Mit vorgetäuschtem Desinteresse liest er den handschriftlichen Dankesbrief des Kirchenbaurates an die edle Spenderin, deren Name allerdings geschwärzt wurde. Auch die Versicherungsunterlagen des Millionenkoffers wirken echt.

»Von wegen die Erbschaft einer verstorbenen Tante«, murmelt Teichmann in Gedanken an den Bauunternehmer. »Und bei der Stiftung taucht diese Spende ebenfalls nicht auf.«

»Wir haben in den Rechenschaftsberichten noch einmal nachgeschaut«, sagt Janina. »Im betreffenden Zeitraum gab es nichts dergleichen.«

Sie verspricht, dem Kommissar für den nächsten Tag ein Treffen bei der alten Dame zu organisieren. Sie möchte sie vorher nur fragen, ob sie ihren Namen der Polizei verraten dürfe.

## Donnerstag, 22. September

### Coselpalais, 12.10 Uhr

Sie geben wohl nie auf?«, fragt Thomas Kunath und schickt den Dicken mit einer Kopfbewegung ins Büro.

»Wir haben immerhin eine nicht unbedeutende Rechnung zu begleichen.« Rolf Speck lässt sich genüsslich in den Sessel fallen. »Und ich habe Ihnen ein faires Angebot zu unterbreiten.«

Kunath lacht gekünstelt. »Von all Ihren Angeboten kann ich mich an kein faires erinnern. Aber erzählen Sie mal, was Sie jetzt schon wieder ersonnen haben.«

»Verkauf mich nicht für dumm«, nuschelt der Bauunternehmer. »Ich weiß genau, welche Fragen dir der Kommissar gestellt hat. Er weiß so gut wie wir beide, dass du deinen Vater nicht leiden konntest, weil er dich missbraucht hat. Dass Rache als Motiv auch die Grausamkeit der Bluttat erklärt, steht doch wohl fest. Aber das ist längst noch nicht alles!«

Speck steht auf und schaut den Adoptivsohn überheblich an.

»Die süße Rache ließ sich obendrein mit einem Millionensegen verbinden. Als Alleinerbe durftest du nicht nur auf die solide Hinterlassenschaft deines Adoptivvaters hoffen, sondern obendrein auf ein Köfferchen mit zwei Millionen Dollar, von dem du irgendwie erfahren hast. Mord aus Habgier, mein Freundchen.«

Kunath feixt über den aufgedunsenen Klops.

»Nur weil die Welt für Sie aus nichts anderem als Geld besteht, müssen Sie noch lange nicht auf andere schließen. Mir sind Ihre Millionen nach wie vor völlig egal, Herr Rockefeller-Speck.«

»Komm endlich zur Besinnung«, tönt der Dicke. »Du sitzt schon so gut wie auf der Anklagebank. Dem Kommissar fehlt nur noch das letzte Indiz. In meiner Tasche ist der Beweis, dass du deinen Vater am Kreuz der Frauenkirche angebunden hast.«

Der Bauunternehmer kramt den Karabinerhaken aus seinem Mantel und hält ihn Kunath unter die Nase.

»Hier ist dein persönliches Erkennungszeichen drauf – und diesen Haken habe ich in Beisein von Zeugen nach dem Mord in der Nähe der Frauenkirche gefunden. Ja, mein Freundchen, mehr benötigt der Kommissar nicht!«

Kunath wird blass. Weiterhin den Gelassenen zu spielen, will ihm einfach nicht gelingen.

»Woher wollen Sie denn wissen, dass das mein Zeichen ist?«

»Gut unterrichtete Kreise«, kichert Speck, küsst den Haken und lässt ihn wieder in seine Manteltasche gleiten. »Ein Karabinerhaken gegen zwei Millionen Dollar. Ich finde, das ist ein äußerst faires Geschäft.«

Kunath muss sich setzen. Er wirkt wie gelähmt und starrt abwesend vor sich hin. Dann stammelt er etwas von der Absurdität, dass er seinen Vater umgebracht haben soll. Dass der Karabinerhaken nur Bestandteil einer Intrige sein könne, deren er sich aber nicht zu erwehren wisse. Er wolle endlich seine Ruhe finden und sei durchaus bereit, den Koffer für das angebliche Beweisstück einzutauschen.

»Hat Er denn die Milliönchen endlich gefunden?«, erkundigt sich Speck herablassend.

Kunath gesteht, dass er zumindest eine Ahnung habe. Der Familie gehöre noch ein Gartengrundstück in der Nähe von Bautzen, auf welchem sein Vater in den letzten Jahren oft seine freien Tage verbracht habe.

»Dann ab nach Bautzen!«, fordert der Bauunternehmer.

»Kommen Sie morgen Nachmittag in meine Wohnung«, sagt Kunath tonlos. »Und rufen Sie mich vorher nicht an. Ich benötige meine Ruhe und gehe ohnehin nicht ans Telefon.«

### Alaunstraße, 23.50 Uhr

Immer wieder wälzt sich Janina von der einen auf die andere Seite. Mal kuschelt sie sich ein, dann strampelt sie die Decke wieder fort. Den ganzen Abend hat sie versucht, Thomas telefonisch zu erreichen. Er hat sich ihr einfach entzogen. Das Handy ist abgeschaltet, in der Wohnung ist ununterbrochen besetzt. Anscheinend hat er den Hörer daneben gelegt. Nein, in U-Haft ist er nicht. In ihrer Verzweiflung hat sie selbst Teichmann auf seinem Mobiltelefon angerufen. Er sagte ihr, dass er in der Mordsache nicht mehr ermittle. Der Fall sei erledigt, Thomas am Vormittag freigelassen worden.

Draußen schlägt der Turm. Es ist nach Mitternacht. Eine Bahn quietscht um die Kurve, beschleunigt und wird leiser. Janina macht das Licht an und setzt sich an ihren Schminktisch. Der Frau im Spiegel hat sie in den letzten Tagen viel zu wenig Zeit gewidmet. Sie scheint Janina argwöhnisch anzuschauen, als wolle sie fragen: »Kennen wir uns irgendwoher?«

Die Frau im Spiegel hat erreicht, wonach sie die ganze Zeit strebte. Sie hat allen gezeigt, was sie kann. Sie ist anerkannt, hat sich einen Namen gemacht. Vielleicht ist sie sogar auf dem besten Wege, sich eines Tages Chefreporterin nennen zu dürfen. Und dann? Oder besser: Und nun? Janina ist ratlos.

Die Frau im Spiegel wirkt nicht wirklich glücklich. Sie ist allein. Einsam? Nein. Aber verlassen? Ist sie nur eine vollwertige Frau an der Schulter eines Mannes? Braucht jede Frau ihren Thomas?

Janina überlegt, was dieser ganze Ruhm wert ist, wenn sie dabei ihre Liebe verliert. Nein, nicht irgendeine Liebelei. Sondern die andere Hälfte, den Seelenverwandten, für den die Prinzessinnen im Märchen die ganze Welt durchwandern müssen. Ist die Legende von den zwei exakt passenden Hälften nicht nur Einbildung? Stellt sich nicht nach einer Weile heraus, dass man sich im Überschwang der Gefühle selbst nur passend gemacht hat?

Ist Suche nach Ruhm nicht nur die Flucht vor sich selbst? Ist Sehnsucht nach der Umarmung des Liebsten auch nur eine Zuflucht? Wovor flüchte ich? Die Frau im Spiegel schaut noch immer fragend.

»Wer bist du?«

## Freitag, 23. September

### Alaunstraße, 8.50 Uhr

Mit einem äußerst starken Kaffee bewaffnet, wagt sich Janina an ihr Telefon. Sie hat sich den ganzen Morgen bereits ungewöhnlich viel Zeit genommen, um möglichst entspannt zu bleiben. Die Frau im Spiegel hat sogar kurz gelächelt, als wollte sie in aller Freundschaft fragen: »Worüber machst du dir denn Sorgen?«

Falls Thomas jetzt abnehmen sollte, wird sie ihm keinen Vorwurf machen, dass er sich gestern versteckt hat. Sie wird erleichtert sein und sagen, dass sie ihn einfach nur vermisst hat. Und wenn es ihm ebenso ergangen ist, wird sie ihm vielleicht ihre Gefühle gestehen. Vorhin am Schminktisch spielte Janina bereits einige mögliche Dialoge durch. Sie fühlt sich gut vorbereitet.

Als er abnimmt, atmet sie innerlich auf.

»Schön, dass du wieder unter den Lebenden weilst«, sagt sie zärtlich in die Hörmuschel. »Du, ich hab dich vermisst.«

»Wie schön«, kommt es kalt vom anderen Ende der Leitung. »Ich habe mich von deinem Verrat noch immer nicht erholt. Du hast mich hintergangen, für mich ist unsere Freundschaft beendet.«

»Was ist denn passiert?«, fragt Janina erschrocken.

»Das fragst du noch? Du hast mich hintergangen! Gestern kam die fette Sau zu mir und präsentierte mir triumphierend das Ergebnis deines Verrats. Ausgerechnet dem plauderst du Geheimnisse aus!«

»Es tut mir so Leid, das war doch keine Absicht. Bitte lass mich das erklären …«

»Da gibt es nichts zu erklären«, unterbricht Thomas sie kalt. »Such dir jemand anderen, dessen Vertrauen du mit deinem klatschsüchtigen Wesen missbrauchen kannst. Und mich lässt du dabei bitte in Ruhe. Guten Tag noch.«

»Thomas!«, ruft Janina verzweifelt in den Hörer.

Doch der antwortet nur mit einem Tuten.

## Schießgasse, 13 Uhr

Die Hiobsbotschaft kam mit der Post. Sven Thönnes war während der Mordnacht eindeutig in Minsk. Die weißrussischen Behörden legten sogar Fotos der Überwachungskameras vom Flughafen und von einem Hotel in den Brief. Immer wieder liest Andreas Teichmann das in Deutsch verfasste Schreiben und die Kopien einiger Formulare durch.

Er überlegt ernsthaft, ob er dieses Alibi des Friedhofsgärtners in den Reißwolf stecken soll. Nach der Pressekonferenz mit dem Innenminister haben sich alle damit abgefunden, dass mit Thönnes der Mörder gefasst wurde. Und nach seinem Selbstmord waren auch die letzten Zweifler von seiner Schuld überzeugt. Auch Andreas Teichmann wäre das, wenn – ja wenn dieses verdammte Alibi nicht wäre. Von der Presse fragt ohnehin niemand mehr nach dem Mord. Die Journalisten nerven heute ausschließlich, weil sie die Bestätigung für die unterschlagene Millionenspende haben wollen. Teichmann selbst ist da fein raus. Er hat inzwischen nichts mehr mit dem Fall zu tun – die Sache mit dem Koffer hat bereits das Betrugsdezernat übernommen.

Er zündet sich eine Zigarette an. Thönnes war zur Tatzeit nicht in Dresden. Der Mörder ist noch immer auf freiem Fuß. Vielleicht bleibt die Bluttat am Kirchenbaurat ewig ungesühnt. Vielleicht fasst eines Tages Kommissar Zufall den wahren Täter.

Nein, den Brief der weißrussischen Behörden wird er nicht vernichten. Er wird ihn zu den Akten legen. Den vorläufigen Abschlussbericht wird er aber nicht mehr ändern. In spätestens drei Jahren wandert die Akte ins Archiv. Dann wird sie zum Dokument der Zeitgeschichte und somit Wahrheit.

## Dresden-Bühlau, 16.15 Uhr

Rolf Speck hat sich in seinen feinsten Zwirn gezwängt und sein Feiertagsgesicht aufgesetzt. Seine Wangen glänzen, als seien sie säuberlich eingefettet. Er sitzt schwer im Sessel, lächelt und schweigt. Ihm kommt ganz gelegen, dass der junge Kunath offensichtlich keine Zeitung gelesen hat. Anscheinend weiß er gar nicht, dass die Millionen als unterschlagene Spende enttarnt sind.

Freudig erregt lauscht Speck den Ausführungen Kunaths, der den Koffer nach großen Mühen endlich gefunden haben will.

»Mir geht es nicht um das Geld. Mir ist auch egal, ob der Koffer

Ihnen gehört oder nicht«, stellt er klar. »Ich möchte nur sichergehen, dass Sie mich nach der Übergabe in Ruhe lassen.«
»Wissen Sie, mein lieber Herr Kunath, sobald ich den Koffer habe, werde ich für immer und alle Tage diese Stadt und dieses Land verlassen. Sie werden mir nie wieder begegnen, das garantiere ich Ihnen.«
»Weil Sie mich im Moment der Übergabe umlegen?«
Thomas Kunath wirkt viel zu deprimiert, als dass er diese Anspielung ernst gemeint haben könnte. Trotzdem geht Rolf Speck darauf ein.
»Wenn Sie darauf bestehen, können wir die Geldübergabe auch gerne in einer Menschenmenge vornehmen. Vielleicht finden wir einen diesem Anlass entsprechenden Augenblick?« Dem Bauunternehmer kommt in diesem Moment eine fabelhafte Idee, die seinen Hang zum Pathos befriedigt. Er steht auf, atmet tief ein und vollbringt einige weit ausholende, theatralische Gesten. »Lassen Sie uns doch aus der Übergabe eine feierliche Zeremonie machen. Wenn am Sonntag die neue Weihe ist, gehen wir gemeinsam hoch in den Kuppelsaal – den Schlüssel dazu haben Sie ja. So viel Symbolkraft, so viel Musik! Kann es denn ein würdigeres Ambiente für unser kleines Abkommen geben?« Und leise fügt er hinzu: »Im Gegenzug erhalten Sie Ihren Karabinerhaken zurück.«
Thomas Kunath wirkt niedergeschlagen. Schließlich nickt er. »Bringen wir es so zu Ende«, flüstert er fast.
Speck geht zur Tür und wendet sich noch einmal um.
»Nur eines würde ich gerne noch wissen: Haben Sie Ihren Vater umgebracht?«
Thomas Kunath legt alle Verachtung, die ihm zur Verfügung steht, in seinen Blick.
»Du jämmerliches, scheinheiliges Würstchen«, zischt er. »Ich bin mir so sicher, dass du hinter dem Mord an meinem Vater steckst. Aber wenn es dich und dein armseliges Gewissen beruhigt: Du hast mir damit einen Gefallen getan.«

### Ostra-Allee, 18.40 Uhr

Endlich ist auch der Chef mit Janinas Arbeit zufrieden. Sie sollte zum Anlass der neuen Weihe noch einmal eine Doppelseite mit den Ereignissen der vergangenen drei Wochen verfassen. Zweimal musste ihr der Chef sagen, dass er ihre Texte heute schlampig und oberflächlich findet.
Freilich hat ihm Janina nicht den Grund gesagt, warum sie so un-

konzentriert ist. Er würde das ohnehin nicht verstehen und ihr vielleicht Vorwürfe machen. Die macht sie sich schon selbst zur Genüge. Wie konnte sie sich nur derart verrennen? Aber auch wenn sie Thomas verletzt oder enttäuscht hat – so darf er nicht mit ihr umgehen. Nicht nach dem, was voriges Wochenende zwischen ihnen beiden passiert ist. Er kann doch nicht ihre Freundschaft wegwerfen wie ein gebrauchtes Papiertaschentuch. Janina fühlt sich ungerecht behandelt und trotzdem nicht schuldlos.
Nach kurzem Zögern überwindet sie sich und wählt seine Nummer. Immerhin legt er nicht sofort wieder auf. Thomas wirkt traurig und ist einsilbig. Er habe heute Abend keine Zeit, weil er noch ein wichtiges Schriftstück verfassen müsse. Wenn sie es wünsche, könnten sie ja morgen noch einmal ins Grüne fahren. Sie solle sich aber bitte keine trügerischen Hoffnungen machen. Janina sagt zu. Erleichtert lässt sie den Hörer auf die Gabel sinken, da klopft es an den Türrahmen.

»Gut, dass Sie noch da sind«, sagt Kommissar Teichmann. »Haben Sie ein Viertelstündchen Zeit für mich?«

Nachdem ihm Janina versprochen hat, nichts aus seinen Darlegungen zu veröffentlichen, erzählt der Kommissar vom Brief der weißrussischen Behörden.

»Darin ist detailliert aufgeführt, dass sich Sven Thönnes am Wochenende des Mordes in Minsk aufgehalten hat. Die Informationen haben Beweischarakter.«

»Scheiße!«, entfährt es Janina und fährt sich schnell mit der Hand über den Mund.

»Er hatte also ein Alibi und ist zweifelsfrei nicht der Mörder von Johannes Kunath, auch wenn seine Tatbeteiligung weiterhin nicht ausgeschlossen bleibt. Trotzdem: Für die Mordkommission gilt der Fall als abgeschlossen, die Ungereimtheiten wegen des Millionenkoffers hat bereits das Betrugsdezernat übernommen. Falls der Koffer auftaucht, wird er der Kirchenstiftung übergeben und der dicke Bauunternehmer eventuell wegen versuchter Erpressung angeklagt. Das war es dann aber auch. Und ich kann Ihnen versichern, mit viel Ehrgeiz gehen die Leute vom Betrugsdezernat der Sache nicht nach – sie ist viel zu verworren.«

»Ist es denn üblich, die Arbeit einfach liegen zu lassen?«

»Nicht immer. Aber immer öfter. Aufgrund der ständigen Budgetkürzungen haben wir uns schon seit langem von dem Ehrgeiz verabschiedet, jedes Verbrechen aufzuklären. Die Mittel genügen nur noch, der Bevölkerung eine Illusion von Ordnung, Sicherheit und Gerechtigkeit zu geben. Und im Fall des Frauenkirchenmordes ist uns das auch gelungen. Alle Welt glaubt, der Friedhofsgärtner sei der Mörder.«

»Aber das ist doch nicht die Wahrheit!«

»Was ist schon Wahrheit. Das ist doch für jeden nur ein zeitweiliger, persönlicher Glaube. Den Menschen wohnt eine Sehnsucht nach einem Glauben inne, nur um ihre Ruhe zu finden. Eine plausible – wenn auch falsche – Erklärung ist oft nützlicher als der Zweifel an einer angenommenen Wahrheit. Dadurch, dass wir den Menschen Sven Thönnes als Mörder präsentiert haben, geben wir ihnen Ruhe. Lassen auch Sie ihren Lesern diese Ruhe.«

Janine zuckt mit den Schultern, sie wirkt nicht überzeugt. Andreas Teichmann steht auf und nimmt seine Aktentasche.

»Ach übrigens, ich habe jetzt ein freies Wochenende. Haben Sie Lust, morgen mit mir ins Grüne zu fahren?«

»Na ja, Lust hätte ich eigentlich schon«, überlegt Janina. »Nur habe ich schon was vor. Aber ich habe noch eine Pressekarte für die Kirchweihe am Sonntag übrig, wenn Sie da neben mir sitzen wollen?«

Der Kommissar sagt zu und umarmt die Reporterin beim Abschied flüchtig.

### Radebeul, 21.40 Uhr

»Trinkt, Mädels! Das Leben ist viel zu kurz!«

Rolf Speck füllt vier Whiskygläser und öffnet eine weitere Flasche Sekt. Von einer Agentur hat er sich drei »Rubensdamen – erfahren, sanft & willig« nach Hause schicken lassen. Der Bauunternehmer hat die beiden Ledersofas und die Sessel zu einer Spielwiese zusammengeschoben.

Die vier füllligen Leiber sind lediglich in Unterwäsche gekleidet. Eine der drallen Muttis kümmert sich um die Stereoanlage und versucht, zu »Partyhits Nonstop« eine gute Figur zu machen. Eine Zweite, die ihre Lockenwickler ganz frisch ausgedreht hat, räkelt sich zu Specks Füßen und schmachtet ihn mit großen braunen Augen an. Die Dritte schmiegt sich eng an den Fleischberg und krault sanft seine Brusthaare unter dem Unterhemd. Als sie sich dann mit ihrem Ellbogen auf seiner Wampe aufstützt, raunt der Dicke: »Ja, reib mir mal mein Kuschel-hab-mich-lieb-Kissen.«

Die drei Frauen kichern wild und gießen sich die Gläser erneut voll.

Die Tänzerin öffnet ihren Büstenhalter und lässt ihn wie einen Hubschrauberrotor über ihrem Kopf kreisen. Dann gießt sie den Inhalt des Whiskyglases über ihre entblößte Fraulichkeit und bewegt sich elegant auf Speck zu.

»Na, willst du mal naschen, Kleiner?«, haucht sie und schiebt ihre Brüste an seine Nase.

»Das sind ja wahre Donnertitten«, staunt Speck und beginnt zu schlappern. Er fühlt sich erkennbar wohl. Die Flaschen leeren sich im Nu.

»Du hast wohl im Lotto gewonnen?«, fragt die mit den Locken.

»So was Ähnliches«, wiegelt der Bauunternehmer ab. »Und am Sonntag kratz ich all meine Millionen zusammen und fliege für immer in die Südsee.«

»Nimmst du mich mit, mein Schnuckelbär?«, schmachtet ihn die Lockige an. Die anderen drei müssen herzhaft lachen. Ihre Reaktion unterstreicht Specks These. Geld macht halt doch erotisch. Die drei Damen scheinen ihren Ekel zu vergessen und stören sich nicht an seiner Fettleibigkeit. Vielleicht hilft ihnen auch der in Strömen fließende Alkohol bei der Überwindung. Wie Kätzchen schnurren sie und schmiegen ihre drallen Körper lüstern an den Bauunternehmer.

Erst als eine Hand unter seine Hose gleitet, muss er klarstellen: »Ne, Mädels, aus dem Alter bin ich doch raus.«

Die Damen spielen glaubhaft Enttäuschung vor.

»Wenn es eine von euch so richtig besorgt haben will, kann sie ja dem Rosebud einen Gefallen tun«, bietet Speck an und lacht dröhnend.

Die drei schauen sich verwundert an.

»Rosebud? Sag bloß, du hast noch so eine Art Superman im Haus?«

»So was Ähnliches«, verrät Rolf und zwinkert mit seinen wässrigen Augen, bevor er erneut alle Gläser füllt.

## Sonnabend, 24. September

### Dresden-Bühlau, 9.20 Uhr

Thomas Kunath bemüht sich um Ruhe und Gelassenheit, doch seine Erregung vermag er trotzdem nicht zu verbergen.

»Was hat dich denn geritten, ausgerechnet dem fetten Speck von meinen Zeichen an den Karabinerhaken zu erzählen?«

Janina versucht, Thomas zu umarmen, doch er schiebt sie von sich.

»Es war doch keine Absicht, es tut mir so Leid«, erklärt sie verzweifelt. Sie erzählt, wie der Hund des Bauunternehmers den Haken gefunden habe und ihr die Äußerung vor Schreck so herausgerutscht sei.

»Bitte verzeih mir!«, fleht Janina. »Jetzt überwinde einfach mal deinen kindlichen Stolz und gib uns noch eine Chance. Wenigstens als Freunde.«

»Als Freunde? Der wichtigste Bestandteil einer Freundschaft ist felsenfestes Vertrauen. Und das Ende jeglichen Vertrauens bereitet der Verrat – egal ob absichtlich oder versehentlich. Janina, sosehr ich dich auch mag, ich werde dir nie wieder ungehemmt vertrauen können.«

Er lässt sich in den Sessel fallen und vergräbt seine Augen in den Handtellern. Die Stille ist unerträglich. Janina geht langsam auf ihn zu, setzt sich auf die Armlehne und legt ihre Hand auf seine Schulter.

»Und das Vertrauen, das ich dir entgegenbringe, zählt wohl überhaupt nicht. Du kannst mir vertrauen, hörst du? Obwohl ich Grund genug zu großem Misstrauen hätte.«

Thomas atmet tief durch und hält sein Gesicht weiterhin bedeckt.

»Der Anlass ist ebenfalls dein Karabinerhaken.« Janina rutscht mit auf den Sessel und schlingt ihren Arm um seine Schultern, damit er nicht flüchten kann. »Er könnte ein Indiz dafür sein, dass du in den letzten Tagen auf die Kuppel der Frauenkirche geklettert bist. Und dass du ein Motiv hattest, deinen Vater zu töten, haben wir bereits geklärt. Für mich gehört zum Vertrauen, dass man sich gegenseitig die Wahrheit sagt.«

Thomas nimmt die Hände vom Gesicht. Janina erkennt wieder den geheimnisvollen Blick.

»Die Wahrheit ist«, erklärt er, »dass ich im vorigen Jahr tatsächlich einmal hochgeklettert bin, als die Kirche noch Baustelle war. Vielleicht habe ich da den Haken verloren.«

»Im vorigen Jahr standen aber die Blumenkübel noch nicht vor der Kirche«, sagt Janina ruhig.

»Dann hat er sich vielleicht verfangen und ist erst später nach einem Sturm heruntergefallen – was weiß ich.«

Janina schüttelt den Kopf. »Der Haken war überhaupt nicht verwittert.«

»Merkst du nicht, wie absurd das alles ist, was du mir hier unterstellst? Wie hätten wir da jemals Freunde werden können, wenn du so von mir denkst?« Er springt auf, um sich kurz darauf vor Janina hinzuknien und ihre Hände zu fassen. »Lass uns heute noch einmal ins Grüne fahren und uns ehrfurchtsvoll von unserer kurzen Freundschaft verabschieden, ohne Groll und falsche Verdächtigungen.«

»Jetzt tu doch nicht so, als ob einer von uns sterben müsste«, protestiert Janina.

»Kann man es wissen?«, erwidert Thomas. »Keiner weiß, was die nächste Stunde bringen wird. Begehe jeden Abschied so, als wäre es der letzte.«

»Lass den Philosophenquatsch. Für mich ist unsere Freundschaft noch lange nicht beendet. Jedenfalls nicht, bevor sie überhaupt angefangen hat«, beharrt Janina. »Weißt du denn nicht, dass eine Freundschaft wenigstens eine Chance zum Wachsen braucht?«

Thomas zuckt mit den Schultern. »Ich bedaure ja auch, dass wir uns unter diesen unglücklichen Umständen kennen gelernt haben. Vielleicht hätte aus uns wirklich etwas werden können. Vielleicht werden wir ein anderes Mal Freunde. Vielleicht in ein paar Jahren. Vielleicht in einem anderen Leben. Und das solltest du noch wissen: Ich habe dich wirklich schrecklich lieb.«

### Dresdner Heide, 15.50 Uhr

Rolf Speck ist in gewisser Weise stolz auf sich. Alles, was er sich für den Tag vorgenommen hatte, ist ihm bisher geglückt. Und das war an einem Sonnabend gar nicht so einfach. Für die neue Identität nebst Reisepass musste er der Fälscherbande einen Expresszuschlag von dreitausend Euro zahlen. »Verbrecherpack, elendes!«, brabbelt er vor sich hin.

Etwas einfacher war es dann, ein Flugticket zu organisieren.

»Komm, Rosebud, bald darfst du deine Seele in der Südsee baumeln lassen! Dort gibt es auch einen Hundehimmel.«

Der Bauunternehmer verlässt den Weg und stiefelt tiefer in den Wald. Heute Abend muss er seinem Kompagnon noch die Anteile der Baufirma verscherbeln. Er hat ihn gestern schon darauf vorbereitet. Der Geschäftsfreund schien nicht begeistert, glaubte ihm aber, dass gesundheitliche Gründe und die Warnung des Arztes für Specks Ausstieg verantwortlich seien.

Die schwierigste Angelegenheit des Tages steht Speck jedoch noch bevor. Er legt dem Hund das Halsband an und schnürt es ein Loch fester als normal. Dann wirft er die Leine über einen Ast und verknotet sie. Rolf zieht so straff, dass nur noch Rosebuds Hinterläufe den Boden berühren. Die Dogge winselt.

Der Bauunternehmer holt den Revolver aus der Manteltasche und schraubt einen Schalldämpfer auf die Mündung. Dann hält er die Waffe an den Kopf des Hundes.

»Was glotzt du denn so gequält?«, fragt er. »Denkst du, mir fällt das leicht?«

Doch zum Abdrücken fehlt ihm der Mut.

»Tröste dich, dem Kunath wird's morgen nicht besser ergehen.«

Speck bekreuzigt sich und steckt die Waffe wieder ein.

»Und nun wünsch mir Glück. Lebe wohl!«

Dann verlässt er den Ort – viel schneller als gewöhnlich.

## Sonntag, 25. September

### Frauenkirche, 15.40 Uhr

Christian Eisenwinckel spielt sich den angestauten Frust von der Seele. Auf seine Hände muss er nicht achten. Präzise wie ein Uhrwerk erfüllen sie ihren Dienst, seine Füße hüpfen geradewegs über die Pedale. Allein die gewünschte Feierlichkeit will sich nicht so recht einstellen. Das beobachtet er auch bei Chor und Orchester. Freilich, alles klappt perfekt. Nur Musikern wird die Unbeseeltheit der Darbietung auffallen.

Besonders ärgert sich der Eisenwinckel, dass er heute von einigen Gemeindemitgliedern zu Unrecht angegangen wurde. Man erinnert sich jetzt im negativen Sinne, dass er ja der Freund des Kirchenbaurates gewesen sein soll. Sie behandeln ihn wie einen Komplizen, zumindest wie einen Eingeweihten. Einer sagte sogar: »Na, Christian, raus mit der Sprache: Wo hast du denn den Millionenkoffer versteckt?«

Sylvia hat Recht. Er hätte sich nicht so tief in diese Sache verirren sollen. Irgendwann wurde er nur noch vom persönlichen Ehrgeiz getrieben. Das war keinesfalls Gottes Wille. Wenn es dessen Absicht ist, wird der Mord eines Tages vollständig aufgeklärt und auch der verschwundene Koffer gefunden. Aber der Mensch sollte dem Herrn nicht ins Handwerk pfuschen.

Während eines Chorals stupst Janina den Kommissar an die Schulter und flüstert: »Entschuldigung, ich muss mal dringend für kleine Mädchen.«

Teichmann kann sein Schmunzeln nicht unterdrücken. Zum Glück sitzen beide in einer der letzten Reihen. Die meisten Leute starren ohnehin auf ihr Gesangbuch, sodass Janina nahezu unbemerkt die Toilette aufsuchen kann.

Am Spiegel prüft sie noch einmal kurz das dezent aufgetragene Rot ihrer Lippen. Dann öffnet sie leise die Toilettentür, denn in der Kirche wird gebetet. Aus dem Augenwinkel erkennt sie, wie sich soeben die Tür des benachbarten Fahrstuhls schließt. Wenn sie sich nicht getäuscht hat, standen da gerade Thomas und Rolf Speck drin – ausgerechnet die beiden Hauptverdächtigen in gemeinsamer Mission?

So schnell, wie es die Würde einer feierlichen Kirchweihe gerade noch gestattet, geht sie zu ihrem Platz zurück. Obwohl er gar nicht religiös ist, hält der Kommissar seine Augen geschlossen und hat die Hände fromm gefaltet. Die Reporterin weckt ihn aus dem Gebet und teilt ihm flüsternd ihre Beobachtung mit. Er solle dringend mitkommen. Andreas Teichmann zeigt ihr zunächst mit dem Mittelfinger die Stelle seiner Stirn, wo üblicherweise die Vögelchen zu nisten pflegen. Dann aber erinnert er sich an das Gespür der Blondine und hat nun nichts Eiligeres zu tun, als ihr zu folgen.

Als beide oben aus dem Fahrstuhl steigen, wird unten wieder gesungen und gefiedelt. Der Kommissar holt seine Waffe aus der Innentasche seiner Jacke und entsichert sie.

»Ich gehe vor, Sie bleiben mindestens einen Schritt hinter mir. Und falls geschossen wird, werfen Sie sich flach auf den Boden, klar?«

»Verstanden. Was haben Sie denn vor?«

»Ich kenne mich inzwischen hier oben aus. Hier gibt es nur den Kuppelsaal und dann den Aufstieg zur Aussichtsplattform. Ich nehme an, einer der beiden ist bewaffnet.«

Meter für Meter arbeitet sich Teichmann vor, Janina schleicht hinterher. An der letzten Ecke, bevor der Gang direkt zum Kuppelsaal führt, presst der Kommissar plötzlich seinen Rücken an die Wand und hält mahnend seinen Zeigefinger vor die Lippen. Janina wagt nicht zu atmen. Blitzschnell springt der Kommissar vor, reißt mit beiden Händen seine Waffe hoch und ruft: »Hände hoch, Polizei!«

Dann gibt es einen dumpfen Schlag. Weil kein Schuss fällt, lugt Janina vorsichtig um die Ecke. Da steht der dicke Bauunternehmer mit erhobenen Händen. Zu seinen Füßen liegt ein leicht geöffneter Koffer, aus dem Geldbündel quellen.

»Hier nimm!«, sagt Teichmann und reicht Janina seine Waffe. Mit zittrigen Händen fasst sie zu und richtet die Pistole weiter auf den Bauunternehmer, dessen Jacke der Kommissar in Windeseile nach Waffen durchsucht. Dann fesselt er mit einem Plastikband Specks Hände auf dem Rücken und nimmt Janina die Waffe wieder ab.

»Wo ist der Kunath hin?«, fragt er.

»Ich habe keine Ahnung, Herr Kommissar«, wimmert Speck. »Ich bin unschuldig!«

»Das können Sie dann dem Richter erzählen.«

Teichmann schaltet sein Handy an und ruft Verstärkung. Er mahnt dringend Ruhe an, weil die heilige Kirchweihe um Gottes willen nicht gestört werden soll. Während er telefoniert, schleicht sich Janina in Richtung des Kuppelsaales. Unten singt der Chor »Amen, Amen«. Die Journalistin hat vorhin im Programm geblättert, dies scheint das letzte Stück der Weihe zu sein – aus Rossinis »Stabat Mater«.

Vorsichtig schaut Janina in den Rundraum. Mitten im Kuppelsaal liegt Thomas in einer Blutlache, sein Mund ist weit aufgerissen. Er hat eine Waffe in der Hand, die auf seinen Kopf gerichtet ist. Janina kann nicht mehr hinsehen. Sie beginnt zu zittern, ihre Beine wollen sie nicht mehr tragen. Langsam gleitet ihr Rücken die Wand hinab. Unten schmettert der Kreuzchor weiter. »Amen, Amen«. Dann herrscht Stille. Totenstille.
Wenig später kommt der Kommissar mit zwei Polizisten an den Tatort. Er sieht das zitternde Häufchen Elend, das vorhin noch eine reizende Blondine war. Ihr blasses Gesicht hebt sich kaum von der weiß getünchten Wand ab. »Kopfschuss, auf Selbstmord getrimmt«, analysiert Andreas Teichmann kühl und fügt – um Janina zu trösten – hinzu: »Er hat nicht lange leiden müssen.«

### Alaunstraße, 23.45 Uhr

»Moment bitte!«, krächzt Janina, als es an ihrer Tür klingelt. Sie erschrickt selbst über ihre Stimme. Sie hat den Rest des Tages nicht mehr geredet, nur noch geschluchzt. Und Wodka gekippt. Sie richtet sich die weiße Bluse, die sie bereits bei der Kirchweihe getragen hat, und öffnet die Tür.
»Entschuldigen Sie bitte, dass ich jetzt erst komme«, sagt Andreas Teichmann statt einer Begrüßung. »Es hat sich alles so lange hingezogen. Aber Sie haben ein Recht, zu erfahren, was passiert ist.«
»Was ich wissen muss, habe ich gesehen. Thomas ist tot. Genau so, wie er es gestern angedeutet hat. Wollen Sie auch ein Glas?«
»Gerne. Er hat das angedeutet?«
Janina füllt die Gläser bis zum Rand mit Wodka.
»Nicht direkt. Aber er hat mir das Gefühl vermittelt, dass sein Leben in Kürze zu Ende geht. Ich frage mich nur die ganze Zeit, warum er das nicht verhindert hat, wenn er es doch wusste. Glauben Sie, dass er vielleicht sterben wollte?«
»Am Tatort war jedenfalls alles wie bei einem Selbstmord inszeniert. Speck hat sich sogar die Mühe gegeben, einen Abschiedsbrief von Thomas zu fingieren.«
»Das Schwein«, zischt Janina voller Verachtung. »Was hat er denn reingeschrieben?«
»Dass er, also Thomas, der Mörder seines Vaters sei, weil er an die Millionen ranwollte. Danach habe ihn das schlechte Gewissen gepackt, deshalb habe er das Geld verbrannt. Jetzt könne er mit der Schuld nicht mehr leben …«

»Das hat Speck geschrieben?«
»Ja, der unschuldige Herr Speck. Das Flugticket hatte er auch schon dabei. Außerdem hat er gestern in der Heide noch seinen Hund erhängt. Nur den Mord am Kirchenbaurat leugnet er weiterhin beharrlich. Aber warten Sie mal ab, in einer Woche habe ich ihn weich geknetet. Die Indizien sprechen klar gegen ihn.« Er versucht Janina aufzumuntern. »Und Sie waren bei den Ermittlungen ja auch wieder ganz vorn dabei.«
»Ich glaube, ich kann morgen nicht arbeiten und darüber schreiben. Mir wird schlecht.«
»Dann hören Sie jetzt besser auf zu trinken«, entscheidet der Kommissar und hält die Flasche fest.
Janina steht auf und fährt ihren Rechner hoch.
»Ich werde noch schnell eine Mail an die Redaktion schreiben und mich krankmelden. Es ist ja sozusagen ein Todesfall in der Familie.«
»War es so was Ernstes?«, fragt Teichmann verwundert.
Janina nickt. Dann setzt sie sich und öffnet ihr E-Mail-Account. Plötzlich wird sie blass.
»Thomas hat mir gerade eine Mail geschrieben«, sagt sie tonlos.
»Thomas ist tot«, antwortet Teichmann kühl.
»Ich weiß. Aber diese Mail ist wirklich gerade erst angekommen.«
Teichmann hält es nicht länger auf seinem Stuhl. Er setzt sich neben die Journalistin, und gemeinsam lesen sie:

*Liebe Janina, meine geliebte Freundin,*

*wenn Dich dieser Abschiedsbrief erreicht, bin ich nicht mehr am Leben. Ich habe den Versand auf Mitternacht eingestellt und hätte ihn vorher stoppen können, falls mich der Bauunternehmer nicht umgebracht hätte. Ich nehme an, er hat den Tatort so präpariert, dass es wie ein Selbstmord aussieht. So ähnlich könnte man das auch sehen. Er hat, ohne es zu wissen, einen Mord auf Wunsch begangen.*

*Erinnerst Du Dich noch an den Höhlen-Herbert? In Deinem Traum hatte er mein Gesicht. Er sagte Dir, er wolle sterben, weil er mit seiner Schuld nicht mehr leben könne. Träume sagen öfter die Wahrheit, als man ihnen zutraut.*

*Auch ich habe unermessliche Schuld auf mich geladen, mit der ich zu leben nicht mehr im Stande war. Ja, ich habe meinen Vater umgebracht. Das Motiv dazu hast Du bereits erkannt. Die Spuren eines satanistischen Ritualmordes habe ich gelegt, um von mir als Täter abzulenken.*

*Beabsichtigt waren aber die Grausamkeit und die Symbolkraft. Er hat mein Leben zerstört, deshalb wollte ich sein Lebenswerk zerstören. Was ich den Dresdnern damit angetan habe, wurde mir erst später bewusst. Zu spät.*

*Liebe Janina, meine geliebte Freundin,
es tut mir unendlich Leid, was ich Dir angetan habe. Es hat mir fast das Herz zerrissen, aber ich musste Dich in den letzten Tagen so abweisend behandeln. Sonst wäre Dein Schmerz jetzt vielleicht noch viel größer. Ich habe Dich geliebt, mehr als mich selbst. Am vergangenen Wochenende war ich zugleich der glücklichste und der unglücklichste Mensch dieser Welt. Denn da wusste ich bereits, dass ich meinem Leben ein Ende setzen muss.
Obwohl: Noch bis gestern Nachmittag habe ich erwogen, Dir alles zu gestehen. Wir hätten die zwei Millionen schnappen und über alle Berge verschwinden können. Du musst wissen: Ich vertraue Dir. Hörst Du? Ich vertraue Dir. Letztendlich habe ich aber nicht gewagt, Dir dieses unmoralische Angebot zu unterbreiten.*

*Liebe Janina, meine geliebte Freundin,
auch wenn ich viel zu viel verlange: Bitte vergib mir und vergiss mich.*

*In Liebe, Dein Thomas.*